# Kaltes Blut rauscht selten

# Alexandra Elsäßer
## Ich

*Anmerkung:*
*Bei dieser Geschichte haben wir uns rückversichert, dass sowohl die Eltern als auch die Schule mit der Veröffentlichung einverstanden sind. Es gibt von dort keinerlei Bedenken, da es sich um eine rein fiktive Story handelt!*

Ich hörte ein Schlurfen in den dunklen Gängen der Schule. Vielleicht war es ja der leicht dickliche Security-Chef, der nach dem Unfall vor zwei Monaten eingestellt worden war. Plötzlich fing ich an zu zittern. Was würde ich tun, wenn es der Mörder war? Ach, ich feige Sau, so schlimm wäre das nicht. Das war ja auch nur ein Mensch ... Und außerdem war noch gar nicht sicher, ob es Mord war. Ich sollte mich lieber auf das Schlurfen vor mir konzentrieren. Wobei, es hörte sich nicht mehr an wie ein unheimliches Schlurfen, sondern eher wie ein unvorsichtiges Tapsen ... Vielleicht war es ja Benni, den ich für diese Nacht in den Keller geschickt hatte.

*Ich griff in die Dunkelheit vor mir, dahin von wo ich die unschuldigen Schritte vermutete. Als meine Hand einen Stofffetzen ergriff, hörte ich ein Wimmern und einen verängstigten Versuch, Luft zu schnappen. Ja ... Das war zweifelsfrei Benni ... Der schwache, unglaublich nervige Benni. Ein Grinsen stahl sich auf mein Gesicht. Ich zückte mein Messer. Gleich würde der Moment kommen, auf den ich nun schon so lange wartete ... Endlich ... Alles in mir schrie, dass ich zustechen sollte. Ich zog Benni noch näher an mich heran und sah so sein angsterfülltes Gesicht. Ich schaute ihm in die Augen. Sie flehten mich an, ihn loszulassen, ihn nachhause gehen zu lassen, ihn sein Leben weiter leben zu lassen. Ich schüttelte den Kopf. Nein, das würde ich nicht tun. Er hatte es nicht verdient zu leben. Er war die Gazelle und ich der Gepard. Er war ein verweichlichter Feigling. Er war die Beute von Draufgängern wie mir. Ohne noch einen Augenblick zu warten, stach ich zu. Sein Blut floss meine Hände hinunter ...*

Ich öffnete meine Augen und sah an mir herunter. Ich stand da. Blutüberströmt. Mitten im dunklen Schulflur, die einzigen Lichter kamen von den leuchtenden Essensautomaten, von denen ich mir in den Pausen normalerweise immer einen Schokoriegel gekauft hatte. Auf dem Boden neben mir lag Benni. Ich sah fassungslos in sein Gesicht, welches totenbleich war. Seine Augen standen weit offen und zeigten Leere im Innern. Ich schaute auf meine Hände und ließ das Messer fallen. Ich bekam keine Luft mehr. Hatte ich das getan? Ich ging in die Knie. Warum hatte ich das getan? Es war alles meine Schuld ... Ich weinte. Wie konnte ich das zulassen? Ich stand auf und rannte so schnell es ging zum Ausgang. Ich versuchte die Tür zu öffnen, aber sie war abgeschlossen. Als wir hierher kamen, war sie noch offen ...

Ich ging hektisch weiter, rüttelte an jeder Tür und jedem Fenster, dass ich sah. Alles abgeschlossen. Ich bekam Panik, ich wollte einfach nur hier raus.

Ich wollte in mein Bett, einschlafen und am nächsten Morgen gelangweilt am Schuleingang auf Benni warten, der sich wie immer verspätete. Das würde aber nie wieder passieren. Wir würden uns nie wieder über den Anderen lustig machen, zusammen die langweiligen Unterrichtsstunden durchstehen oder einfach nur reden. Nie wieder würde er zu mir stehen oder mich trösten, wenn es zuhause wieder schwierig werden würde. Ich war ein Monster. Als ich das begriff, wurde mir schwindelig. Ich fiel hin, war nicht in der Lage wieder aufzustehen.

*Ich blickte hoch und fing an zu lachen. Ich hatte es geschafft, ich hab ihm das genommen, was er am meisten brauchte. Sein Leben. Ich hatte ihn bestohlen, genauso wie er mich. Die Gerechtigkeit hat gesiegt. Ich habe gesiegt. Ich blickte stolz auf sein Blut, das an meinen Händen klebte. Aber warte ... Wo war mein Messer? Ich schaute den Gang entlang und sah an jeglichen Türen und Fenstern Blut. Ich hatte also versucht zu fliehen ... Lustig.*

*Ich schritt langsam zurück zum Tatort. Alles hat er vollgeblutet ... Wie dramatisch, selbst nach seinem Tod war er noch eine aufmerksamkeitssüchtige Diva. Hatte sich nicht verändert. Nachdem er das meiner Schwester angetan hatte, suchte er die Aufmerksamkeit der Lehrer, der Schüler und der Schulpsychologin. Von wegen Unfall ...*

*Leider wussten nur er und ich, was genau vor zwei Monaten in diesem Flur passierte. Seitdem hatte ich die Rache geplant. Es war erschreckend schnell gegangen, sich einen guten Plan auszudenken. Ich hatte ihn nur irgendwie in die Schule locken müssen, und da ich wusste, dass unsere Lehrer die Lösungen für die Klausuren im Keller aufbewahrten, war es ein leichtes Spiel, den lernunwilligen Schüler hierher zu locken. Wie dumm er doch war.*

*Es war überraschend, wie er sich trotzdem so eine gute Ausrede einfallen lassen konnte ... Sogar ich hatte angefangen, ihm zu glauben. Ein Teil von mir tat es immer noch. Aber das hatte jetzt ein Ende. Er würde meine Gedanken nie wieder belästigen. Ich hatte Schwesterherz gerächt.*

*Vater wäre nun endlich stolz auf mich ... Er ahnte auch, dass Benni etwas im Schilde führte, aber er sowie ich hatten den Ernst der Lage zu spät begriffen.*
*Ich starrte den leblosen Körper vor mir an und dachte daran, wie meine Schwester da gelegen hatte. Genauso wie er jetzt. Ich hatte alles gesehen, war zu geschockt, um rechtzeitig zu handeln. Aber jetzt hatte ich mein Verhalten von damals wieder gutgemacht, oder?*
*Ich hob mein Messer auf, säuberte es mithilfe meines Shirts und steckte es wieder ein. Danach nahm ich den Schlüssel aus meiner Hosentasche und ging zur Eingangstür. Ich schloss die Tür auf und ließ sie offen, nachdem ich in die frische Nachtluft hinaustrat. Aufräumen würde ich die Sauerei sicherlich nicht, das könnten diese Verräter, die Benni geglaubt hatten, tun. Ich lief weiter in die Freiheit, die außerhalb dieses grauenvollen Gebäudes auf mich warten würde. Ich atmete tief ein und sah in den Sternenhimmel.*
*Ich sah meine Schwester vor mir, die mir zeigen wollte, wo der große Wagen war. Sie war schon immer fasziniert von der Unendlichkeit, die die Sterne zeigten. Ich lächelte. Sie war jetzt ein Teil davon. Wir alle würden irgendwann ein Teil dieser atemberaubenden Aussicht sein, ob wir es wollten oder nicht. Manche früher, manche später. Es war unaufhaltsam. Eigentlich ein schöner Gedanke, eine schöne Zukunft. Bei den Sternen ...*

Ich schaute mich um. Ich war schon ein ganzes Stück von der Schule entfernt. Wann bin ich diese Strecke gelaufen? Wie bin ich aus der Schule herausgekommen, sie war doch abgeschlossen, oder? Was war mit Benni? Bei dem Gedanken an ihn kamen mir die Tränen. Ich dachte an seine

Augen, in ihnen konnte ich kein Fünkchen Leben mehr erkennen. Ich schluchzte laut auf.
Ich schaute in die Unendlichkeit des Sternenhimmels und dachte daran, wie trostlos es da oben wohl war. Meine Schwester dachte nie so. Sie fand es beruhigend, dort hinauf zu schauen. Mich stimmte es nur betrübt ... Dort oben ist nichts. Sie und Benni waren jetzt in diesem Nichts. Ich stellte mir das fürchterlich vor, noch schlimmer, als hier mit meinem miesgelaunten Vater auf der Erde festzusitzen.
Ich lief zügig weiter, ich sollte eigentlich schon längst zuhause sein ... Vater wird wütend sein. Ich hätte nach der Schule die Wohnung aufräumen sollen, stattdessen hatte ich mit Benni einen Plan geschmiedet, um an die Lösungen der anstehenden Klausuren zu kommen. Der Plan war eigentlich perfekt. Wir hatten uns nachts in die Schule geschlichen und waren unversehrt reingekommen. Er war in den Keller gegangen und ich blieb da, um Wache zu schieben. Alles wäre perfekt gelaufen, hätte ich mich nicht eingemischt ... Ich hatte anscheinend als erstes alle Türen und Fenster verriegelt, damit Benni nicht entkommen konnte. Irgendwann danach muss ich es getan haben.
Ich blieb stehen. Was sollte ich jetzt machen? Ich war noch nie so hilflos. Ich hatte heute Nacht meinen besten Freund verloren und bin daran schuld. Ich konnte mich nicht zurückhalten. Ich hatte meinen besten Freund auf dem Gewissen. Meine ganzen Gedanken drehten sich nur noch um ihn. Er konnte nichts für den Tod meiner Schwester und das sollte mir endlich mal bewusst werden. Benni konnte nichts dafür, er hat sogar versucht, sie davon abzuhalten. Das hat er mir und allen anderen bestätigt. Er musste sogar zur Schulpsychologin aufgrund dieses Unfalls. Ich hätte ihm mehr Glauben schenken müssen, er war doch mein bester

Freund. Freunde vertrauen sich, und ich hatte keine Gelegenheit ihm zu zeigen, was er mir bedeutet hat. Ich hab ihm mit dem Mordschlag eigentlich sogar das Gegenteil bewiesen ... Ich sollte mich jetzt aber sputen. Sonst wird Vater noch richtig sauer ...

*Ich ging schnell nachhause.*
*Ich freute mich schon darauf, Vater zu erzählen, was ich getan hatte. Ich sehnte mich in eine lange Umarmung seinerseits, aber ich denke, ein Schulterklopfer würde auch nicht verkehrt sein. Ich wollte einfach nur, dass er meine Leistung wertschätzte. Das hatte ich alles alleine nur für Schwesterherz gemacht.*
*Nach noch ein paar Minuten Fußmarsch kam ich endlich zuhause an. Ich freute mich schon darauf, sein Gesicht zu sehen. Zielstrebig ging ich die fünf Treppenstufen zu unserer Eingangstür hinauf. Ich bückte mich und hob den Schlüssel, der unter der Fußmatte lag, hoch. Als ich das Haus betrat, sah ich Licht aus der Küche kommen. Ich versuchte, meine Aufregung mit einem gelassenen Gesichtsausdruck zu überdecken. Ich zog meine Schuhe aus und schritt weiter in Richtung Küche. Ich hörte ein Räuspern und ging dann in die Küche herein. Das Erste, was ich sah, war mein Vater. Das zweite war ein Polizeibeamter. Und das dritte war die Pistole, die der Wachmann bei sich trug. Wie konnte ich den Polizeiwagen vor der Haustür nicht bemerken? Ach du heiliger Benni! Ich sah an mir herunter, schaute meine blutverschmutzten Hände und die mit Blut vollgesogene Kleidung an. Ich schaute den Beamten an und dann meinen Vater. Was sollte das? Ich war doch nicht so lange weg ... Vermisst konnte er mich also nicht gemeldet haben. Ich nahm ein Seufzen von Vater war, einen enttäuschten Blick, der mich fragte, was das*

*alles sollte. Er wusste es doch ... Er wollte doch selbst Rache nehmen! Ein Verräter, das war er.*
*Ich wurde wütend, wütender als ich je war. Als ich dann noch eine Bewegung des Polizisten wahrnahm, sah ich erst die Handschellen in dessen Hand.*
*Nein. Ich schüttelte den Kopf. Nein ... Ich wollte das nicht ... Sie sollten mich alle in Ruhe lassen. Ich wollte niemanden mehr sehen. Ich stolperte zurück und stieß gegen die Küchentür. Irgendjemand muss sie geschlossen haben. Plötzlich spürte ich einen festen Griff um meine Handgelenke. Ich sah auf und erkannte das Gesicht eines weiteren Polizisten. Ich entriss ihm meine Hände, was zugegeben ziemlich schwer und dumm war. Ich hatte große Panik. Warum hatte Vater mir das angetan? Was hatte ich falsch getan? Er wollte doch Rache für seine Tochter ... Oder war er auch nur ein verweichlichter Feigling, der keine Verantwortung für seine Taten übernehmen wollte? Ich hätte mehr erwartet. So schnell ich konnte, drehte ich mich um und stürmte aus der Wohnung. Ich würde die Verantwortung für* mein Handeln *übernehmen ... Aber das hieß noch lange nicht, dass ich einfach so in den Jugendknast oder sonst wo hin wanderte ...*

Mein Instinkt sagte mir, ich sollte rennen. Das tat ich auch. Als ich nach hinten blickte, erschauderte ich. Ich fühlte mich wie gelähmt vor Angst. Ich sah zwei Polizeibeamte, die mich verfolgten. Sie hatten sogar ihre Waffen gezückt. In welche Scheiße hatte ich mich nun schon wieder reingeritten? Ich sprintete so schnell es ging, lief durch viele unbelichtete Gassen und schmale Gänge. Ich musste ihnen einfach entkommen. Ich hatte mich nicht aufhalten können, das heißt aber nicht, dass ich dafür verhaftet werde. Ich schaute hoch zum Himmel. Es wurde bald hell. Ich brauchte

so schnell es ging ein Versteck, es würde nicht leicht werden, am Tag zu entkommen. Ich sah mich um. Tatsächlich war ich in der Nähe der Schule. Welch Ironie des Schicksals. Mir blieb nichts anderes übrig, als schnell durch die offene Eingangstüre zu hetzen. Habe ich wirklich die Tür nicht geschlossen? Wie dumm ...
Ich rannte weiter durch die Schule, suchte nach einem Versteck. Plötzlich kam ich an der Stelle an. Ich sah die inzwischen starre Leiche an, blickte aber schnell weg. Sie lag in einer Lache aus getrocknetem Blut. An allen Türklinken und Fenstergriffen war getrocknetes Blut. Ich schaute mich um und fand das ideale Versteck ...
Der Keller! Ich stürmte so schnell es ging die Treppen runter. Ich lief durch die in Dunkelheit gehüllten Gänge des Kellers, riss jede Tür, die ich sah, auf und suchte nach einem geeigneten Versteck, fand aber keins. Als ich am letzten Raum ankam, stockte mir der Atem. Ich trat ein und schaute mir das Spektakel an. Ich wurde bleich, musste würgen. Wer war dazu in der Lage, so etwas zu machen? Im Raum der Lösungen für die Klausuren ...

*Ich musste lachen. Ich hatte die ganze Zeit recht. Benni war das Monster, nicht ich. Mein Gesicht spiegelte sich in der zerbrochenen Brille der Schulpsychologin. Sie lag in einer verdrehten Position auf dem Boden. Ihr Hals, ein paar Finger und ihr linkes Bein waren in einer merkwürdigen Position, die für mich persönlich ziemlich ungemütlich aussah. Ihr Körper war erstarrt. Ich ging näher auf sie zu und sah auf ihren gewaltsam gebrochenen Hals. Was machte sie hier? Wäre sie nicht hier gewesen, wäre sie bestimmt noch am Leben. Tja. Leider war ihr Tod aber auch mein glaubwürdigstes Beweisstück. Ich sah mich weiter um. Die Lösungen lagen immer noch auf dem Tisch. Wollte Benni diese nicht mitnehmen? Wollte der mich etwa verarschen? Als mir die Erkenntnis kam, ging ich nach oben. Ich hörte keine Schritte, wahrscheinlich rannten sie immer noch draußen herum. Perfekt. Ich ging auf den leblosen Körper zu und fing an zu suchen. Ich leerte jede seiner Taschen und fand spannende Dinge in ihnen. Interessanterweise fand ich ein Messer, einen Schlagring, eine Pistole und noch andere Dinge, um einen Menschen rabiat zu verprügeln oder gar zu töten. Benni hatte anscheinend richtig Dreck am Stecken ...*

Ich taumelte zurück. Warum war ich bei Benni? Eben war ich doch noch bei der Schulpsychologin ... Ich vergrub mein Gesicht in meinen Händen. Was sollte ich jetzt bloß machen? Ich linste durch meine Hände und sah so die am Boden liegenden Waffen. Waren die etwa in Bennis Tasche gewesen? Was wollte er denn damit machen? Ich riss geschockt die Augen auf. Was, wenn er ...? Nein, das würde er sicherlich nicht tun. Oder? Wollte er in dieser Nacht versuchen, mich umzubringen? Ich war fassungslos. Nein, das war nicht wahr. Ich litt eindeutig unter zu hoher Müdigkeit. In Wahrheit war das alles bestimmt nur ein grausamer Albtraum ... Ich kniff mir in den Arm. Öfter, als man zählen konnte. Als mein Arm nach einer Weile taub wurde, wurde mir klar, dass das alles die Realität war und ich nicht fliehen konnte. Ich atmete tief ein. Wie konnte ich immer noch nicht begreifen, dass Benni nicht der war, der ihr das angetan hatte? Sie hatte sich eigenständig das Leben genommen, um bei den Sternen zu sein. Sie hatte sich dazu entschieden, diesen Planeten, diese Welt, zu verlassen. Sie hatte keine Rücksicht auf mich oder Vater genommen. Sie war jetzt gefangen in dem großen Himmel voller Sterne.

War es meine Schuld? Hatte ich dazu beigetragen? Was hatte ich falsch gemacht? Ich sah auf die am Boden liegende Pistole. Ich hob sie auf. Irgendetwas kam mir bekannt vor an der Waffe. Irgendwo hatte ich sie schon mal gesehen. Eine Erkenntnis traf mich. Hatte er ihr geholfen? Hatte mein anderes Ich die ganze Zeit recht? Hatte er ihr die Pforte zu den Sternen geöffnet?

*Ich bemerkte, dass ich die Knarre in der Hand hielt. Ich lachte. Es sah so aus, als hätte ich begriffen. Wurde aber auch mal Zeit. Ich warf Benni einen abschätzigen Blick zu. Ich hörte, wie die Tür des Schulhauses aufging. Waren das die Polizisten? Ich dachte nach. Was würde geschehen, wenn ich mich stellen würde? Ich würde wahrscheinlich nach einem Gerichtsprozess in den Jugendknast wandern. Auf jeden Fall würde ich auch der Psychiatrie eine Menge Besuche abstatten ... Was würde Vater machen? Er war ein Verräter. Er würde mir den Rücken zudrehen und mich möglichst bald in ein Waisenhaus in der Gegend abschieben.*

*Hatte ich darauf Lust? Hatte ich darauf Lust, von meinen Mitmenschen verachtet zu werden? Hatte ich Lust darauf, kein freies Leben mehr zu führen? Ich wusste die Antwort darauf. Ich wusste sie schon von Anfang an.*

*Als ich sah, wie ein Dutzend Polizisten in den Flur stürmten und mich fassungslos anstarrten, bewegte ich meinen Arm nach oben.*

Ich schloss die Augen. Nein! Ich wollte nicht hoch zu den Sternen!

*Ich konnte mich nicht mehr aufhalten. Es war zu spät. Ich drückte ab.*

***Alexandra Elsäßer*** *ist 14 Jahre alt. Derzeit besucht sie die neunte Klasse einer Realschule. In ihrer Freizeit liest sie, zeichnet und schreibt sehr gerne Geschichten.*

Bewusst verzichten wir hier auf die Nennung des Ortes, auch wenn der Verlag die Angaben kennt.

# Andrea Berning

## Die falsche Spur

Mist! Das war die letzte Flasche Bier im Kühlschrank. Polizeihauptkommissar Bernd Wolfram lag auf dem durchgesessenen Sofa und dachte wehmütig an die Zeiten zurück, in denen seine Exfrau Klara für die Wocheneinkäufe zuständig gewesen war.
„Mensch, Bernd, was steht an deinem Geburtstag an?", hatte sein Kollege Torben ihn heute im Präsidium gefragt.

Geburtstag? Scheiß auf Geburtstag! Was gab es an der Zahl 63 zu feiern, außer die Aussicht auf die näher rückende Pension?

Es klingelte. Es klingelte doppelt. Die Mikrowelle signalisierte Bernd, dass sein Hackbraten mit Matschgemüse und glibberigem Kartoffelbrei fertig war und sein Diensthandy gab die "Tatort"-Melodie zum Besten.
„Abend, Bernd. Weibliche Leiche, nackt, am Steinufer", hörte Bernd die sachlichen Ausführungen seines Kollegen. Knapp und präzise war der Torben, das musste man ihm lassen.
Bernd stand auf, schmiss sein Abendessen in den Mülleimer, wendete an der Küchentür und griff nach einem Apfel von der Obstschale.
„Auf dich muss keiner schießen. Deine Ernährung bringt dich ins Grab", hatte seine Exfrau ihm mehr als einmal zu verstehen gegeben.

Die feuchte Novemberkälte bahnte sich ihren Weg durch die drittklassige Outdoorjacke, die Bernd im Super-Sonderangebot erworben hatte.
Er ging mit Torben durch die Polizeiabsperrung. Aufgrund des tagelangen Dauerregens klebte aufgeweichte Erde an seinen Schuhsohlen. Sie abzustreifen war aussichtslos.
Der tote, unbekleidete Frauenkörper offenbarte auf den ersten Blick keine Spuren von Gewalteinwirkung.
„Können Sie bereits etwas zum Todeszeitpunkt sagen?", fragte Bernd den Kollegen der Rechtsmedizin.
„In dieser Scheißdunkelheit? Machen Sie Witze? Ich habe etwas anderes für Sie: Der verängstigte, durchgefrorene Typ hinter der Absperrung, der kennt die Tote."

Der Zeuge, ein schlanker Mittdreißiger in teurer Sportkleidung, sah sie erwartungsvoll an.
„Ich, ich war joggen, wie jeden Abend. Ich brauch das, um den Kopf freizukriegen, und ich wollte mich einen Moment ausruhen und auf das Wasser blicken ... und, was sehe ich?", stammelte der Läufer.
Sport, verdammter Sport!
„Du bist faul und fett geworden", hatte seine Exfrau in den letzten Jahren wiederholt zu Bernd gesagt. Aber sollte er etwa bei dieser Scheißkälte und dem Mistwetter durch den Wald joggen?
„Entschuldigung, wie hieß die Frau?", fragte er.
„Das habe ich doch zweimal gesagt. Agnes, Agnes Schmitt, die Leiterin von der Hundeschule ‚Welpenglück'. Die hat meinen Bello ..."
Bernd ließ seinen Kollegen mit dem Mann allein. Er hatte genug gehört.

Hämatome im hinteren Schädelbereich, Tatwerkzeug höchstwahrscheinlich ein Hammer.
Bernd las den Obduktionsbericht zum wiederholten Mal. Er hatte die letzte Nacht kaum ein Auge zugemacht.
Gemeinsam mit seinem Kollegen Torben ging er in den Vernehmungsraum, um den ersten Verdächtigen, Herrn Berger, in Anwesenheit seines Anwalts zu befragen. Bernd sah sich einem augenscheinlich gebotoxten Endfünfziger gegenüber, dessen maßgeschneiderter Anzug mehr als sein Monatsgehalt wert war.
„Agnes Schmitt, diese Frau war eine Gefahr für die Allgemeinheit, wenn Sie mich fragen", sagte Herr Berger aufgebracht. „Wochenlang wurde unser Hund von ihr trainiert und was passierte dann? Er biss sich im Kopf meines fünfjährigen Sohnes fest", fuhr er brüllend fort.
„Es tut mir aufrichtig leid, was Ihrem Kind passiert ist. Frau Schmitt konnte im Prozess keine Schuld nachgewiesen werden", meinte Torben.
„Was beweist, wie stümperhaft unsere Gerichte arbeiten", entgegnete Herr Berger.
„Zehn Operationen musste mein Junge bislang über sich ergehen lassen. Ausgleichende Gerechtigkeit, nenne ich das."
Bernd registrierte, wie der Strafverteidiger seinen Mandanten flehentlich ansah, um zu verhindern, dass der sich weiterhin um Kopf und Kragen redete.

„Was hältst du von dem Typen?", wollte Torben später von Bernd wissen.
„Aalglatt, wenn du mich fragst, aber nach über einem Jahr Selbstjustiz üben? Das überzeugt mich nicht."

Bernd trank den letzten Schluck der ekligen Kantinenbrühe, die sie Kaffee nannten, um sich dann mit seinem Kollegen zurück in den Vernehmungsraum zu begeben, wo Frau Böhm, die Ehefrau des Geliebten der Toten, auf sie wartete.
„Das ist lächerlich. Einfach lächerlich. Wissen Sie, wie oft mein Mann irgendwelche Liebschaften hat? Da müssten zahllose Frauenleichen meinen Weg pflastern", gab Frau Böhm nicht ohne Spott in der Stimme zu Protokoll.

„Du bist lächerlich", hatte seine Exfrau geschrien, die Haustür hinter sich zugeschlagen. Dann war sie auf und davon. Wieso lächerlich? War es nicht sein gutes Recht gewesen, wütend zu sein auf ihren zwanzig Jahre jüngeren Liebhaber, mit dem sie ihn monatelang betrogen hatte?

„Herr Kommissar, bevor Sie mich grundlos verdächtigen – wieso knöpfen Sie sich nicht den Geschäftspartner von Frau Schmitt vor?", fragte Frau Böhm.
„Was wollen Sie damit andeuten?", wollte Torben wissen.
„Sie haben mich zur Vernehmung geladen, weil es angeblich Zeugen gibt, die mich am Tatort gesehen haben wollen. Welch Wunder, ich gehe da regelmäßig mit meinem Hund Gassi. Aber haben die Ihnen gesagt, was ich dort gesehen habe?"
„Bitte, Frau Böhm, kommen Sie zum Punkt!", sagte Bernd, der keine Lust auf Spielchen hatte.
„Ich wusste von meinem Mann, dass diese Schlampe finanzielle Probleme hat und von dem Streit mit ihrem Kollegen Klaus."
Bernd rollte mit den Augen. „Und?"

„An diesem Abend haben die beiden gestritten, aufs Übelste beschimpft haben die sich. Und einen lauten Knall habe ich gehört, als würde Mobiliar zerschlagen."

In dem Augenblick, wo Klaus Kramer ihnen die Tür öffnete, hatte Bernd das Gefühl, dass sie bereits erwartet wurden.
„Lassen Sie mich raten. Frau Böhm hat mit Ihnen gesprochen. Ich habe sie an dem Abend mit ihrem Hund gesehen."
Bernd nickte. „Sie hatten Streit. Ging es um die drohende Insolvenz?"
Herr Kramer seufzte. „Sie mag den Prozess gegen Herrn Berger gewonnen haben. Aber glauben Sie, Menschen bringen ihre Hunde gerne zu einer Frau, die von der Presse als Bestien-Trainerin tituliert wurde? Ja, wir hatten Streit, aber ich habe sie nicht getötet."

„Wir haben die Tatwaffe im Geräteschuppen des ‚Welpenglücks` gefunden. Ein Pokal aus Messing, an der Spitze ein Hund mit einer Riesenschnauze, hinterlässt Abdrücke wie ein Hammer. Blutspuren vom Opfer auf dem Pokal und am Tisch gegenüber, keine verwertbaren Fingerabdrücke." So hatte es ihnen die Spurensicherung vor drei Stunden mitgeteilt. „Ein umgestürztes Regal mitten im Raum", hatte der Kollege ergänzt.
Da hatte Bernd verstanden.

„Es war ein Unfall, nicht wahr? Sie waren wütend, haben Frau Schmitt angebrüllt und mit aller Kraft das Regal mit den Pokalen umgestoßen, und unglücklicherweise fiel eine drei Kilogramm schwere Statue auf deren Kopf, sie rutschte aus und fiel gegen die Tischkante."

Herr Kramer schluchzte und wirkte gleichzeitig erleichtert. Es war vorbei.

Schnee hatte eingesetzt. Bernd zog den Reißverschluss seiner Jacke bis unters Kinn. Auf dem Rückweg zum Präsidium überlegte er, ob es eine gute Idee sei, die Kollegen zu seinem Geburtstag einzuladen.

***Andrea Berning*** *wurde 1983 in Siegen geboren und ist dort aufgewachsen.*
*- Absolvierung des Fernstudienseminars „Belletristisches Schreiben"*
*- Meditations- und Achtsamkeitskursleiterin*
*- Lizenzmanagerin und Datenschutzkoordinatorin im Zentrum für Informations- und*
*Medientechnologie (ZIMT) an der Universität Siegen*
*- Studium der Rechtswissenschaften an der Justus-Liebig-Universität in Gießen*
*Sie hat schon mehrere Kurzgeschichten veröffentlicht.*

# Beate Rola

## Haus in den Dünen

Zischendes Flüstern: „Wenn du ihn mir wegnimmst …"
„Ich gehe nicht ohne Kurmi!" Wie ein Hauchen ist es.
„Wenn du das tust, dann …!" Dumpfes Pochen.
Plötzliche Stille.
Der Wind von der See überzieht den weiten Strand mit Sand. Kurmi schreckt hoch, hustet. Er reibt sich die Augen. Immer wieder diese Stimmen im Schlaf, seit seiner Kindheit. Warum nur? Das Badetuch neben ihm ist leer.
„Papa?" Suchend sieht er sich um.
Die wenigen Spätsommergäste schwenken ihre Tücher aus und packen ein. Kurmi steht auf und guckt von einer Richtung in die andere. „Wo ist er nur?", fragt er sich laut. Er zieht sich um und verstaut seine Sachen.

„Warum willst du wirklich wegziehen, Kurmi?" Der Vater hält ihn am Arm. Sein Atem geht stoßweise. „Hat deine Freundin dich darauf gebracht?"
„Crissy wartet."
„Du kannst wohl nicht schnell genug von mir wegkommen, was?"
Der scharfe Ton, der finstere Blick, die zusammengekniffenen Augen. Sein Vater macht ihm Angst.
„Ich muss los, Papa!", sagt er so fest wie möglich. „Wir haben Behördentermine."
Es war vor drei Wochen gewesen. Da hatte er dem Vater freudig erzählt: „Crissy und ich haben Studienplätze in Cambridge!"
Seitdem war der Vater nicht mehr wiederzuerkennen.

Wie aus dem Nichts steht sein Vater plötzlich vor ihm. Kurmi fährt erschrocken hoch. „Woher …?"
„Von den Dünen. Du hast geschlafen." Sein graumeliertes Haar hängt wirr um seinen Kopf.
Der Himmel zieht sich zu. Dicke Tropfen klatschen Vater und Sohn ins Gesicht. Schweigend stapfen sie nebeneinander her über den Strand zu den Dünen.
„Auuu!", schreit Kurmi und sackt in den Sand.
Sein Vater sieht zu ihm herunter, fragt nichts.
Kurmi hält seinen Fuß. „Hab ihn verknackst!" Er zeigt auf einen großen Stein neben sich.
Der Regen peitscht auf sie ein. Kurmi windet sich hoch. Schweigend hängt der Vater die Tasche des Sohnes über die Schulter und geht voran in Richtung Dünen.
Kurmi humpelt hinterher.

Sie liegt auf dem Holzboden neben dem Bett, die Arme ausgestreckt, die Augen starren zur Decke.
Als Vater mit ihm, die Hände voller Sandspielzeug, vom Strand kommt, haben sie sie entdeckt.
Erst, als er an Vaters Hand um sie herumgeht, entdeckt er das Blut, das unter ihrem Kopf herausläuft.
„Maaamaaa!", schreit er und wirft sich auf ihren Körper. Bunte Förmchen rollen an ihr herab.
„Lass sie!", hört er Papas sanfte Stimme hinter sich. „Sie will jetzt schlafen."
Dann zieht er ihn von Mama weg.

Das Knarren der Holzdielen weckt ihn auf. Er hört leise, langsame Schritte. Grau scheint das Weglicht vor dem Haus durch die Jalousien. Kurmi blinzelt vorsichtig. Da steht sein

Vater, im Schlafanzug, mit einem großen Kissen in seinen Händen. Und das ganz nah an seinem Bett!
Kurmi kneift die Augen zu. Stocksteif liegt er, die Hände geballt. Er spürt sein Herz pochen, sein Atem geht schnell.
Das Knarren! Erschreckt reißt Kurmi die Augen auf. Der Vater ist weg! War es nur ein Traum? Hoffentlich!

Sie sitzen am Frühstückstisch. Kauendes Müsliknacken erfüllt den Raum. Durch das Fenster sieht Kurmi das wehende Dünengras und den blauen Himmel.
„Lass uns, bevor du nach England fährst, noch einmal zusammen Urlaub machen!", hatte sein Vater unerwartet vorgeschlagen.
Kurmi war überrascht gewesen, hatte aber darin die Chance gesehen, das Zerwürfnis zwischen ihnen zu glätten.
„Gute Idee", hatte er nach kurzer Pause gesagt. „Du kannst die Planung gerne in die Hand nehmen!"
Von da ab, so meinte er, hatte das Gesicht des Vaters wieder freundlichere Züge angenommen.

„Sag mal, Papa", beginnt Kurmi, während er eine Möwe auf dem Fensterbrett beobachtet, „waren wir schon mal hier?"
Der Vater gießt sich Kaffee ein. Ihre Blicke begegnen sich.
„Jaaa, mein Sohn!"
Wie sanft seine Stimme ist, und seine Augen so liebevoll, wie früher, denkt Kurmi.
„Du warst klein, Kurmi", fährt sein Vater fort und beißt in ein Rosinenbrötchen, „so wunderbar klein."
„Und wo war Mama?"
„Die war auch noch da ...", er zögert, „ ... ja, noch!"
In der Stille danach sehen beide nach draußen. Windböen streichen an den dünnen Holzwänden entlang.

Die Wanderung über die Insel am letzten Tag schließen Vater und Sohn mit einem reichhaltigen Abendessen in einem angesagten Restaurant ab. Bevor sie gehen, trinken sie auf ihr gegenseitiges Wohl.
„Packen tun wir morgen früh!“, sagt der Vater lächelnd beim Reinkommen ins Dünenhaus. „Jetzt ist erst mal Schlafen dran!“

Knarzendes Holz. Knarrende Dielen. Leise Schritte kommen langsam näher.
Kurmi spannt seine Muskeln an. Da steht er wirklich, sein Vater, an seinem Bett, mit einem Kissen in beiden Händen!
Kurmi springt auf, wirft sich dem Vater entgegen und reißt ihn mit sich zu Boden.
Ein langgezogener Seufzer kommt aus dem Mund des Vaters. Er rührt sich nicht mehr.
Wie betäubt steht Kurmi keuchend auf, macht Licht und schaut auf ihn herab.
Mit ausgestreckten Armen, offenen Augen, liegt der Vater da. Hinter dem Kopf auf einer Bodenkante läuft ein rotes Rinnsal auf die Dielen.
„Papaa!“, schreit Kurmi. „Warum? Weil ich weg von dir wollte, wie Mama?“
Sturm fegt um das Haus, rüttelt an der Tür. Drinnen, in der Stille, weint Kurmi verzweifelt um Vater und Mutter.

***Beate Rola*** *ist Pfarrerin in Rente und wohnhaft in Bremerhaven. Seit Jahren verspürt sie den Hang zum Schreiben von Kurzgeschichten. Einige sind veröffentlicht in verschiedenen Anthologien.*

# Bettina Schneider

## Mordsstimmung

Still war es. Ungewöhnlich still. Nur das gleichförmige Lied der Zikaden schwirrte in der flirrenden Luft über den sonnenverbrannten Hügeln. Ein paar Zypressen standen wie einsame Wächter in der Landschaft und warfen lange Schatten. Am Horizont sah es aus, als stünde der Himmel in Flammen — der Tag schickte sich an, mit einem spektakulären Sonnenuntergang zu verabschieden.
Idyllisch, friedvoll und abgeschieden lag das Anwesen. Und doch nicht abgeschieden genug, um seine Bedenken restlos zu zerstreuen. Während André an seinem eisgekühlten Drink nippte, gab er sich alle Mühe, entspannt zu wirken und den prächtigen Ausblick, der sich ihm von der Terrasse bot, zu genießen.
Von einem der Hügel, nicht weit entfernt, strebte ein Paar, unverkennbar das Ehepaar Beimer, in die Richtung zum Haupthaus, wo das Abendessen in wenigen Minuten serviert wurde. Energisch marschierte die Frau auf dem staubigen Feldweg voran, während ihr Mann sich gar nicht erst die Mühe machte, Schritt zu halten. Ein laues Sommerlüftchen verfing sich in dem orangefarbenen Chiffonschal der Frau und blähte ihn wie ein Segel, das Feuer gefangen hatte. Die Beimers, ein anstrengendes Ehepaar, das sich über Belanglosigkeiten stritt und eine negative Aura wie Sprühgift um sich herum verbreitete.
Auf der Höhe des Swimmingpools, dessen Wasser um diese Tageszeit glatt wie Spiegel lag, stieß ein korpulenter Mittfünfziger zu dem Ehepaar. Seine gebeugte Haltung ließ ihn allerdings deutlich älter wirken. Wahrscheinlich hatte er

gerade eine einsame und freudlose Partie Boule mit sich selbst gespielt. Michael Schmidtke, der Einzelgänger, der jedes Mal wie ein verängstigtes Kaninchen zusammenzuckte, wenn er angesprochen wurde. Warum war er so unruhig?, fragte sich André.

„Du hättest keinen schöneren Ort für unseren ersten Hochzeitstag finden können." Träge rekelte sich seine Ehefrau Carla im Sessel neben ihm. „Es ist perfekt!"

„Mit dir ist es perfekt!" André griff nach Carlas Hand und drückte sie liebevoll. „Ich liebe dich!"

Über ihr Gesicht glitt ein Lächeln. „Ich liebe dich auch!"

Mit dieser Frau würde es auf ewig funktionieren, wusste er. Und er würde nicht zulassen, dass ein einziger Fehltritt in seinem Leben dieses Glück zerstörte.

Wie eine riesige Laterne hing der Vollmond später am Nachthimmel und tauchte die Landschaft unter ihrem Balkon in seidenes, magisches Licht. Fasziniert betrachtete Carla das Halbdunkel, durch das sich hier und da ein gespenstischer Schatten schob. Vermutlich Tiere, die in der Geborgenheit der Nacht ihre Verstecke verließen.

André saß neben ihr und war doch meilenweit entfernt, dachte sie, wie so häufig in letzter Zeit. Ihre Hand lag in seiner wie in einem Schraubstock, seine Miene wirkte angespannt.

Aus dem Nachbarzimmer war die keifende Stimme von Tina Beimer zu hören, dann die besänftigende Antwort ihres Mannes. Wie Pingpong-Bälle flogen Worte hin und her, nahmen an Lautstärke zu. Irgendjemand schloss ein Fenster geräuschvoll. Als Nächstes fiel eine Tür mit solcher Wucht ins Schloss, dass die Wände bebten. Danach

herrschte Ruhe. Eine unheimliche Ruhe. Für einen Moment schienen sogar die Zikaden zu schweigen.
Wenig später erklang über ihren Köpfen ein rasches Stakkato von Absätzen auf Fliesen. Vermutlich war die Trägerin dieser Absatzschuhe eine der neu angereisten Frauen, die auf mörderischen High Heels durch das Leben fegten. Eine der zwei exaltierten Karrierezicken. Mit hämischer Miene hatte Tina Beimer die Beschreibung der zwei Frauen beim Abendessen lautstark in den Raum posaunt.
Eine Balkontür flog auf. Das Kichern einer Frau, das von zu viel Alkohol zeugte und die leise, dunkle Stimme eines Mannes drangen durch die Nacht.
Keine zehn Minuten später waren ein rhythmisches Quietschen, ein lustvolles Keuchen und das Stöhnen zweier Menschen zu vernehmen. Irgendein Pärchen hatte seinen Spaß.
„Ich könnte es nicht ertragen, dich zu verlieren."
Die plötzliche Offenbarung seiner Frau erschreckte André. Ahnte sie etwas? Besänftigend drückte er ihre Hand und rang sich ein beruhigendes Lächeln ab. „Hast du Lust auf einen Spaziergang?"
„Nein", antwortete sie und gähnte hinter vorgehaltener Hand, obwohl sie innerlich hellwach war.
„Hast du was dagegen, wenn ich mir die Beine vertrete?"
Carla lächelte. „Nein, überhaupt nicht!"

So weit waren sie gekommen! Sie spionierte ihrem Ehemann hinterher, der zweifelsfrei irgendetwas zu verbergen hatte. Für eine Weile folgte sie André, der ruhelos und scheinbar ohne Ziel durch die vom Mondlicht beschienenen Gartenanlagen irrte. Schließlich setzte er sich auf eine der Liegen am Pool und blickte sich um, als hätte er etwas gehört. Carla gelang es gerade noch, sich in die schützende

Dunkelheit eines Feigenbaumes zu drücken. Das wäre nun das Allerletzte, wenn André sie entdeckte. Wie sollte sie es ihm erklären? Über ihr im Baum raschelte es und sie musste die aufsteigende Panik bekämpfen. Der nahe, lang gezogene Schrei eines Käuzchens erschreckte sie zu Tode. Wie aus dem Nichts löste sich ein Schatten aus den Büschen am Ende des Pools, dort wo ein Haufen Feldsteine lag.
Eine Frau ...
Die Frau, die Carla irgendwie bekannt vorkam, warf ihre dunkle Jacke mit theatralischer Geste ab, ehe sie sich mit stolzer Haltung direkt vor André aufbaute. Sie trug ein weißes Kleid, die Arme und Beine entblößt.
Kein Kleid, sondern Dessous, wie Carla erst auf den zweiten, schockierten Blick feststellte. Einzelheiten würde sie sich ersparen, sie hatte mehr als genug gesehen. Ihre Hoffnungen und ihre Träume fielen wie ein Kartenhäuschen zusammen. Angewidert wandte sie sich ab. Sie hatte es seit einiger Zeit geahnt. André hatte eine Andere.
Carla war so in Gedanken versunken, dass sie das Keuchen des Mannes hinter ihrem Rücken erst hörte, als er sie mit festem Griff packte. Ihr blieb keine Zeit zu schreien, da sich eine Hand gleichzeitig auf ihren Mund presste.
„Ganz still“, knurrte eine tiefe Stimme neben ihrem Ohr. „Ich tu dir nichts.“

Kurz nach Mitternacht hatte sich André zu ihr ins Bett gelegt. Und da schlief er noch immer seelenruhig, als könnte er kein Wässerchen trüben. Dieser Mistkerl. Carla taumelte wie ein verletzter Schmetterling durch den friedlichen Sommermorgen. Als sie nach Andrés Rückkehr in der Nacht endlich eingeschlafen war, hatte sie schlecht geträumt und war voller Entsetzen aus einem Albtraum hochgeschreckt.

Eine Frau mit stechendem, höhnischem Blick aus eiskalten blauen Augen ... Das Bild dieser Frau, die mit Blut besudelt war, verfolgte sie seitdem. Hirngespinste, schalt sie sich, und dennoch gelang es ihr nicht, den gruseligen Anblick aus ihrem Kopf zu vertreiben.
Auch Tina Beimer zählte zu den Frühaufstehern, stellte Carla fest. Im Badeanzug und mit einem Schal, azurblau heute, war sie auf dem Weg zum Pool. Dabei war sie gestern, es musste kurz vor Mitternacht gewesen sein, auch noch unterwegs gewesen. Vielleicht hatte sie wieder mit ihrem Mann gestritten und das Weite gesucht. Oder den Zauber einer tropischen Nacht genossen. Die Zikaden hatten ununterbrochen gesungen und die Temperaturen waren nicht unter fünfundzwanzig Grad gesunken.
Und noch eine bekannte Person entdeckte Carla: Der vermeintliche Gärtner machte sich am Swimmingpool zu schaffen. Warum hatte er sie gestern so erschrecken müssen, nur damit er bestätigt bekam, dass der Mann, vor dem sich Sara Lanz aufgebaut hatte, ihr Ehemann André war?
S L, Sara Lanz, hieß das Miststück also. Eine der zwei gestern angereisten Frauen. Sara Lanz war es, mit der sich André vergnügte. Ihr André. Carla beschleunigte ihren Schritt, bis ihre Lungen brannten. Ehe sie die nächste Hügelkuppe erreichte, gellte ein entsetzlicher Schrei durch die Morgenluft.

Sara Lanz war durch Gewalteinwirkung gestorben, mitten in der Nacht. Eine blutrünstige Angelegenheit. Diese Informationen sickerten aller Geheimhaltung zum Trotze zu ihnen allen durch. Und die arme Frau Beimer hatte die Tote in der Nähe des Pools gefunden.

Die erste Vernehmung der Polizei, der man die geräumige Bibliothek des Landguts zur Durchführung der ersten Gespräche (tatsächlich waren es Verhöre) überließ, hatten inzwischen alle Anwesenden hinter sich gebracht. Jetzt saßen die Gäste auf der Terrasse unter dem Sonnensegel versammelt und warteten auf das Abendessen.
Victoria Bachmann, dachte André, wirkte erstaunlich gelassen angesichts der Tatsache, dass sie ihre beste Freundin, wie sie nicht müde wurde zu betonen, verloren hatte. Seine Frau Carla dagegen war so nervös wie ein Rennpferd vor dem Start. Hatte sie etwas mit dem Tod von Sara Lanz zu tun?
Aus unerfindlichen Gründen hatte sich auch dieser Gärtner zu ihnen gesellt. Er trug jetzt eine dunkle Hose und ein blütenweißes Hemd, womit er überhaupt nicht mehr wie ein Gärtner aussah. Aber wer sah schon so aus, wie er war, fragte sich André fröstelnd, obwohl die Hitze gerade ihren täglichen Höhepunkt erreicht hatte.
„Dass der Liebespaarmörder hier zuschlägt ..." Frau Beimer fingerte unruhig an ihrem lindgrünen Schal.
Der Liebespaarmörder — ihr Lieblingsthema. Insgeheim rollte André mit den Augen. Oft genug hatte sie die Anwesenden damit belästigt.
Der Gärtner hob seinen Blick und sah alle der Reihe nach an, finster, durchdringend und länger als nötig, nach Andrés Empfinden, bevor er sprach. „Nehmen wir mal an, es war nicht der Liebespaarmörder ... Zu einem Paar gehören immer noch zwei."
Bedeutungsschwer hingen seine Worte in der warmen Luft.
„Sie glauben ja wohl nicht ..." Tina Beimer brach als Erste das Schweigen, hustete, hüstelte und hüstelte, genehmigte sich einen großen Schluck Whisky zu Linderung. „Ist nicht

immer der Gärtner der Mörder?", brachte sie schließlich spitz hervor.
„Ich verrate Ihnen was: Auch ein Gärtner braucht ein Motiv! Und ich habe keins!" Er zwinkerte ihr zu.
Auf Tina Beimers Dekolleté blühten rote Flatschen, groß wie Handteller, auf.
Warum war sie nervös?, fragte sich André. Andererseits: War hier nicht jeder der Anwesenden unruhig? Was auch kein Wunder war, sinnierte er weiter, wenn ein Mord ausgerechnet auf dem Grundstück eines Hotels geschah.
„Ein Motiv hat wahrscheinlich jede und jeder von uns!" Victoria Bachmann strich ihr rotes Kleid glatt, obwohl es tadellos saß. Genüsslich schien sie den Moment auszukosten, in dem sie mit fassungslosen Blicken torpediert wurde.
„Es ist das Alibi, worauf es ankommt, und das habe ich", flötete Tina Beimer, nachdem sie sich von dem ersten Schreck erholt hatte. „Michael Schmidtke kann es bestätigen!"
Eifrig und errötend wie ein Schuljunge nickte der Angesprochene, der sich heute Abend so aufrecht hielt, als hätte man ihn von einer unsichtbaren Last befreit.
„Ich habe ebenfalls ein Alibi", bemerkte Victoria Bachmann gedehnt.
„Sie waren mit der Toten zusammen. Sie wird das kaum mehr bestätigen können." Tina Beimer lachte hysterisch auf und lief puterrot an.
Victoria Bachmann erhob sich aus ihrem Sessel geschmeidig wie eine Katze. „Falsch. Ich war mit Ihrem Mann zusammen."
Tina Beimers Gesichtsfarbe schlug von Röte in Leichenblässe um.

Jeden Versuch, ein vernünftiges Wort mit ihr zu wechseln, blockte sie ab. Carla entzog sich seiner Unterhaltung ebenso wie seinen Umarmungen. Sie war ihm seit heute früh beständig aus dem Weg gegangen, aber jetzt, im Hotelzimmer, konnte sie sich ihm unmöglich entziehen. Na schön, dachte André, und entschied sich zum Frontalangriff. Er musste das klären. Er schloss die Balkontür, sperrte die Nacht und mögliche Zuhörer aus und schaltete das Deckenlicht ein, was Carla mit einem unwirschen Laut quittierte. „Was hast du mit dem Ganzen zu tun?"
Ihrer Überraschung folgten Schrecken, Wut. Entrüstung. André konnte jede einzelne ihrer Gefühlsregungen in ihrem Gesicht lesen und war froh, etwas nicht zu sehen: das Gefühl der Schuld.
„Genau diese Frage hätte ich gerne von dir beantwortet."
Jetzt war es André, der sie mit nacktem Entsetzen in den Augen anstarrte.
„Ich habe euch gesehen", schob Carla nach. „Gestern Abend. Am Pool."
Daher wehte also der Wind. Langsam wandte sich André von seiner Ehefrau ab, stieß die angehaltene Luft aus. Er hätte es ihr längst sagen müssen. Ruckartig drehte er sich wieder zu ihr, um ihr fest in die Augen zu blicken. „Sara ... Sie war meine Ex."
Carla nickte, sie hatte es vermutet. Das Gefühl, das sich seit gestern Abend in ihrer Magengegend eingenistet hatte, brach sich Bahn, während ihr das Bild ihres Albtraums wie ein Mahnmal vor Augen trat. War Sara die Frau aus ihrem grausigen Traum?
„Sie ist ... Sie war nicht normal." Mit der Hand fuhr André sich durch das Haar und rang nach Worten. „Wir haben uns nicht im Guten getrennt. Als ich dich kennengelernt habe ..."

Er brach ab und schluckte. „Mit unserer Hochzeit ist sie total ausgerastet, hat mich terrorisiert, mir gedroht, uns bis zum ersten Hochzeitstag auseinanderzubringen ... Sie ist eine Stalkerin."
„Dann hattest du ein Motiv." Carla flüsterte nur noch.
André nickte, um gleich darauf den Kopf heftig zu schütteln. „Ich habe befürchtet, dass sie uns auch hier nachstellt, aber deswegen bringe ich sie nicht um", erwiderte er sachlich. „Und du? Ich kenne die Briefe!"
Das Blut wich aus Carlas Gesicht. Die Briefe, die ihr die Ex, unterzeichnet mit S L, seit einiger Zeit schickte, und die alle den Tenor hatten: Du behältst ihn nicht.

Vicky ist ein Biest, entschied der Gärtner alias Mike Meier und öffnete das Fenster in seinem Zimmer, weil er frische Luft brauchte. Ein Biest genauso wie ihre Freundin Sara es gewesen war. Berechnend, besitzergreifend, skrupellos und absolut machtgeil.
Hastig knüpfte Mike sein Hemd auf — diese Tropenhitze war kaum zu ertragen — und riss es sich vom Leib. Leider hatte auch dieser André zu spät erkannt, auf wen er sich eingelassen hatte. Sara hatte ihren Ex nicht gehen lassen wollen, irrwitzige Hirngespinste hatte sie gehabt, sich in ihre verflossene Liebe krankhaft reingesteigert. Dass jemand Sara nach dem Leben trachtete, hatte Mike für eine ebensolche Kopfgeburt ihrerseits gehalten, dennoch hatte er den Auftrag angenommen. Was hätte er auch tun sollen, schließlich stand er in Saras Schuld. Auf Lebzeiten. Hirnrissige Idee, als Gärtner getarnt, sie im Urlaub zu beschützen. Wie denn? Er war Personal Trainer und kein Bodyguard. Und das Schlimmste: Wie ein Amateur hatte er die sinnlichen Avancen eines aus dem Nichts aufgetauchten

Zimmermädchens erwidert, gerade in dem Moment, als der Täter vermutlich zugeschlagen hatte. Zufall oder Planung, fragte er sich.

Michael Schmidtke saß alleine in seinem Zimmer und starrte auf das Bett, das er gerne mit einer Frau geteilt hätte. In seinem Kopf rotierten die Gedanken wie im Schleudergang einer Waschmaschine, und das seit Stunden.
Das einzig Gute an dieser hässlichen Geschichte war, dass er von Sara Lanz vor ihrem Tod noch das Geld erhalten hatte. Sicherlich Schwarzgeld, da machte er sich nichts vor, aber Geld war Geld. Exakt der Betrag, um den sie ihn damals nach der ungerechtfertigten fristlosen Kündigung gebracht hatte, lag jetzt in einem dicken Umschlag. Manchmal hatten auch die stärksten Menschen ihre schwachen Minuten.

Eiskalt abserviert, nur benutzt und reingelegt hatte Victoria Bachmann ihn, diese bittere Erkenntnis traf Frank Beimer hart. Seit einer Stunde wanderte er rastlos auf dem Feldweg, um sich nicht mit seiner Frau in einem Raum aufhalten zu müssen. Außerdem half Bewegung, um klar denken zu können. Offenbar hatte er mit Frauen kein Glück. Es war es gewohnt, dass seine eifersüchtige Ehefrau ständig nörgelte und ihm die Hölle heißmachte. Vor allem, nachdem sie von seinem Schäferstündchen mit Sara erfahren hatte. Dass Sara eine Einmal-Geschichte gewesen war – nun gut. Glücklicherweise hatte seine Frau bis gestern nichts von Victoria gewusst. Victoria ... Von ihr hatte er sich mehr – alles – erhofft und erträumt. Vielleicht war er ihr tatsächlich hörig, sonst hätte er sich niemals für diesen Wahnsinn

hergegeben. Aber sie hatte ihm phänomenalen Sex geboten, die Ehe ebenso wie den Posten des Finanzchefs versprochen (sobald sie den Chefsessel der Verstorbenen übernommen hatte). Allerdings erst nach Erledigung seines Jobs. Wie kaltblütig Frauen sein konnten.
Die Erleichterung, die er gestern Nacht verspürt hatte, als er entdeckt hatte, dass ihm jemand zuvorgekommen war, ließ sich nicht in Worte fassen.
Geschmälert wurde das Gefühl der Euphorie jedoch durch die Konsequenzen, die Victoria aus der Nichtausübung seines Auftrags zog. Leider, hatte seine Angebetete ihm heute Morgen kühl und abweisend mitgeteilt, waren ihm damit auch die freudigen Eheaussichten und der Cheffinanzposten durch die Lappen gegangen.

Niemand hatte gemerkt, dass der Toten ein paar exquisite Schmuckstücke fehlten. Tina Beimer faltete ihren Schal ordentlich, legte den dicken Umschlag dazu und verstaute alles im Koffer. Das Schicksal hatte ihr Sara Lanz hierher gespült, und sie hatte den Wink des Schicksals verstanden. Daneben hatte der trottelige Michael Schmidtke ihr das perfekte Alibi zugespielt.
Eine Menge Geld und vor allem eine nie gekannte Freiheit würden ihr die Umstände bescheren. Neben der Genugtuung. Und sie konnte sich endlich von ihrem treulosen Ehemann scheiden lassen.

Michael Schmidtke träumte wie gestern Abend in die Nacht, nachdem er sein Bett aufgeschlagen und das Fenster geöffnet hatte. Frische, samtene Luft umwehte ihn, als er am Sims lehnte und den Mond betrachtete. Tina, dachte er. Sie war eine so liebenswerte, amüsante, einfühlsame Frau. Und

eine Frau, die wusste, was sie wollte. Gestern hatte sie ihn gewollt.
Zu seiner maßlosen Freude war sie auch sehr sinnlich. Viele Stunden hatten sie zusammen verbracht. Eine schöne, laue Sommernacht, silbernes Mondlicht. Romantik pur. Dazu das nicht zu verachtende Sümmchen Geld in der Tasche beziehungsweise Urne. Ja, er hatte den Umschlag mit dem Geld in der Urne auf dem Kaminsims im Haupthaus versteckt. Das sei einfach sicher, hatte Tina Beimer gesagt, niemand würde dort das Geld vermuten, und er hätte sie für diese Idee küssen können. Was er auch getan hatte. Da konnte man ihm schlecht vorhalten, dass er sich im Anschluss ein bisschen vergessen, ein Glas mehr als üblich getrunken hatte, oder? Was ihm allerdings nach wie vor Kopfzerbrechen bereitete, war die Tatsache, dass er erst um fünf Uhr morgens aus tiefem Schlaf erwacht war. Auf einer dieser urbequemen Relaxinseln liegend. In dem Garten-Pavillon, in dem er mit Tina Beimer ein Rendezvous gehabt hatte. War er tatsächlich inmitten der Geschehnisse eingeschlafen? So etwas war ihm noch nie passiert. Irgendetwas war ihm nicht bekommen. Obwohl er sich nicht wirklich daran erinnern konnte, was er gegen Mitternacht getan hatte (das letzte Mal hatte er um elf Uhr nachts auf die Uhr geschaut), hatte er Tina Beimer bedenkenlos ein Alibi gegeben. Das war er ihr nach den schönen Stunden auch schuldig. Als ob Tina Beimer etwas mit dem Mord zu tun haben könnte. Diese liebe Frau ... Die Befragungen der Polizei, ewig lang hatten sie Tina gequält – geradezu absurd das Ganze. Absurd! Er schob das Unbequeme aus seinem Kopf und sonnte sich stattdessen lieber nachträglich in Tinas liebevoller Aufmerksamkeit.

André starrte aus dem Fenster. Zwischen Carla und ihm gab es nun keine Geheimnisse mehr. Und würde es niemals mehr geben, das hatten sie sich feierlich versprochen.
Was den Mord betraf, glaubte er weder an den Liebespaarmörder noch an irgendeinen Zufall. (Die Polizei meinte, es gäbe unzählige Landstreicher ...) Auffällig war, dass hier jeder Sara gekannt hatte. War einer der Gäste der Täter? Die Männer kamen wohl nicht in Betracht. Zu schwächlich waren sie allesamt. Victoria Bachmann hingegen traute er diese Tat ohne Weiteres zu, nur hatte sie offenbar ein hieb- und stichfestes Alibi. Oder nicht? Und Tina Beimer? Schwer zu sagen, ob sich hinter ihrer naiv und bieder wirkenden Fassade nicht etwas Abgründiges, Dunkles, ein Geheimnis versteckte. Wer wusste das schon?
Er lenkte den Blick auf den Mond, der majestätisch und prachtvoll aus den dunklen Feldern stieg. André spürte, wie der Anblick ihn mit tiefem Frieden erfüllte.
Es war still.

***Bettina Schneider*** *ist Jahrgang 1968, lebt in Berlin; verheiratet, zwei Kinder, Studium der Betriebswirtschaftslehre, im Anschluss zehn abwechslungsreiche Jahre im Rechnungswesen in der Privatwirtschaft, heute Freiraum für kreative Tätigkeit.*
*Sie schreibt mit Begeisterung Kurzprosa, einiges davon ist veröffentlicht.*
*Sie ist eine Leseratte, liebt Sonne und blauen Himmel und mag Wald-Spaziergänge.*

# Britt Glaser

## Punkteklau

„Die Seeluft im Norden wird dir guttun“, sagte Markus und zeigte seiner Frau die Internetseiten der Reha-Klinik. Beate wäre lieber in eine Gegend gefahren, wo es Wälder gab, Wasser machte ihr von je her Angst. Doch Markus erklärte, dass das Kurhaus nicht direkt am Wasser lag – und nur wenn sie es wolle, könne sie am Strand spazieren gehen, sie müsse ja nicht.

Nun war Beate schon zwei Wochen in der Klinik und war ihrem Mann dankbar, dass er sie überredet hatte, nach St. Peter Ording zu fahren. In den freien Stunden nach den Anwendungen flanierte sie meist mit einigen anderen aus dem Kurhaus durch die Einkaufsmeile oder auf der Promenade entlang. Selbst der lange Strand war für Beate keineswegs beängstigend. Dort spazierte sie stundenlang und sah den Wellen zu, wie sie am Strand landeten. Oder beobachtete die zutraulichen Möwen. Oft streckte Beate einen Arm hoch Richtung Himmel und freute sich jedes Mal wie ein Kind, wenn eine Möwe im Vorüberflug das Brot aus ihrer Hand nahm.

Nach wenigen Tagen wagte Beate es, mit hochgekrempelten Hosenbeinen durchs Wasser zu laufen. Es war herrlich, wenn die kühlen Wogen ihre Beine umspülten.

Im Kurhaus gab es nur freundliche Angestellte, und alles hatte das Flair eines Urlaubs. Die Patienten waren auch nett, die meisten jedenfalls. Beate konnte Anastasia nicht leiden, glaubte, es beruhe auf Gegenseitigkeit, ging aber trotzdem durch die Flure des großen Hauses und klopfte an ihrer Zimmertür.

„Es ist offen", rief Anastasia aus dem Bad.

Beate trat ein. Das Zimmer war geräumig, ein fast quadratischer Raum mit Bett, Tisch und zwei Stühlen. Die Morgensonne schien durch die Fenster herein und ließ den Raum freundlich erscheinen, trotz der Unordnung, die im Zimmer herrschte. Kleidungsstücke lagen überall verstreut herum: auf dem Bett, den Stühlen, ja, sogar der Fensterbank. Nur auf dem Tisch lag nichts, da stand nur *Er*. Drapiert wie im Werbeprospekt. Sein Holz, mit feinen Maserungen durchzogen, aber glattgeschliffen.

Er sieht elegant aus, dass ihn sicher jede Frau haben will, überlegte Beate. Anastasia hatte ihn voll bestückt. Jedes der Schlitze war ausgefüllt, mit 6 verschiedenen Messern. Vom kleinen Kartoffelschälmesser über Gemüse- bis zum Ausbeinmesser. Im unteren Teil des Holzblocks war eine Aussparung, in der eine Küchenschere steckte.

Nur zu gern würde Beate auch den kompletten Messerblock mit nach Hause nehmen. Jedes einzelne Teil benutzen und pflegen, wieder und wieder.

Anastasia hatte sicher genug Punkte übrig, die es im Supermarkt bei jedem Einkauf ab 5 € dazugab. Manchmal waren die Verkäuferinnen auch großzügig und rückten einige Punkte mehr heraus.

Fast alle im Kurhaus, die die Punkte nicht sammelten, hatten sie Anastasia überlassen. Bestimmt würde sie einige abgeben. Beate wollte nur ihre Sammelkarten voll bekommen, um den Messerblock ebenfalls für einen Schnäppchen-Preis kaufen zu können.

Als sich ihr Blick endlich von den Messern gelöst hatte, sah sie die Sammelpunkte, 150 vielleicht 200 Stück. Kleine rechteckige Aufkleber, die das Firmenlogo der Messerfirma zeigten. Je nach Einkaufswert hatten die Verkäufer sie von

einer Rolle abgerissen. Mal waren es fünf Punkte manchmal mehr, aber auch einzelne Aufkleber lagen achtlos auf Anastasias Nachttisch verteilt. Der Anblick löste in Beate Unbehagen aus. Sie war versucht, die Streifen mit den Sammelpunkten akkurat übereinanderzustapeln. Sie mussten gerade liegen, dieses Durcheinander machte sie nervös. Genau wie der Bilderrahmen, er stand weder mittig noch parallel zu einer Seite des Nachttisches. Beate bückte sich, um den Bilderrahmen in die richtige Position zu schieben, dessen Foto Anastasia mit Markus zeigte.
Markus? Sie nahm das gerahmte Foto und betrachtete es. Warum war diese Frau mit ihrem Markus auf einem Bild?
„Schön nicht?", säuselte Anastasia, die nun mit einem Handtuch auf dem Kopf, zu einem Turban gewickelt, hinter ihr stand. „Da waren wir auf einer Mittelmeer-Kreuzfahrt, mit der Aida."
Ja, jetzt sah Beate es auch, die Aufnahme wurde auf einem Schiff gemacht.
„Wann war das?", krächzte sie, ohne den Blick vom Bild zu nehmen.
„Im Mai. Es war traumhaft", schwärmte Anastasia. „Das war unsere Hochzeitsreise, wir haben nämlich Weihnachten in Las Vegas geheiratet."
Beate rang nach Luft. Ihr Markus hatte Anastasia geheiratet, aber das konnte nicht sein, er war doch mit ihr verheiratet. Gedanken um Markus kreisten in ihrem Kopf. Er arbeitete viel, reiste manchmal wochenlang für seine Firma und hatte es so bedauert Weihnachten nicht bei ihr sein zu können. Im Mai, überlegte Beate, ja, da war er auch wieder für mehrere Wochen im Ausland. Konnte nur sehr selten anrufen, da er oft keinen Empfang hatte – war das etwa alles gelogen? War er nicht auf der Ölbohrinsel und auch

nicht in dieser Wüste, dessen Name ihr entfallen war. Markus hatte ihr erzählt, er sei am Ende der Welt, um Ölbohrungen vorzunehmen. Stattdessen machte er Urlaub mit einer anderen Frau auf einem Kreuzfahrtschiff?
Aber nein, denn sie würden nächstes Jahr ihren 10. Hochzeitstag feiern. Ihr fleißiger Markus und sie.
„Was möchtest du?", fragte Anastasia und riss Beate grob den Bilderrahmen, auf dessen Bild sie noch immer starrte, aus den Händen.
Nur langsam fand Beate zurück in die Realität, ihr Blick fiel auf die Sammelpunkte. Es waren so viele und sie lagen völlig ungeordnet da.
„Du hast deinen Messerblock doch schon voll", flüsterte Beate, „da wollte ich fragen, ob du mir ein paar Punkte abgeben kannst."
Anastasia verzog den Mund zu einem Grinsen und sprach: „Das tut mir leid, aber meine Freundin hat Geburtstag, ich werde ihr den Messerblock samt Messern kaufen."
Dabei strich sie mit der Hand über das helle Holz des Blocks, wie Verkäufer es in Fernsehwerbesendungen tun. „Da werde ich kaum Punkte überhaben."
„Okay, ich dachte ja nur", murmelte Beate und wollte Anastasia nach Markus fragen, doch sie brachte keinen weiteren Ton hervor. Sie verstummte, wie so oft. Dabei wollte sie wie Anastasia sein: laut, redegewandt, selbstbewusst. Aber stellte, wie so oft fest, dass sie das Gegenteil war. Beate lief langsam mit gesenktem Kopf zur Tür.
Ja, Anastasia hatte alles, Selbstbewusstsein, den Messerblock, eine Freundin, ihren Markus, aber das konnte doch gar nicht sein. Bestimmt gab es eine Erklärung dafür, vielleicht hatte Markus einen Doppelgänger? Ja, so musste es sein, versuchte sie sich einzureden und ging in ihr Zimmer.

Es klopfte an der Tür. Beate hob den Kopf und bemerkte erst jetzt, dass es bereits Abend war. Es klopfte erneut und die Tür öffnete sich einen Spalt, der Kopf ihrer Nachbarin Marina vom Nebenzimmer schob sich herein. „Du warst nicht beim Essen. Was ist los?"
Es wollte aus ihr heraussprudeln – Beate wollte reden, ihr Mund ging auf und zu, aber kein Ton drang aus ihrem Inneren hervor. So war es immer. Schon seit Kindertagen. Die Worte kamen nicht über ihre Lippen. Sie stauten sich als Wut in ihrem Bauch, ihrer Brust, ihrem Kopf. Außenstehende merkten davon nichts.
Beate nuschelte: „Bauchweh." Mehr fiel ihr im Moment nicht ein.
„Ach du arme", tröstete Marina. „Leg dich hin, ich werde dir einen Tee kochen und eine Wärmflasche besorgen."
Beate dankte Marina für die Fürsorge, trank den Tee und gab vor, müde zu sein.
Doch an Schlaf war nicht zu denken, die Gedanken kreisten unaufhörlich. Über Markus' Doppelleben und das ausgerechnet mit dieser aufgetakelten Schlampe. Anastasia würde Markus nie so lieben wie sie. Warum tat er ihr das an?
Weit nach Mitternacht stand fest, dass sie Anastasia sagen müsse, dass Markus ein Doppelleben führe und er bereits verheiratet ist. Verheiratet mit ihr und das schon seit fast zehn Jahren.
Entschlossen lief Beate durch die Flure des großen Hauses, es konnte nicht warten. Jeder Schritt hallte als lautes Hämmern in ihrem Kopf wider. Zaghaft klopfte sie an Anastasias Tür. Als keine Antwort kam, drückte sie die Klinke herunter. Die Tür war nicht verschlossen. Sie trat ein. Die halb geöffneten Vorhänge ließen zwar wenig, aber doch so viel

Licht von draußen herein, dass Beate sich zurechtfand. Es war nun aufgeräumt, nichts mehr von den Kleidungsstücken zu sehen, die am Mittag noch herumlagen. Ein gleichmäßiges Atmen kam aus dem Bett. Anastasia hatte ihr den Rücken zugedreht.
Beate musste sie wecken, damit sie reden konnten. Wort für Wort wollte sie sagen. Diesmal nicht stumm bleiben. Anastasia würde sich entschuldigen und ab jetzt keine Kreuzfahrten mehr mit Markus machen. Ihn aus ihrem Leben streichen.
Aber es war absurd. Anastasia lachte sie bestimmt aus und warf sie aus dem Zimmer. Beate wäre wieder wortlos und am Ende bliebe ihr nichts mehr. Verhöhnt, gedemütigt und voller Schmerz würde sie nach der Reha nach Hause fahren, ein Zuhause, das es ohne Markus nicht mehr geben würde.

So war es immer gewesen, die Hilflosigkeit machte stumm. Die vielen Sitzungen hatten sie nicht stärker gemacht. Dabei hatte sich Beate bei Frau Dr. Thiese so wohl und stark gefühlt und an sich geglaubt. Aber nun kam die Sprachlosigkeit doch wieder zurück. Ihr Blick irrte durchs Zimmer, auf der Suche nach einer Lösung! Sie wollte Markus für sich und auch einen Messerblock, wie er noch immer auf dem Tisch stand. Das Holz war so präzise verarbeitet, seine Honigfarbe erkannte man selbst in der Dunkelheit. Die Messergriffe waren wohl extra für Frauen angefertigt worden, denn sie lagen so gut in der Hand.
Das größte Messer steckte oben links im Schlitz.
Es glitt, wie in den Messerblock, unterhalb der Schulterblätter, zwischen die Rippen. Nur ein kurzes Röcheln und das gleichmäßige Atmen verstummte. Stille. Warum hatte sie das getan? Sie schrie innerlich. Alle Worte und Sätze,

ihre Meinung. Ihre ganz eigene Meinung, alles, was sie zu sagen hatte. Die Worte saßen auf der Klinge – und ihre Hand gab ihnen den Schubs, den sie brauchten, um in die Welt zu gelangen.
Ein Geräusch erschreckte Beate. Die Toilettenspülung.
Es war also noch jemand bei Anastasia im Zimmer.
„Bin gleich wieder da“, flötete es aus dem Badezimmer. Die Stimme gehörte Anastasia. Aber ... bei wem steckte das große Gemüsemesser zwischen den Rippen?
Beate huschte zur Zimmertür. Rannte an den vielen Zimmern vorbei, durch die Flure. Schloss die Tür hinter sich und fiel atemlos auf ihr Bett. Die Sammelpunkte von Anastasias Nachttisch in der geschlossenen Faust.

Anastasias Schreie hallten wenig später durch das Haus. Beate weinte leise, denn wenn sie nun eins und eins zusammenzählte, war es doch wohl Markus, der in Anastasias Bett lag. Sie hatte versehentlich ihren Mann umgebracht, ihren geliebten Markus. Nun gäbe es keinen Hochzeitstag mehr.

Irgendwann in den Morgenstunden schlief sie ein.
Am nächsten Tag sagte sie sich, alles war nur ein Traum. Beate schminkte sich gerade, als ihr Handy läutete. Am anderen Ende war Markus.
Es ginge ihr gut und alles sei bestens, erzählte sie und er versprach, sie nächstes Wochenende zu besuchen, er hatte ein paar Tage freibekommen. Erleichtert legte sie das Handy zur Seite. Also hatte sie tatsächlich schlecht geschlafen und wirres Zeug geträumt. Alles war in bester Ordnung und die Sammelpunkte, die akkurat auf ihrem Tisch neben den Sammelheften lagen, die mit einer Kante den Rand des

Tisches berührten, hatte sie bestimmt von ihren unzähligen Einkäufen im Supermarkt.

Beim Frühstück berichtete die Kurleitung vom nächtlichen Vorfall, der sich bereits herumgesprochen hatte, da viele von den Schreien in der Nacht und dem folgenden Radau aufgewacht waren.
Man munkelte, Anastasia hatte sich mit einem Patienten eingelassen, der plötzlich ermordet ihn ihrem Bett lag. Es hieß, der Gute sei sehr gefragt gewesen, gerade auch bei den alleinstehenden Frauen. Vielleicht gab es eine Rivalin, die ihn der verheirateten Anastasia nicht gönnen wollte.
Alle Reha-Teilnehmer wurden in den folgenden Stunden befragt. Von jedem nahm die Polizei Fingerabdrücke.
Tags darauf bestellte man Beate wieder in ein extra eingerichtetes Verhörzimmer.
Man hatte ihre Fingerabdrücke auf den Messern gefunden und auf dem Bilderrahmen, erklärte eine Kommissarin und reichte ihn Beate. Sie hielt den Rahmen fest, der nun in einem Beutel steckte und berichtete vom Besuch bei Anastasia, wiederholte alles, was sie der Polizei gestern auch schon gesagt hatte. Die etwas abgewandelte Wahrheit, so hatte Anastasia ihr Sammelpunkte geschenkt, damit sie auch den Messerblock samt Messern kaufen konnte. Beim Betrachten der Messer hatte sie jedes einzelne angefasst, um zu fühlen, wie es in der Hand lag. „Und den Rahmen hatte ich auch in der Hand", sprach sie, „habe mir das Bild angeschaut, während Anastasia von der Reise und ihrer Hochzeit berichtet hat."
Die Polizistin notierte alles.
Beate senkte den Kopf, besah sich das Bild noch einmal genau. Sie musste es etwas hin- und herbewegen, da die Tüte,

in der er nun steckte, keine ganz klare Sicht ermöglichte. Aber trotz allem erkannte sie, dass auf dem Bild nicht Markus war, sondern ein ihr völlig unbekannter Mann. Obwohl sie gestern noch hätte schwören können, Markus wäre auf dem Foto.

Am Nachmittag konnte Beate es kaum erwarten, das Geschäft aufzusuchen, bei dem es die Messer zu kaufen gab. Die Sammelheftchen wurden eingelöst.
Auf dem Rückweg zum Kurhaus trug sie eine Einkaufstasche gefüllt mit dem erbeuteten Messerblock, sechs Messern und einer Schere.
Sie fand, dass die Therapie sie doch weit nach vorn gebracht hatte, denn sie ist mutig geworden, konnte der Polizei Rede und Antwort stehen, ohne stumm zu sein, oder unvollständige Sätze daherzustottern. Sicher hat die bisherige Reha auch dazu beigetragen, dachte Beate und freute sich. Sie blieb einen Moment stehen und atmete die salzige nach Algen riechende Luft ein, die heute direkt vom Meer zu kommen schien.
Eine Passantin lief vorbei und grüßte freundlich: „Moin."
Wie nett sie doch alle hier sind und selbst Anastasia, die ich erst gar nicht mochte, überlegte Beate, schenkt mir ihre Sammelpunkte, obwohl sie ihrer Freundin den Messerblock auch kaufen wollte. Ich glaube, sie mag mich, sonst hätte sie es nicht gemacht.

Beate freute sich auf das Wochenende und auf Markus. Sie würde ihm vorschlagen zum zehnten Hochzeitstag eine Reise nach Las Vegas zu machen, um dort erneut zu heiraten. Für ihren nächsten Urlaub könnten sie dann eine Mittelmeerkreuzfahrt buchen, vielleicht auf der Aida? Beate war glücklich über ihre guten Ideen und flüsterte: „Markus hatte vollkommen recht, als er meinte, die Luft im Norden würde mir guttun."

***Britt Glaser:*** *Die am Rande des Ruhrgebiets lebende Autorin mag die Stille der Nacht. Dann ist es an der Zeit, ihren Figuren Leben einzuhauchen und Welten zu erschaffen.*
*Britt Glaser schreibt seit 2009 mit großer Leidenschaft. Neben Krimis und aus dem Leben Gegriffenen brennt ihr Herz für das Fantastische.*
*In ihren ersten High-Fantasy-Romanen erfand sie das Drachenland.*
*Im 13. Jahr ihrer Autorenlaufbahn (2022) erschien der Vampir-Roman Bruderblut im Edition Paashaas Verlag. 2023 wird ein weiterer Band aus der Vampir-Reihe veröffentlicht.*
*Damit sie von ihrer Liebe zu den Worten etwas weitergeben kann, leitet sie mit viel Freude seit 2015 Werkstätten für kreatives Schreiben.*

*Homepage: www.britt-glaser.hpage.de*

## Dominique Goreßen
## Tödliche Geschenke

Auf den ersten Blick wirkte der Hinterhof wie jeder andere. Zwischen zwei Steinmauern eingezwängt, wetteiferten Salatköpfe mit Tomaten um den besten Sonnenplatz, während Bohnen dem Himmel entgegenrankten. An langen Leinen schaukelten sanft weiße Wäschestücke. Ein Hauch von Gallseife hing in der Luft.

Der Körper lag verdreht in einer Lache verkrustetem Dunkelrot. Hinter Wäschereihen erkannte Inspektor Pele Murini den schemenhaften Umriss der zweiten Leiche. Bereits da war ihm klar, dies war kein gewöhnlicher Fall.

„Potzblitz." Der erfahrene Inspektor fuhr sich durch das schüttere Haupthaar. „Potzblitz, Arvi haben Sie so etwas schon mal gesehen?"

Sein jüngerer Kollege Arvi Colini schüttelte den Kopf.

„Zwei Tote mit solchen Verletzungen auf einmal? Sicher nicht."

Inspektor Murini trat näher an das Opfer. Weiblich, mittleren Alters, sehr gut gekleidet, Schnittwunden an den Extremitäten, die über den Bauch verlaufende vermutlich tödlich... Gedankenverloren seinen Schnurrbart zwirbelnd, formulierte er bereits den Bericht. Ein Ausruf Arvis störte sein Diktat. Mürrisch begab er sich zu seinem aufgeregt plappernden Kollegen.

„Das ist Andy Dreifinger. Der Barkeeper der Kornmühle. Sie wissen schon, dieser zwielichtige Schuppen am Fluss, der ..."

Unwirsch unterbrach Inspektor Murini den Jüngeren.

„Ich kenne die Kornmühle."

Und wie er die kannte. Er versuchte die hochkommenden Erinnerungen zu unterdrücken, während Arvi ungerührt weiterredete.
Er sah sie vor sich. Konnte ihren Duft riechen. Weißer Flieder.
Arvis Geschnatter wurde aufgeregter: „Und diese Revuetänzerin, die es da mal gab. Wie hieß sie gleich?"
„Lola", hauchte der Inspektor. Ein Blick ihrer haselnussbraunen Augen, und es war um ihn geschehen. Und ihr Tanz erst. Jede ihrer Bewegungen ließ ihn einen kleinen Tod sterben.
„Richtig, Lola. Was für ein Frauenzimmer. Kein Wunder, dass Don Bitto sie ganz schnell zur Frau genommen hat."
Der Stich ins Herz, den diese Worte verursachten, holte Inspektor Murini zurück in die Wirklichkeit. Er würde zu diesem Ort zurückkehren müssen, um mit Ratolí zu sprechen, dem Besitzer.

„Aufmachen! Polizei!" Der Inspektor hämmerte an das Holz.
„Guten Abend die Herren, willkommen in meinem bescheidenen Etablissement." Eine kleinwüchsige, fette, graue Gestalt öffnete mit einer tiefen Verbeugung. Sein langer Zinken näherte sich gefährlich dem Boden.
Ratolí, die Ratte.
„Lass das Getue, Ratolí, wir müssen reden." Inspektor Murini packte den schmierigen Inhaber am Revers.
„Sicher, sicher. Die Polizei ist mir stets willkommen", schnarrte der.
Die Ermittler folgten ihm in ein schmuddeliges Hinterzimmer. Der Inspektor bemerkte die beiläufige Geste, mit der die Ratte weißen Staub von seinem vermüllten Schreibtisch

fegte. Auch das aufgesetzte Grinsen seines Gegenübers täuschte ihn nicht. Dieser Kerl hatte Dreck am Stecken.
„Also, was verschafft mir die Ehre Ihres Besuches?"
Der Inspektor schnaubte und versuchte, seine Gedanken zu ordnen. Es misslang jämmerlich. An jeder Ecke sah er Lola, hörte ihr helles Lachen.
„Was wissen Sie über Andy Dreifinger?", hörte er Arvi die Befragung beginnen.
„Pele."
Haselnussaugen seinen so nah. Sanfte Finger auf seiner Hand. Ihre Tränen beim Lebewohl ...
Ein Rippenstoß.
Er räusperte sich.
„Letzte Nacht hat er normal gearbeitet. Ist ein sehr zuverlässiger Mitarbeiter."
Ratolís aufgesetzt seriöse Unternehmermiene brachte den Inspektor in Rage. „Ist Ihnen an ihm etwas aufgefallen? Seltsamer Umgang? Ärger?"
Höhnisches Lachen unterbrach Arvi.
„Seltsamer Umgang? Hier?"
Dem Inspektor platzte der Kragen. Er hechtete über den Schreibtisch und drückte den Fetten an die Wand.
„Spuck´s aus!"
„Ich weiß nichts. Ich weiß nichts", stammelte Ratolí halb erstickt.
„Inspektor!" Arvi versuchte den Aufgebrachten zu beruhigen, während Ratolí wenig würdevoll mit den viel zu kurzen Beinchen zappelte.
Schließlich ließ der Inspektor von ihm ab und stürmte aus dem Hinterzimmer.
„Gehen Sie, Arvi, ich werde mich noch kurz umsehen!"
„Sind Sie sicher?"

Der sorgenvolle Unterton reizte den Inspektor. „Gehen Sie!“

Er begab sich tiefer in die Düsternis der Spelunke. Vor der Bühne hielt er inne. Leise Musik und eine rauchige Stimme.
„Lola.“
Ein Hauch von Flieder streifte ihn.
Eine behandschuhte Hand zog ihn hinter einen Vorhang.
Er blinzelt in die Dunkelheit.
Dort, ein hell erleuchteter Raum. Murini erkannte sogleich seine „Entführerin“.
„Lady Kitty.“
„Guten Abend, Inspektor“, schnurrte sie. „Schön, Sie nach so langer Zeit wiederzusehen.“
Elegant rückte die Dame ihre flauschige, weiße Stola zurecht und wies auf ein bequem aussehendes Sitzmöbel.
Gehorsam ließ sich der Ermittler nieder und betrachtete sie. Alt war sie geworden, schoss ihm durch den Kopf. Graue Strähnen durchzogen das makellos sitzende, lange Haar. Trotz des gebeugten Ganges bewegte sie sich mit der Anmut einer langjährigen Tänzerin.
„Ich nehme an, Sie möchten mir etwas mitteilen“, begann er.
Ihr würdevolles Nicken ließ das goldene Collier an ihrem Hals klimpern. „Ich kam nicht umher, Kunde von Andys Tod zu nehmen. Ein Jammer.“ Ein schwerer Seufzer. „Der Mann wusste die richtigen Worte zu wählen. Und die Mädchen mochten ihn dafür.“
„Glauben Sie, dass ein eifersüchtiger Ehemann ...?“
Sie musterte ihn aus zu Schlitzen verengten Augen und senkte die Stimme. „Da ist das Gerücht, es gäbe einen Neuen in der Stadt.“
Murini spitzte die Ohren.

„Arbeitet er für Don Bitto?"
„Nein ..." Sie richtete sich das glänzende Halsband, „... angeblich auf eigene Rechnung. Möglicherweise ist ein Mädchen im Spiel, aber Genaueres weiß ich nicht."
Der Inspektor grübelte. Bereits in der Vergangenheit hatten sich Lady Kittys Informationen als zuverlässig herausgestellt. Sie fürchtete die Unterwelt nicht. Ihr Status schützte sie selbst vor Kartellboss Don Bittos Schergen – und das wusste sie.
„Danke, Kitty. Passen Sie auf sich auf!"
„Natürlich, Inspektor."

Grübelnd verließ er die alte Dame.
Ein Neuer und keinem Kartell verpflichtet. Ihn zu finden würde nicht einfach werden. Der Inspektor beschloss, zum Fundort der Leichen zurückkehren. Möglicherweise hatte er etwas übersehen.
Der Hinterhof lag verlassen. Lautlos huschte Murini durch die länger werdenden Schatten der Pflanzen. Sein Schnurrbart zuckte. Bedrohung lag in der Luft.
Mit einmal bereute er seine Entscheidung.
Unheilvoll schnarrend öffnete sich eine Türe und heraus trat ER. Majestätischer Gang und eiskalte Augen. Tödliche Klingen blitzten in der untergehenden Abendsonne.
Da stürzte die Erkenntnis auf den Ermittler ein: Er stand dem Killer gegenüber.
Allein.
Inspektor Pele Murini wollte fliehen, sein Leben retten, doch seine Beine versagten. Etwas Warmes lief daran herunter. Er hatte sich eingepieselt.
Wie peinlich, war sein letzter Gedanke.

Ein Geräusch vor dem Haus. Mit wippenden Zöpfen eilte Giulia zur Türe und öffnete dem schwarz gefrackten Gentleman, der ihr mit einer eleganten Geste sein Mitbringsel präsentierte. Das Mädchen betrachtete das Geschenk.
„Drei Mäuse an einem Tag? Du bist wirklich ein großer Jägerkater!“

***Dominique Goreßen**, Jahrgang 1986, lebt mit 2 Söhnen, Lebensgefährte und Katerchen im Westzipfel Nordrhein-Westfalens. Hauptberuflich betreut und fördert sie Kindergartenkinder mit besonderen Bedürfnissen und ihre Familien. Neben Büchern lesen und Geschichten schreiben, gilt ihre Leidenschaft orientalischem Tanz, Heavy Metal und der Fotografie.*

## Dörte Müller

### Leichen im Keller

An diesem Morgen lief ich schneller als sonst. Es war noch nicht ganz sieben Uhr und ich hatte schon das Waldstück erreicht. In der Ferne erhob sich drohend und gespenstisch zugleich die schaurige Burgruine. Diese Strecke mochte ich am liebsten, auch wenn sie mir eine Gänsehaut einjagte und ein gewisses Kribbeln im Bauch. War es eine Vorahnung? War es Angst? Ich verdrängte das unangenehme Gefühl.

Ich hörte die Vögel zwitschern, sah das erste Grün der Buchenblätter. Am Abend zuvor hatte es geregnet, alles war noch nass. Die Luft war angenehm kühl, es würde ein wunderschöner Tag werden.

Niemand begegnete mir, kein Wunder, sonntags schliefen alle aus.

Jetzt war ich im Tannenwäldchen angelangt. Die hohen Bäume ließen kaum Licht durch. Es war schattig und kühl. Plötzlich bekam ich Seitenstechen. War ich zu schnell gelaufen? Ich musste stehenbleiben und kurz Pause machen. Da hörte ich das Rascheln zum ersten Mal. War es ein Eichhörnchen oder ein Rehkitz?

Doch irgendwie überfiel mich plötzlich eine Gänsehaut. Mein Herz schlug schneller. Als ahnte ich plötzlich, dass ich beobachtet wurde und dass mich jemand verfolgte. Ich fing wieder an zu laufen und drehte mich um. Ein Zweig hatte sich bewegt. War wohl doch nur der Wind. Wieso hatte ich plötzlich diese unheimlichen Gedanken? Ich konnte es mir nicht erklären.

Ich lief schneller und schneller.

Da hörte ich Schritte hinter mir. Ich drehte mich um. Dann sah ich ihn, diesen unheimlichen Mann in Schwarz. Es ging alles furchtbar schnell. Er packte mich und hielt mir ein Messer an die Kehle.
„Heute ist dein Tag, Kleines!", sagte er. Ich war wie erstarrt. „Ich beobachte dich schon die ganze Zeit, aber du hast keine Ahnung, wer ich bin!"
Ich spürte das Messer an meinem Hals und wagte kaum zu atmen. Wer war dieses Ungeheuer? Was wollte dieser Mann von mir?
„Ich bin Detlef, wir kennen uns aus der Grundschule!" , säuselte er mit gepresster Stimme.
In meinem Kopf begann ein wahnsinniger Film abzulaufen. Welcher Detlef? Ich kannte keinen Detlef.
„Beim Weihnachtswichteln in der vierten Klasse hattest du mich gezogen und mir kein Geschenk gekauft!", fuhr er fort. Langsam dämmerte es mir. Der dicke Detlef aus der letzten Reihe! Plötzlich wusste ich genau, wer er war. Ich hatte ihm kein Geschenk gekauft, weil ich ihn blöd und hässlich fand. Ich wollte nichts mit ihm zu tun haben.
„Dann hast du mich nie zurückgegrüßt, wenn ich dir Hallo gesagt habe", presste er hervor.
Ich war unfähig, etwas zu sagen und dachte nur an die scharfe Klinge, die meine Haut berührte.
„Auf der Klassenfahrt nach Wien hast du das erste Mal einen Jungen geküsst. Aber das war natürlich nicht ich, sondern Andreas. Hinter Andreas waren alle Mädchen her, mich hat keine geliebt. Und beim Abiball war ich ebenfalls Luft für dich!"
Irgendwie zog mein ganzes Leben plötzlich an mir vorbei.
„Als du dann in Trier Germanistik studiert hast, war ich auch unter den Studenten. Ich habe mich extra auch an der

Uni eingeschrieben und Jura angefangen. Doch du hast mich nie gesehen ...!"
Mir wurde ganz übel.
„Ich war sogar in deinem Studentenwohnheim auf einer deiner Partys, doch wie immer war ich nicht existent für dich!"
Detlef wusste alles über mich. Er war noch längst nicht fertig.
„Wieso du dich ausgerechnet in deinen Literaturprofessor verliebt hast, konnte ich nie verstehen. Du hast ihm vor seinem Haus aufgelauert und ihn fotografiert. Wie ein Teenager. Dabei warst du schon über zwanzig!"
Ich war einer Ohnmacht nahe. Was wusste Detlef noch über mich?
„Und als dein geliebter Professor Dr. Neumann bei einem Autounfall ums Leben kam, brach eine Welt für dich zusammen ...!"
Ich schluckte. Tränen rannen mir über mein Gesicht. Gleich würde er mich umbringen, das spürte ich.
„Ich habe dich so oft angerufen und immer gleich wieder aufgelegt."
An diese Anrufe konnte ich mich gut erinnern. Sie hatten mich fast um den Verstand gebracht, als ich neu in der Stadt war. Schließlich hatte ich meine Nummer geändert. Doch das hatte nichts geholfen. Die Anrufe waren wiedergekommen. Ich nahm inzwischen Beruhigungstabletten.
„Ich war es auch, der mit dir im Flugzeug nach Malaga gesessen hatte. 2012, als du einen Spanischkurs gemacht hast. Ich bin dir durch die weißen Dörfer gefolgt! Du wirst mir nie entkommen, ich bin immer da. Ich bin dein Schattenmann!"

Was hatte ich noch zu verlieren? Ich wollte diese Rückschau auf mein Leben nicht mehr hören, ich hielt es einfach nicht mehr aus.
Ich versuchte, mich an die Griffe aus meinem Selbstverteidigungskurs zu erinnern und befreite mich mit einem Schlag aus seiner Umklammerung. Detlef taumelte zu Boden, ich entriss ihm das Messer und rannte so schnell ich konnte davon.
Er holte mich nicht mehr ein. Er versuchte es gar nicht erst. Ich hatte ihn bald weit hinter mir gelassen. Das Messer warf ich im hohen Bogen in ein gelbes Rapsfeld.
Ich nahm mir vor, das nächste Mal wieder mit meinen Leibwächtern zu joggen. Ich war einfach viel zu leichtsinnig. Außerdem musste Detlef entsorgt werden, und zwar so schnell wie möglich. Nicht, dass er noch herausfand, dass meine Doktorarbeit ein Plagiat war und dass ich mir den Ministerposten erschlichen hatte. Hoffentlich wusste Detlef nichts von meiner Briefkastenfirma in Panama und den Schmiergeldern beim Wahlkampf.
Es wäre eine Katastrophe, wenn er herausfinden würde, dass ich damals die Bremsen von Dr. Neumanns Wagen manipuliert hatte.

***Dörte Müller** (*1967) schreibt und illustriert Kurzgeschichten für Kinder. Sie lebt mit ihrer Familie in Bonn. Ihr Debütroman erschien 2014.*

# Christiane Fischer

## Ein Geist namens Isa

Ich stand vor meinem Grab, las die dicken Lettern auf den Marmorstein: Isabelle Richter, geboren am 09.04.1992, gestorben am 15.05.22.
Ich schluckte schwer, ließ meinen Blick über die Wiese schweifen, dessen Gräber darauf in der Abenddämmerung zu leuchten schienen. Konnte ein Geist überhaupt schlucken, fragte ich mich. Jedenfalls fühlte es sich so an. Es hatte mir das Herz gebrochen, meine Eltern und meine Schwester ein Meer voller Tränen über meinem Tod vergießen zu sehen, und ich konnte nicht anders, als jeden Tag in das Haus meiner Familie zurückzukehren. Genau das tat ich in diesem Moment. Ich wusste immer noch nicht so ganz, wie das funktionierte, aber anscheinend genügte der feste Gedanke an sie. Der Wimpernschlag, der dabei jedes Mal zustande kam, erfolgte automatisch. Ich vermutete, es war so eine Art Hilfsmittel wie das Zwinkern bei der "Bezaubernden Jeannie".
Ich stieß den Atem aus, der vor meinen Augen kondensierte und setzte mich zu meinem Vater auf die Couch. Er war über eine Talkshow, die im Fernsehen flimmerte, eingeschlafen. Ich konnte sehen, wie er leicht zu zucken begann, als ich ihn berührte. Kann er mich doch spüren, fragte ich mich. Ich hatte dies zuvor schon in manchen Situationen angenommen, bildete mir ein, er hätte direkt in meine Augen gesehen, doch auch nach dem hundertsten Ruf war keine Reaktion erfolgt.
Ach Papa, wenn ich doch nur mit dir reden könnte! Was würde ich dafür geben.

Mein Vater rieb sich scheinbar fröstelnd über den Arm und zog die Wolldecke höher, bis seine Schultern komplett damit bedeckt waren. Seufzend erhob ich mich, lief durch das Wohnzimmer und blickte zum Fenster hinaus. Der Mond leuchtete rund und hell am Himmel. Noch nie zuvor hatte ich mich mehr mit ihm verbunden gefühlt als in diesem Moment. War es die Sehnsucht nach Freiheit und Frieden? Wahrscheinlich schon.
Ich wandte meinen Blick vom Fenster ab und steuerte die Wohnwand an, schaute auf unser Familienfoto und spürte einen heftigen Stich, ganz tief in mir drin. Da war Papa mit seinem altbekannten Schnäuzer und den damals dunkelblonden Haaren, die mittlerweile grau waren, Mama mit ihrer brünetten Dauerwelle. Ja, sie hatte dieser Frisur, obwohl sie längst aus der Mode gekommen war, immer die Treue gehalten. Meine kleine Schwester Rebecca stand genau zwischen ihnen. Ihr Engelshaar und die kleinen Wangengrübchen ließen sie mit ihren damals siebzehn Jahren geradezu kindlich aussehen. Neben ihr stand eine junge Frau mit einer dunkelblonden Bob-Frisur, blauen Augen und verträumten Blick. Sie legte liebevoll einen Arm um ihre Schwester. Das war ich. Ich hatte ein glückliches Leben geführt, arbeitete nach meinem Studium in einer angesehenen Anwaltskanzlei als Rechtsanwältin. So viele Träume und Ziele hatte ich noch: Eines Tages Staatsanwältin werden, eine Familie gründen ...
Das Klappern von Tellern riss mich aus meinen Gedanken. Rasch ging ich in die Küche. Meine Mutter war gerade dabei, das Geschirr aus der Spülmaschine zu holen und in die Schränke zu räumen.

"Ich schaff das nicht! Ich halte das nicht mehr aus!", hörte ich sie murmeln. Tränen lagen in ihren Augen und ein Wimmern entwich ihr. Abrupt ließ sie ab von den Tellern und sank mit beiden Knien kraftlos zu Boden.
"Isa, ich vermisse dich so sehr! Meine Isa!" Mama hob unter Tränen den Kopf hoch zur Zimmerdecke wie zum Gebet. "Mein armes Mädchen, mein armes Mädchen!"
Jedes Wort ließ meine gepeinigte Seele noch schwerer fühlen. "Oh, Mama!" Ich ging neben ihr in die Hocke und legte eine Hand auf ihre Schulter. "Ich bin da! Ich bin bei dir", sagte ich, wohlwissend, dass sie mich nicht hören konnte. Dennoch erkannte ich, dass die schnelle und flache Atmung meiner Mutter allmählich tiefer und ruhiger wurde. Auch wenn sie mich nicht hören und sehen konnte, spürte ein kleiner Teil von ihr, dass ich hier war, hier bei ihr! Das gab mir ein wenig Trost.
Ein brennender Schmerz durchzuckte mich urplötzlich. Stöhnend warf ich mich auf dem Boden, krümmte mich vor Pein. Mit aller Kraft wehrte ich mich vor dem, was gerade mit mir geschah. Doch wie immer war ich machtlos und wurde in einem Sog gezogen, der mich mit sich riss. Abertausende von Umdrehungen innerhalb weniger Sekunden ließen mich ganz schwindelig werden, bevor dieser große Tornado mich wie einen benutzten Kaugummi ausspuckte und zu Boden warf.
Angst kroch in mir hoch, denn ich wusste, was mich gleich erwartete. Langsam erhob ich mich und sah wie ER über eine junge Frau gebeugt war. Diese schrie aus Leibeskräften. Doch all ihre Schreie halfen nichts. ER stach mit einem Messer immer wieder auf sie ein. Blut Spritze in alle Himmelsrichtungen, verteilte sich an den Wänden. Ich zählte acht Messerstiche, bevor er von seinem Opfer abließ, den

Blutfilm, der sich auf der Klinge seines Messers gebildet hatte, an seinem schwarzen Wollpullover abwischte und dann ins Nebenzimmer huschte. Sein Name war Ralf Maurer – und er war mein Mörder. Auf genau dieselbe abscheuliche Art und Weise hatte dieses Monster auch mich getötet. Und wozu? Nur weil's ihm Spaß gemacht hatte.

Ralf eilte mit einer Handvoll XXL-Müllbeuteln zurück. Mit einer Hand fasste er sich in sein blondes, fettiges Haar und hielt dann einen Moment inne. Was nun folgte, war ebenso abscheulich. Ich wollte es nicht mehr sehen und konnte mich endlich aus der Starre lösen, die mich befallen hatte. Jedes Mal, wenn der Serienmörder Ralf erneut zuschlug, spürte ich es, wurde am Ort des Geschehens katapultiert. In diesem Monat war es bereits die zweite Frau gewesen, die er abgestochen hatte. Letzten Monat, direkt nach meinem Tod, war es eine Frau. Sie alle hatten wie ich blonde Haare, blaue Augen und waren Anfang zwanzig. Als ich das erste Mal bei diesem Mord dabei gewesen war, hatte ich erfolglos versucht einzugreifen, in Form von Prügeleien gegen den stämmigen Rücken meines Mörders. Natürlich ohne Erfolg! Ich war so machtlos, gefangen in jener Welt, die ich nicht verlassen konnte, dazu verdammt, in Verbindung mit meinen Leidensgenossinnen und meinem Mörder zu stehen. Die Geister der Opfer hatte ich zu meinem Bedauern nie gesehen. Na ja, ich war auch, nachdem ich es konnte, immer panisch und so schnell ich konnte, verschwunden.
Ich lief im Mondschein den kleinen Trampelpfad, der zu einer Kirche führte, entlang. Das war einer der Vorteile als Geist, ich konnte mich im Nu an einen anderen Ort teleportieren.

"Ich sehe dich eine ganze Weile schon umherwandern", ließ mich eine Stimme aufschrecken.
Rasch drehte ich mich um. Ein Mann stand vor mir und warf mir einen vielsagenden Blick zu. Sein Haar wie auch sein Bart waren grau. Seine Gestalt flackerte auf wie eine kaputte Leuchtreklame. Zweifelsohne war er ebenfalls ein Geist.
"Wer ... wer sind Sie und was wollen Sie?", entwich es mir.
"Wir duzen uns besser. Für diese Förmlichkeiten hatte ich schon zu Lebzeiten keine Lust gehabt."
Ich nickte bloß und sah meinen scheinbaren Stalker auffordernd an. Stalker war nicht die richtige Bezeichnung, kam es mir sofort in den Sinn. Als Geister hatten wir bloß noch das Gucken und Beobachten. Was blieb uns sonst noch Großartiges?!
"Mein Name ist Artur, ehemaliger Soldat und Kriegsveteran. Ich wandere schon seit Jahrzehnten diesen Friedhof an dem ich begraben bin, auf und ab. Da sieht man so einiges und vor allem viele von uns", beendete er seinen Satz und schenkte mir ein warmes Lächeln.
"Ich verstehe. Wie kann es nur sein, dass du der erste Geist bist, den ich je gesehen habe?", fragte ich verblüfft und stemmte meine Hände in die Hüften.
Artur lachte auf. "Nun, es liegt daran, dass du noch nicht ganz akzeptiert hast, wer oder besser gesagt, was du bist. Zu sehr zieht es dich noch zu deinen Lieben hin, so dass du bloß Augen für sie hast. Man könnte auch sagen, du verdrängst dein Dasein. Ich will jetzt nicht wie ein Geister-Psychologe klingen, aber ich habe das ganz zu Anfang auch durchgemacht."
Mit offenem Mund starrte ich ihn an. Artur grinste bloß frech und fügte hinzu: "Weißt du, was dich noch nicht hat

ins Licht gehen lassen? Bei mir waren es die vielen Sünden. Mein Tod hatte damals meine Familie in den Ruin getrieben. Ich werde mich immer schuldig dafür fühlen, dass ich nicht für sie da sein konnte. Diese Schuld ist es, die meine Seele schwer wie Blei werden ließ. Keine Chance auf Flug bis zum Himmel und so."
Seine unbefangene und ehrliche Art imponierte mir. Es tat so unsagbar gut, endlich nach Monaten wieder mit einer Person reden zu können, ganz einfach gehört zu werden.
Arthur und ich liefen den Gehweg aus Kieselsteinen entlang, der von schwachem Mondlicht beleuchtet wurde, und ich erzählte ihm alles, meine ganze tragische Geschichte.
„Wow“, sagte Arthur schließlich und sah mich ernst an. „Das tut mir so leid, Isa! Vielleicht kann ich dir helfen.“
„Wie? Wie denn?“ Gespannt wartete ich seine Antwort ab.
„Deine Seele erlebt wieder und wieder diesen schlimmen Mord, weil du mit dem Mörder verbunden bist. Mehr oder weniger hält er oder besser gesagt, seine Bluttaten dich hier fest“, analysierte er und steigerte dadurch bloß meine Neugierde.
„Wie kann ich mich davon befreien?“, keuchte ich regelrecht.
Arthur streckte den Kopf gen Himmel und seufzte tief. „Ist da in dir drin nicht unbändige Wut und Verzweiflung?“ Wie lange wollte er mich eigentlich noch auf die Folter spannen?
„Ich will, dass mein Mörder seine gerechte Strafe bekommt! Jeden Tag wünsche ich mir das! Ich will nicht, dass noch mehr Frauen ihr Leben lassen müssen, aber was soll ich denn tun?“ Verbitterung hatte sich in meine Stimme gelegt.
„Es gibt da eine Möglichkeit.“ Arthur bückte sich, hob einen

Ast mit der Hand an und schleuderte ihn auf eine naheliegende Holzbank.

Der Mund blieb mir offen stehen. „Wie hast du das gemacht?"

„Das ist reine Übungssache. Komm, ich werde es dir beibringen. Danach kannst du jedem das Fürchten lehren." Er warf mir einen auffordernden Blick zu und steuerte mit mir zusammen einen Blätterhaufen an. „Wir fangen erstmal mit einem Blatt an. Versuche eines aus dem Haufen zu greifen."

In den nächsten vierzig Minuten gelang es mir partout nicht, eines der Blätter festzuhalten. Mein Körper war Luft. Ohne Fleisch und Knochen etwas zu greifen, war genauso schwer wie Wind einzufangen. Irgendwann gab ich mich geschlagen, setzte mich auf dem Boden und vergrub das Gesicht in beiden Händen. „Ich kann es nicht!", jammerte ich.

„Er wird wieder töten, das ist dir doch wohl klar!" Arthurs Augen verformten sich zu kleinen Schlitzen. Er kam näher und schaute mich grimmig an. „Was fühlst du, wenn du dieses Schwein siehst? Du willst Rache, du willst seinen Tod, hab ich recht?"

„Ja", entwich es mir. Wut kroch in mir hoch. Unbändige Wut.

„Willst du einfach nichts tun? Soll er davonkommen bis ihn vielleicht eines Tages die Polizei schnappt? Oder er hat Glück und mordet ungestraft immer weiter, he?" Seine Stimme wurde lauter, auffordernder.

Instinktiv schrie ich auf, da ich meinen Hass, der mich förmlich zerfraß, nicht mehr zurückhalten konnte. Ich rannte auf den Blätterhaufen zu und wirbelte gleich zwei Hände Blätter in die Höhe.

„Ja, geht doch!", lobte mich Arthur. Sein Gesicht erhellte sich.

Wir trainierten die ganze Nacht. Im Morgengrauen war ich dann sogar soweit, dass ich Ziegelsteine anheben konnte. Unsagbar gut fühlte es sich an, endlich wieder mehr Kontrolle zu haben. Ich bedankte mich bei Arthur, ging in mein Elternhaus zurück und übte mich in Geduld.
Ich musste auf den nächsten Mordanschlag warten. Diesmal würde ich nicht tatenlos dabei zusehen, wie er seine Bluttat verrichtete. Und tatsächlich, zwei Tage später war es dann soweit. Erneut wurde ich in den Strudel gerissen, der mich direkt zu Ralfs Füßen ausspuckte. Ich sah, wie er über ein blondes, wimmerndes Mädchen – ich schätzte sie höchstens 20 Jahre – gebeugt war.
Nach wie vor war es mir schleierhaft, wie er diese Frauen in seine Wohnung bekam. Doch ich vermutete, dass sie anfangs genau wie ich, betäubt worden waren.
Ralf hielt sein langes Messer in die Höhe und schien die Angst und Verzweiflung der jungen Frau zu genießen, die um ihr Leben bettelte: „Bitte, bitte, lassen Sie mich leben! Bitte tun Sie das nicht, ich flehe Sie an!"
Ralfs Augen flackerten diabolisch auf, ein selbstgefälliges Grinsen hatte sich auf seinem Gesicht gelegt. Er sprach kein Wort, das hatte er noch nie getan.
Schnell schaute ich mich in der Wohnung um und bemerkte die massive Vase, die auf dem Couchtisch ruhte. Ich griff sie mir und donnerte sie ihm mit aller Wucht auf dem Kopf. Ralf sah sich verdattert um, ehe er bewusstlos in sich zusammensackte. Blut rann aus seiner Kopfwunde und verteilte sich auf den Laminatboden. Das Mädchen japste erleichtert und erschrocken auf. Sie begriff noch immer nicht, was hier geschah, stand eindeutig unter Schock.
„Los, verschwinde, ehe er nochmal zu sich kommt!", rief ich ihr entgegen, wohlwissend, dass sie mich nicht hören

konnte. Die Blonde hechtete zur Tür, zog daran. Doch sie war abgeschlossen. Panisch rüttelte und klopfte sie immer heftiger gegen die Tür. Waren denn nirgendwo Nachbarn in der Nähe? Anscheinend nicht, denn es vergingen mindestens fünf Minuten in denen sich nichts tat. Die junge Frau suchte verzweifelt nach ihrem Handy. Ohne Erfolg. Ich konnte in Ralfs Wohnung kein Festnetztelefon entdecken. Unruhig lief ich auf und ab, sah zu meinem Mörder hinüber, der nach wie vor am Boden lag. Doch plötzlich begann er sich zu winden.
Scheiße! Er kommt wieder zu sich!
Intuitiv griff ich in seine Gesäßtasche und siehe da! Ich zog einen Schlüsselbund heraus. So schnell ich konnte lief ich damit auf die Wohnungstür zu und konnte ausmachen, dass das Mädchen erschrocken vor sich hin keuchte.
„Was geschieht hier? Was um alles in der Welt ..."
Ohne mich weiter davon beirren zu lassen, probierte ich eine Vielzahl von Schlüsseln aus. An diesem Bund hingen mindestens zehn, schätzte ich. Der fünfte passte zu meiner Enttäuschung immer noch nicht.
Was, wenn keiner von ihnen passt? Was mache ich dann?
Ein Stöhnen war zu hören. Ralf, er kam wieder zur Besinnung. Ein schneller Blick auf ihn hatte mir verraten, dass er sich langsam aufsetzte. Wenn ich noch aus Fleisch und Blut gewesen wäre, wäre mir spätestens in diesem Moment das Herz aus dem Brustkorb gesprungen. Blanke Panik erfasste mich. Dann endlich der langersehnte passende Schlüssel. Ich drehte ihn im Schloss und öffnete die Tür.
Schnell wie der Wind stürmte das Mädchen zur Tür hinaus. Ich stieß einen Freudenschrei aus. „Ich habe es geschafft! Ich habe es wirklich geschafft!"

Doch Ralfs nächste Bewegung ließ mich innehalten. Inzwischen war er aufgestanden und steuerte die Wohnungstür an. Auf keinen Fall konnte ich zulassen, dass er sich aus dem Staub machte. Ich schlug die Tür zu, schloss ab und warf den Schlüssel aus dem Fenster, das einen Spaltbreit geöffnet war.
„Was zum Teufel?“, fluchte Ralf. Ungläubig sah er um sich, schüttelte den Kopf. „Was war das? Wie ist das möglich?“
Ein Hochgefühl durchströmte mich. Ich war ihm überlegen. Die Rache schmeckte süß wie Honig und war ja so befreiend! Erneut ließ ich meinen Blick durch seine Wohnung schweifen und entdeckte den Textmarker, der auf dem Garderobenschrank lag. Schnell griff ich ihn mir und schrieb folgendes Wort an seine Wohnzimmerwand: Mörder!
Ralf schrie auf wie ein kleines hilfloses Kind. Augenblicklich ging er in die Hocke, blickte um sich. „Was geschieht hier?“
Voller Genugtuung lachte ich auf.
Etwa fünf Minuten später wurde die Wohnungstür aufgetreten und zwei Polizeibeamte betraten die Wohnung und richteten ihre Waffen auf Ralf, der nach wie vor verstört auf dem Boden kauerte.
Mit einem Lächeln im Gesicht verfolgte ich, wie sie ihm Handschellen anlegten und abführten.

Nachdem ich erfahren hatte, dass die Polizei Ralf alle fünf Frauenmorde nachweisen konnte, hatte ich endlich meinen Frieden machen können. Mein Mörder würde den Rest seines Lebens für seine Taten büßen müssen. Ob sie ihn wirklich alle Morde nachweisen konnten, das wusste ich nicht. Eines stand jedenfalls fest: Nie wieder würde er einer Frau etwas zu leide zu können.

Ein letztes Mal suchte ich mein Elternhaus auf, um meiner Familie Lebewohl zu sagen, obgleich sie mich nicht hören konnten und obgleich ich nicht wusste, wie das mit dem ins Jenseitsgehen funktionierte.
Mama, Papa und Rebecca saßen auf der Couch, tranken Kaffee und sahen sich gerade einen Beitrag in den Nachrichten an. Es wurde über das Urteil meines Mörders berichtet. Alle drei hielten sich an den Händen, gaben sich dadurch Halt und Kraft.
Langsam näherte ich mich der Wohnwand, griff nach unserem Familienfoto und ließ es vor den Augen meiner Familie in der Luft schweben.
Meine Mutter schluchzte ergriffen auf.
Mein Vater erhob sich, sah irritiert um sich.
„Isa!", rief meine Schwester. „Isa, du bist bei uns! Du bist hier, nicht wahr?"
Ich ließ das Bild rauf und runter schnellen, was so viel wie ja bedeuten sollte. „Ich bin da und ich liebe euch!" Mit diesen Worten ließ ich das Bild geradewegs in den Schoß meiner vor Freude weinenden Mutter fallen.
Ein gleißendes Licht tauchte urplötzlich auf und blendete mich beinahe. Ich wusste, das war mein Licht, dem ich folgen musste. Augenblicklich trat ich ein.

***Christiane Fischer*** *wurde 1986 in Gelsenkirchen geboren und lebt mit ihrer Tochter und ihrem Partner in Essen. Sie ist gelernte Einzelhandelskauffrau. Seit der Schulzeit verfasst sie Kurzgeschichten. Durch das Schreiben von Märchen und Fabeln erhielt sie erstes Gespür für Charakterentwicklungen, Plot-Strukturen und Prämissen. Sie hat bereits mehrere Bücher im Edition Paashaas Verlag veröffentlicht.*

# Eric Eaglestone

## Hass und Schmerz

Der Hass saß tief und der Schmerz war unüberwindbar. Walter Schöpf wurde von seiner Trauer übermannt. Diese Leere in der Wohnung war eine Folter. Morgens, wenn er aus einer viel zu kurzen Nachtruhe erwacht, die er sich immer mit Tabletten und Alkohol erzwingt, entlässt ihn der Schlaf wieder in die Realität, die so brutal zuschlägt, dass es seine Seele zerreißt, sobald er die Augen öffnet. So war es auch an diesem Morgen. Er tastete mit der Hand auf die andere Bettseite. Sie war leer, leer und kalt. Diese behagliche Wärme, die er beim Aufwachen immer gespürt hatte, war erloschen. Stefanie war nicht mehr da. Sie kommt auch nicht wieder, denn diese Trennung war endgültig. Endgültig für immer. Entschieden von einer höheren Macht, der kein Mensch etwas entgegensetzen kann.

Diese höhere Macht oder das Schicksal hatte sich vor drei Monaten in die Gestalt eines jungen Testosteron gesteuerten Autofahrers personifiziert, als Stefanie vorschriftsmäßig über den Zebrastreifen gegangen war, um die andere Straßenseite zu erreichen. Sie hatte nicht mehr reagieren können, bevor das Auto sie erfasste. Der Kühler des hoch getunten Sportwagens war das Letzte, das sie in ihrem Leben gesehen hatte.

Sie verstarb an den Folgen eines Polytraumas noch auf dem Weg ins Krankenhaus, im Alter von 35 Jahren. Die hochgewachsene, schlanke Brünette hatte mit Walter zusammen die Weichen für die Zukunft gestellt. Noch im selben Jahr wollten sie heiraten. Auch finanziell sah es bei ihnen gut aus. Sie war Filialleiterin in einer Bank gewesen. Walter

war fünf Jahre älter. Gleich groß wie Stefanie und hatte eine Werkstatt für Motorräder, in der er nach Kundenwünschen Spezialanfertigungen zusammenbaute. Das Geschäft lief gut. Seinen vorherigen Beruf als Krankenpfleger hatte er Jahre zuvor aufgegeben.
An diesem schicksalhaften Morgen war die Welt für ihn stehen geblieben. Die Nachricht über Stefanies Ableben hatte ihn in seiner Werkstatt erreicht. Er war daraufhin zusammengebrochen und musste einige Tage mit Medikamenten ruhiggestellt werden. Seit diesem Tag war die Werkstatt geschlossen.
Alle Versuche, einen klaren Gedanken zu fassen, schlugen fehl, da der Verlust von Stefanie einer Amputation glich. Sie war in seinen Gedanken allgegenwärtig. Nur war sie für ihn nicht mehr greifbar in Form ihrer physischen Existenz, die auf tragische Weise enden musste. Das hatte ihn zerbrochen. Walter wollte sich zunächst auf seiner Harley das Leben nehmen. Er wusste auch wie. Aber etwas hielt ihn zurück. Wäre es der Schmerz alleine gewesen, den es zu bewältigen galt, wäre der Tod die beste Lösung, so dachte er. Aber, es war der Hass, der ihn zurückhielt. Der Hass auf den jungen Mann, der seine Stefanie auf dem Gewissen hatte. Dieser Kerl kam aus der Autoposer-Szene und war auf freiem Fuß bis zur Gerichtsverhandlung. Ein Autojunkie, der zu den Top drei in der Szene gehörte.
Walter wusste auch, wo der Kerl sich an den Wochenenden aufhielt, zusammen mit den anderen Typen, die ihre illegalen Rennen an der Stadtgrenze abhielten. Er brauchte Genugtuung. Diesen Riko, wie er in der Szene genannt wurde, wollte er sich zuerst vornehmen. Der war für den Tod seiner Verlobten verantwortlich. Danach wollte er sich den

anderen widmen, die alles andere als eine freudige Überraschung zu erwarten hatten.
Wenn sie am Leben blieben, könnte es eines Tages passieren, dass wieder ein unschuldiger Mensch dran glauben muss. Das war alles, was er noch für seine Stefanie tun könnte. *Mach sie fertig,* hörte er sie mit seinem geistigen Ohr, immer wieder.
Walter aß und trank nur noch, um seinen Körper am Leben zu halten. Die normalen Gedanken des Alltags waren gänzlich verschwunden. Dafür wurde sein Hass von Tag zu Tag stärker. Dieser konnte seinen Schmerz nicht verdrängen, hatte aber zur Folge, dass sein Hass dadurch weiter befeuert wurde. Er wollte weiterleben, um zu töten, ohne Rücksicht auf die eigenen Konsequenzen.

*Freitagabend, vier Monate nach Stefanies Tod.*
Walter raffte sich endlich auf, seine Trauer zu vertagen. Er war an dem Punkt gelangt, an dem er in Aktion treten wollte. Das hatte er seiner Stefanie schon vor einigen Wochen bei einem geistigen Zwiegespräch versprochen. Er stand vor dem Spiegel in der Diele und betrachtete sich. Es war 23:00 Uhr. Die dunklen Augenringe und der entschlossene kalte Blick spiegelten den Verlust seines eigenen Charakters wider. Er war nicht mehr der Mann, den Stefanie geliebt hatte. Er war 1,85 Meter groß und war mit starken Muskeln gesegnet, die er in seinen Aktionen auch einsetzen wollte. Mit seinem Dreitagebart, dem schulterlangen blonden Haar und den Tattoos an den Armen entsprach er dem Klischee der Rockerszene, obwohl er dieser nicht angehörte. Beruflich hatte er schon gelegentlich mit ihnen zu tun. Da gab es einige, die ihre Bikes von ihm aufhübschen ließen.

Walter verließ die Wohnung und suchte die Garage auf, in der sein alter VW Golf stand, sah in dem Handschuhfach nach und fasste in die Innentasche seiner Jacke. *Alles da, also los.*
Das Auto diente nur dem Zweck, um trockenen Fußes von A nach B zu kommen, oder wenn Einkäufe erledigt werden mussten. Er war Biker, durch und durch. Seit Stefanies Tod war er nicht mehr mit seiner Harley gefahren. Er hatte nicht mal die Garage geöffnet, in der die Maschine stand. Denn neben seiner 1200ter, stand die 850-Sportster von Steffi, weinrot, mit viel Chrom. Sie war auch Bikerin aus Leib und Seele gewesen. Beide Maschinen standen in Eintracht beisammen. Walter konnte diesen Anblick nicht ertragen und hielt die Garage geschlossen.

Sein Weg führte an diesem Abend zum Ende der Hauptstraße, in deren weiteren Verlauf nur vereinzelte Häuser standen. Das gab den Adrenalinjunkies etwas Sicherheit, denn innerhalb der Stadt würden genervte Bewohner in kürzester Zeit die Bullen alarmieren.
Er fuhr auf den Parkstreifen, hielt hinter den hochmotorisierten Karossen und stieg aus. Grinsende Gesichter sahen ihn an. Einige Motoren heulten auf, Reifen quietschten. „Wat willse denn mit der Karre, Alter? Bollerwagenrennen is morgen," spottete lachend ein schnauzbärtiger Kerl, der wesentlich jünger war als Walter. Einige Umherstehende brachen in schallendes Gelächter aus.
Walter trat an den Kerl heran. Sein Gesicht blieb regungslos. „Mein 911er steht in der Garage. Ich habe es nicht nötig, mich bei eurem pubertären Gehabe zu beweisen. Ich suche jemand, der wahrscheinlich Hilfe braucht."

„Mit dir unterhalte ich mich nur, wenn du mit deinem 911er hier auftauchst. Also zisch ab." Der Schnauzbärtige wollte sich gerade von Walter abwenden, als dieser ihn am Kragen festhielt. „Wo ist Riko? Es ist wichtig."
Der Kerl hielt Walter für körperlich überlegen. Außerdem hatte er keine Lust auf eine Schlägerei. „Guck mal dahinten anne rechte Straßenseite. Der mit dem traurigen Gesicht, dat ist Riko, Richard Koslowski. Der hat keine Fleppe mehr. Er hat ´ne Frau totgefahren. Ja, shit happens."
In Walter brodelte ein Vulkan. Allein für diese flapsige Aussage, hätte er dem Kerl am liebsten das Rasiermesser durchs Gesicht gezogen, welches er bei sich trug. Aber er blieb besonnen, stieß den Kerl achtlos zur Seite und ging auf Riko zu, einem dunkel gekleideten jungen Mann mit sportlicher Figur und schwarzer Kurzhaarfrisur.
„Bist du Riko? Mein Name ist Bernd Veumann, Rechtsanwalt", log Walter und reichte diesem die Hand.
„Ja, der bin ich." Er reichte Walter zögerlich seine Rechte. „Du, Sie sind Rechtsanwalt? Ich habe bereits einen. Woher wissen Sie ..."
„Das tut nichts zur Sache."
Walter wartete eine kurze Zeit, da einige Motoren aufheulten. Der Geruch von verbrannten Reifen und Abgasen lag in der Luft.
Er fasste Riko an die Schulter und setzte ein falsches Lächeln auf. „Ich bin auf Fälle wie deinem spezialisiert. Ich hau dich aus der Sache raus und deinen Führerschein bekommst du auch wieder. Du kannst mir voll und ganz vertrauen."
Riko machte große Augen. „Hört sich gut an, aber was mache ich mit meinem Anwalt, der bereits meinen Fall übernommen hat?"

„Das kläre ich schon", meinte Walter. „Lass´ jetzt hier alles stehen und liegen und komm mit in mein Büro, dann können wir die nötigen Schritte einleiten."
Riko war erstaunt. „Jetzt gleich? Und was kostet das?"
„Mache dir keinen Kopf darüber, Riko. Für Fälle wie deinen gibt es einen speziellen Fond, aus dem ich bezahlt werde. Morgen habe ich keine Zeit. Da muss ich zum Gericht und dann zur Staatsanwaltschaft." Walter wunderte sich innerlich selbst über den Mist, den er erzählte, aber er hatte Riko am Haken, den Mann, der für Steffis Tod verantwortlich war.
Riko überlegte kurz und nickte. „Okay, ich komme mit. Blöde Sache. Warum musste die Frau auch mitten auf der Straße stehen, als ich um die Kurve kam."
„Mit 80 Sachen auf dem Zähler, laut Polizeibericht", fügte Walter wissend hinzu.
Er musste sich zur Beherrschung zwingen. Es gelang ihm auch, denn mit Riko hatte er etwas Besonderes vor.
„Wohin fahren wir?", fragte Riko misstrauisch, als Walter in einen Waldweg außerhalb der Stadt einbog.
„Lass dich überraschen."
Walter bremste ab und legte Riko mit einem heftigen Faustschlag kurzzeitig außer Gefecht. Jetzt musste es schnell gehen. Mit stabilen Kabelbindern band er dessen Arme und Beine zusammen. Danach schob er dem Mann ein Tuch in den Mund und band ein weiteres um seinen Kopf.
„Damit du die Schnauze hältst und nicht nach Mama schreist."
Walter grinste hämisch und stieg aus. Er zitterte voller freudiger Erwartung, endlich seine Stefanie rächen zu können. Riko zappelte indessen panisch. Er ahnte Schreckliches.

Walter öffnete die Beifahrertür. „So, du Stück Scheiße. Jetzt machen wir einen kleinen Spaziergang." Er fasste den zappelnden Riko am Kragen und zog ihn aus dem Auto.
Zehn Minuten später lag dieser ein Stück vom Weg ab, im trockenem Laub unter einer Buche. Walter hatte sich unweit davon auf einen Baumstumpf gesetzt und zündete sich eine Zigarette an. Er sog den Rauch tief ein, stieß ihn langsam aus und sah auf das im Laub liegende menschliche Bündel. „Die Frau, die du auf dem Gewissen hast, war meine Verlobte. In zwei Monaten wollten wir heiraten. Kannst du dir jetzt denken, warum ich dich hierher gebracht habe?"
Riko riss seine Augen voller Entsetzen auf. Es folgten Tränen der Reue und Verzweiflung.
Walter sah, wie Rikos Hose nass wurde. „Jetzt pisst du dich ein vor Angst, aber wir sind erst am Anfang unseres kleinen Spiels."
Er stand auf, nahm das Rasiermesser aus der Tasche und ließ mit einem Ruck die Klinge hervorschnellen. Mit ausdruckslosem Gesicht ging er auf Riko zu und zog ihm das Messer quer durch die Stirn. Blut spritzte und der Schrei, welcher in dem Knebel erstickte, machte deutlich, welche Schmerzen Walter ihm zugefügt hatte.
Er setzte sich wieder auf den Baumstumpf und zündete sich eine weitere Zigarette an. „Weißt du, Riko, seit dem Tag, an dem du mit deiner Dreckskarre meine Frau getötet hast, ist mein Leben im Arsch. Jetzt überlege mal, was ich mit dir machen werde."
Das Blut lief in Rinnsalen über Rikos Gesicht. Klägliche Geräusche drangen durch den Knebel. Walter sah ihm in die Augen, die von Todesangst und Reue gezeichnet waren. Er nahm es zur Kenntnis, mehr aber auch nicht. Nachdem er seine Zigarette aufgeraucht hatte, zückte er wieder das

Rasiermesser und ging langsamen Schrittes auf sein Opfer zu. Der ehemalige Krankenpfleger wusste, wo er das Messer ansetzen musste, um das Leben von Riko in kurzer Zeit zu beenden. Er setzte die Klinge an und wich zurück, als das Blut aus dessen Halsarterie schoss. „Dir bleibt nicht viel Zeit, um nachzudenken. Ein paar Minuten vielleicht", teilte ihm Walter gefühllos mit.
Der Knebel erstickte Rikos Schreie. Dieser beschleunigte noch die Blutzirkulation, indem er wimmernd und strampelnd versuchte, sich seiner Fesseln zu entledigen. Aber ohne Erfolg.
Walter beobachtete regungslos, wie das Blut stoßweise aus Rikos Hals schoss und wie die Kräfte seines Opfers nach einiger Zeit nachließen. Dann war es endgültig aus. Riko schwamm leblos in seinem eigenen Blut, welches langsam im Waldboden versickerte.
Hastig warf er umherliegendes Laub auf den Toten, um diesen nicht als Blickfang liegenzulassen, denn vom Weg aus würde man ihn sehen können. Er beeilte sich, den Ort zu verlassen und stieg in seinen Wagen. Er empfand Genugtuung, denn Riko hatte die gerechte Strafe bekommen.

Während der Fahrt zu seiner Wohnung pegelte sich Walters Adrenalinspiegel auf ein normales Level ein. Er grinste und war selbst überrascht, wie einfach es war, einen Menschen zu töten. Besonders, wenn dieser den Tod verdient hat. Er bekam Lust auf mehr, denn er war noch nicht fertig mit seiner Aktion. *Morgen ist Samstag, dann kommt das Finale.*

Der Tod von Riko hatte den Rest seiner Gefühle völlig abgestumpft, falls überhaupt noch welche vorhanden gewesen waren. Abgesehen von dem Hass, der weiter in ihm wühlte. Dieser Hass überwog sogar die Trauer um Stefanie, die wieder zu ihm sprach: *Mach sie fertig.* Das Gewissen war ihm abhandengekommen. Er hatte sein Gehirn auf das Töten einer bestimmten Klientel programmiert. Er funktionierte wie sein Programm es vorgab, mit allen Konsequenzen. *Mach sie fertig, mein Schatz, und dann komm zu mir,* hörte er immer wieder Stefanies Stimme.

Der Schmerz wurde wieder allgegenwärtig, als er am Samstagmorgen nach einem kurzen traumlosen Schlaf erwachte und seine Hand wie automatisch auf die andere Seite fuhr. Das Bett war unberührt und das Kissen kühl. So war es auch, wenn Stefanie mal übers Wochenende bei einem Seminar gewesen war. Aber diesmal war es anders, genau wie in den letzten vier Monaten zuvor. Tagtäglich, an jeden Morgen. Sie hatte sich nicht mal von ihm verabschieden können.
Walter konnte nicht mehr innerlich zerbrechen, denn das war bereits schon lange geschehen. Er lag auf dem Rücken und sah lächelnd zur Zimmerdecke. „Natürlich bist du verreist. Ich komme nach. Es ist alles in Ordnung.“

Am Samstagabend machte sich Walter auf zu seiner Werkstatt. Nach fünfzehn Minuten fuhr er auf den Hof seines Betriebs und parkte den Wagen. Dort machte er einen Rundgang und sah auf die Bilder an den Wänden, auf denen er mit seinen Mechanikern oder Kunden zu sehen war. Bilder aus glücklichen Zeiten. Wehmut kam auf, denn er hatte seine Tätigkeit geliebt. Er erinnerte sich an die lockeren Gespräche mit seinen Kunden, bei einer Tasse Kaffee und die Scherze, die er und seine beiden Mitarbeiter untereinander

getrieben hatten. Es könnte alles wieder genau so sein wie vorher, wenn er denn wollte. Aber nein, ohne Stefanie an seiner Seite ging gar nichts mehr.
Walter begab sich in sein Büro und schloss den Stahlschrank hinter seinem Schreibtisch auf. In einem gesonderten Fach lag eine Pistole. Die hatte ihm einer seiner Kunden aus der Rockerszene besorgt, für alle Fälle. Stefanie hatte davon gewusst, fand es aber nicht sonderlich prickelnd, dass ihr zukünftiger Mann eine illegale Waffe besaß. Aber für den Notfall, sollte dieser jemals eintreffen, war es für Walter in Ordnung.
Er nahm die Pistole in die Hand, schob das volle Magazin in den Griff der Waffe und lud sie durch. Es war 23:00 Uhr, die perfekte Zeit.
Auf dem Weg zum Ende der Hauptstraße konzentrierte sich Walter nur auf das bevorstehende Szenario, das er zu veranstalten gedachte. Er wollte ein Zeichen setzen, welches durch seinen Hass beflügelt wurde.

*23:30 Uhr*
Walter fuhr an den hoch getunten Autos vorbei, stellte ihn hinter die Startlinie mitten auf der Straße ab und blockierte die Strecke. Am Start befanden sich zwei Fahrzeuge, die bereits ihre Motoren aufheulen ließen. Er stieg aus und setzte sich auf die Motorhaube seines Fahrzeugs.
Die Männer, die im Begriff waren, gegeneinander anzutreten, liefen auf ihn zu. „Hör mal, hast du den Knall nicht gehört, du Arschloch?“, rief einer von ihnen.
„Der kommt vom Bollerwagenrennen“, rief einer aus der hinteren Reihe.
Wortlos fasste Walter unter seine Jacke, zog die Pistole hervor und drückte ab. Zweimal kurz hintereinander. Die

Schüsse übertönten das Röhren einiger Autos. Die beiden Männer, die vor ihm standen, fielen und blieben regungslos auf dem Pflaster liegen. Walter bewegte sich nach vorne und schritt wie ein Revolverheld langsam durch die Reihen. Er sah sich in der Macht über Leben und Tod.
Aus Angst hatten sich die anderen Männer hinter ihren Fahrzeugen versteckt. Die Motoren waren verstummt. Es herrschte Stille.
„Das habt ihr alle eurem Kumpel Riko zu verdanken", rief Walter. „Er hat meine Frau getötet. Euch wäre es doch auch scheißegal, wenn ihr unschuldige Menschen mit euren Scheiß Karren totfahrt, oder?"
Er stand neben einem knallgelben Lotus.
Hinter dem Sportflitzer tauchte ein junger Mann mutig auf. „Hör auf. Das bringt nichts. Ich verstehe ja …"
Weiter kam er nicht. Walter schoss ihm mitten in die Brust. Daraufhin fiel der junge Mann wie ein Stein zu Boden. „Jetzt sind es vier, zusammen mit Riko", rief Walter. „Ein Mörder und drei potenzielle Mörder weniger auf dieser Welt." Er sah sich zwischen den Autos um. „Wo seid ihr alle? Habt ihr keine Lust mehr heute? Ach so, ihr habt Angst vor mir. Ja, die sollt ihr auch haben."
Er schoss wahllos auf die Fahrzeuge. Die Einschläge der Geschosse klatschten in die Blechteile, Glas splitterte, begleitet von Walters hämischem Lachen. „Abgerechnet wird zum Schluss."
Sein Verstand hatte ausgesetzt. Er war völlig außer Kontrolle. „Kaltes Blut rauscht selten", schrie er in die Nacht und riss die Arme hoch.
Aus der Ferne näherte sich ein Fahrzeug. Walter sah die Scheinwerfer näherkommen, richtete seine Waffe auf das Auto und schoss. Zum Glück verfehlte er sein Ziel. Er

beobachtete, wie der Wagen ein Stück zurücksetzte und im Anschluss wendete, um mit hoher Geschwindigkeit davonzufahren.
„Gut so."
Walter hatte sich scheinbar ausgetobt und sah auf die toten Männer, die leblos vor ihm in ihrem Blut lagen. Er zündete sich eine Zigarette an, sog genüsslich den Rauch ein und setzte sich auf die Motorhaube seines Autos. Es herrschte, bis auf die fernen Verkehrsgeräusche, absolute Stille.

Nach einigen Minuten warf er die Kippe auf den Boden und sah nach vorn. Polizeisirenen und Blaulichter näherten sich dem tragischen Geschehen. Walter blieb gelassen. Er hatte bereits im Vorfeld gewusst, was auf ihn zukommen würde. Er könnte sich verhaften lassen und dann im Gefängnis landen. Dort wäre er allein mit seinem Schmerz, für sehr lange Jahre. Nicht einmal eine materielle Verbindung zu Stefanie in Form des unbenutzten Bettes an jedem Morgen würde ihn an sie erinnern. Er würde sie nur in seinem Kopf tragen. Eventuell würde ein Bild von ihr an der Wand hängen, in irgendeiner kargen Zelle. Nein, das wollte er auf keinen Fall. Er musste zu ihr, jetzt, in diesem Moment. Es war nur ein sehr kurzer Weg, dann wäre er von allem erlöst und könnte wieder seine Steffi in den Armen halten.
„Lassen Sie die Waffe fallen", hörte Walter noch, bevor er sich beherzt den Lauf der Pistole in den Mund schob. Dann war nichts mehr, kein Schmerz, keine Dunkelheit, kein Hass.

Seit diesem tragischen Abend hat sich die Autoszene in der Stadt verändert. Es wurde ruhiger. Hatte Walter tatsächlich ein Zeichen setzen können, oder war es nur die Angst der

Autojunkies, wieder einem Mann wie ihm zu begegnen? Dieser war nur seinem Hass gefolgt, befeuert durch den Schmerz den er nicht verarbeiten konnte. Ausgelöst durch die fahrlässige Handlung eines anderen, der Walters Leben unbeabsichtigt zerstört hatte.
Er hatte sich außerstande gefühlt, mit seinem Schmerz umzugehen. Hass und Vergeltung waren ihm wesentlich leichter gefallen, weil sein Verstand vollkommen ausgesetzt hatte.

***Eric Eaglestone*** *ist 1951 in London geboren und in Recklinghausen, eine Stadt im Ruhrgebiet, aufgewachsen. Seit 1992 lebt er mit seiner Frau in Oer-Erkenschwick. Sie haben eine gemeinsame, erwachsene Tochter. In seinem ersten Beruf war er Bäcker. Später, seit Mitte der achtziger Jahre, Betriebsschlosser. 2015 ging er in Rente und begann einen lang gehegten Wunsch in die Tat umzusetzen: das Schreiben von spannenden Geschichten. 2020. wurde sein erstes Buch veröffentlicht. Mittlerweile sind drei Titel von ihm auf dem Markt. Das Genre, in dem er schreibt, sind mystische, aber auch fantasiereiche Thriller, in denen er Übernatürliches real werden lässt.*
*Eric Eaglestone ist auch an mehreren Anthologien mit seinen Kurzgeschichten beteiligt. Dabei empfindet er es immer wieder erfrischend, die unterschiedlichsten Genres zu bedienen.*
*Sein Credo: Immer bescheiden bleiben.*

## Katrin Exner-Grunwald

# Der Sinder-Killer

*Hey, du, wollen wir uns heute treffen?,* ploppte jene Nachricht auf, auf welche er bereits seit drei Tagen hingearbeitet hatte.
*Klar. Sehr gerne. Wo?* Er konnte sich das Grinsen nicht verkneifen und kreiselte vorfreudig in seinem Bürostuhl. Er hatte es geschafft. Ihr Vertrauen gewonnen. Sie, die hübsche Serene, wie sie sich in der Dating-App Sinder nannte. Hatte auch länger als üblich gedauert. So viele Fragen hatte er dieser Frau beantworten und so viel Interesse hatte er heucheln müssen.
Lieblingsfarbe: Blau. Sternzeichen: Schütze. Hobbys: Fußballspielen, Jagen, Feiern gehen.
Ihre Lieblingsfarbe war Rot. Vom Sternzeichen her war sie Jungfrau. Ihre Hobbys waren Wandern, Kochen, Singen. Jagen war sie mit ihrem Vater früher, fand sie aber uncool, seit dieser bei einem Jagdunfall ums Leben kam und noch uncooler, seit sie zum Veganismus konvertierte. Bla bla bla. Es war ihm scheißegal, was sie in ihrer Freizeit tat oder wie verkorkst ihre Kindheit war.
Schließlich war er nicht an einer festen Beziehung interessiert. Dennoch war Serene ein spezieller Typ Frau. Eine, für die sich ein Tänzchen im Dating-Dschungel durchaus lohnen könnte.
*Gegen acht Uhr. Ich hol' dich ab,* gab sie zur Antwort.
Dies passte ihm zwar nicht in das Konzept, doch würde er es hinnehmen müssen. Allemal besser, als wenn die Weiber ihre besten Freundinnen mit anschleppten. Das vermasselte ihm, seit sich die Berichte über Frauen, die von ihren

Online-Dates nicht zurückkehrten, häuften, ständig die Tour. Ja, seitdem die Medien die Story vom "Sinder-Killer" ausschlachteten, wie es der unbekannte Killer mit den Damen tat, waren die Frauen vorsichtiger und nicht selten mit Pfefferspray bewaffnet. Schwere Zeiten für einen Mann wie ihn. Das Handy unter dem Schreibtisch versteckt, tippte er einige Versuche ein, um zu erfragen, was sie denn geplant habe, löschte sie aber und beschränkte seine Antwort auf ein knappes: *Alles klar.*

Dass Serene eine Herausforderung sein würde, hatte er schon nach dem vorangegangenen Schriftwechsel feststellen müssen.

Vor seiner Haustür auf und ab gehend, stieg dieses innere Kribbeln der Erregung auf ein unerträgliches Maß heran. Wie ein frisch Verliebter fühlte er sich aufgedreht und übermenschlich stark. Die aufgestaute Energie, die ihn durchströmte, brauchte ein Ventil, und zwar schnellstmöglich. Doch die Kontrolle verlieren durfte er nicht. Noch nicht. Zunächst würde er sich Mühe geben müssen, wenn sie denn käme. Er blickte auf sein Smartphone. Keine neuen Nachrichten, dafür aber die Erkenntnis, dass sie bereits zehn Minuten zu spät dran war. Er hasste unpünktliche Menschen, die ihm seiner kostbaren Zeit beraubten. Er schaltete das Handy aus und beschloss, noch eine Weile weiter zu warten.

Das Quietschen von Autoreifen, die zu einem Wagen gehörten, der direkt vor ihm und passgenau in die enge Parklücke einscherte, riss ihn aus seinen Gedanken. Durch die Dunkelheit konnte er nicht erkennen, wer am Steuer saß. Langsam fuhr die Fensterscheibe herunter. Eine Hand winkte ihn heran. Auf das Auto zu schlendernd, entging ihm nicht, dass sie die Innenbeleuchtung ausgeschaltet ließ.

Sicher hatte sie ihr Profilbild bis zur Unkenntlichkeit verschönert. Die Möglichkeiten der Bildbearbeitung und all die Filter hatten ihm schon so manche Enttäuschung beschert. Er zog die Tür auf und unterdrückte das Verlangen, wie ein Idiot ins Innere zu lugen. Er wusste, wie wichtig der erste Eindruck war und wollte nicht wie ein Vollidiot dastehen. Selbst dann nicht, wenn sie grottenhässlich sein sollte.
„Guten Abend. Du musst wohl Eric sein?", hauchte eine sanfte, jugendlich anmutende Stimme, nachdem er sich auf den Sitz geschwungen und seinen Rucksack in den engen Fußraum gestopft hatte. Endlich schaltete sie das Licht ein.
„Ich bin mir sicher, dass der Abend mehr als gut wird", säuselte er lächelnd in ihre Richtung, während ihr Anblick dabei war, ihn völlig aus der Fassung zu bringen.
Alles an ihr schien aus Widersprüchen zu bestehen. Ihre hellblonden Haare schienen gepflegt, doch schien sie sich keine Mühe zu geben, eine Frisur aus ihnen zu machen.
Sie waren lang und dicht und fielen glatt, aber nicht geglättet von ihrem Kopf herab. Ihre helle Haut ließ sie wie eine Porzellanpuppe wirken, und doch strahlte sie eine aufgeweckte Lebendigkeit aus. Ihre feinen Gesichtszüge hatten etwas Kindliches, Schutzsuchendes, während ihre rot gefärbten Lippen, auf denen ein warmherziges Lächeln lag, in Kombination mit den eisblauen Augen und den darüber liegenden streng gezupften Brauen etwas Herausforderndes, fast schon Kämpferisches ausstrahlte. Die filigranen Finger, deren Nägel sie passend zum Mund angepinselt hatte, hielten das Lenkrad zart im Griff, während sie sich im eleganten ärmellosen Kleid lässig wie ein Bauarbeiter an die Innenseite der Fahrertür lehnte.

„Serene. Ist das dein echter Name?“, wollte er wissen, nachdem sie den Motor gestartet und den Wagen zurück auf die Straße gelenkt hatte.
„Ja“, antwortete sie knapp und tippelte, die rote Ampel vor ihnen im Blick, mit ihren Fingern auf dem Lenkrad herum.
„Ein schöner Name, finde ich. Habe ich noch nie gehört. Einzigartig irgendwie. Passt gut zu dir.“
„Danke schön. In der Schule sahen sie das damals leider anders“, flüsterte sie beinahe schon. Seufzend winkte sie ab und sprach nun wieder lauter: „Aber irgendwas finden Kinder ja immer, wenn sie wollen. Kennst du ja sicher.“
„Das tut mir sehr leid", sagte er und ärgerte sich ein wenig darüber, dass sie davon auszugehen schien, dass er in der Schule aufgezogen worden war. Gefiel er ihr nicht? Klar war sie auf eine undefinierbare Art und Weise in einer anderen Liga als er, doch als unattraktiv würde er sich auch nicht bezeichnen.
„Hatte wohl Glück mit meinen Mitschülern. Ich wurde nie gemobbt oder so“, stellte er klar.
„Aha! Dann warst du wohl auf der anderen Seite?“, zischte sie und warf ihm dabei einen funkelnden Blick zu.
„Äh, nein. Nein. Wirklich nicht. Ich hatte es nie nötig, mein Selbstbewusstsein auf diese Weise aufzupumpen.“
Ihr darauffolgendes Kichern ließ ihn innerlich kochen. Er musste die Zähne fest aufeinander beißen, um seine Mimik weiterhin freundlich und offen wirken zu lassen.
„Schon gut. Hätte ich auch nicht von dir gedacht. Du wirkst wie ein anständiger Kerl. Du bist doch anständig, oder?“, fragte sie mit gespitzten Lippen.
Er spürte, wie der Klang ihrer Stimme ihm die Nackenhaare aufstellte.

„Klar. Meistens jedenfalls“, behauptete er grinsend. „Und du? Bist du denn eine anständige Dame?“
Sie legte die Stirn in Falten und ihren Zeigefinger grüblerisch auf ihre Lippen, bevor sie verführerisch lächelnd antwortete: „Kommt darauf, an wen du fragst. Hast du Hunger?“, fragte sie, kaum, dass sein murrender Magen zu Ende geknurrt hatte.
„Schon irgendwie. Wohin darf ich dich denn zum Essen einladen?“
„Oh, tut mir leid, ich habe schon gegessen. Aber im Handschuhfach ist eine Dose mit Fleischsalat. Eine Gabel fährt da auch irgendwo herum.“
Er hatte zwar damit gerechnet, dass dieses Date anders verlaufen könne als üblich, aber nicht damit, dass er im Auto Fleischsalat aus einer Tupperdose futtern würde.
Besser als nichts, dachte er, bevor er innehielt und fragte: „Hattest du nicht gesagt, du isst kein Fleisch?“
Sie zuckte mit den Schultern und wirkte beinahe schon schüchtern, als sie antwortete: „Tu' ich auch nicht. Aber du meintest, das sei dein Lieblingsessen. Also mache ich dir natürlich Fleischsalat.“
„Auch noch selbstgemacht? Wow. Das ist aber wirklich lieb von dir, vielen Dank.“ Er griff nach der Dose und schlang, bemüht, nicht allzu gierig zu wirken, den Fleischsalat herunter. Dafür, dass sie ihn sicher nicht abgeschmeckt hatte, war er gar nicht so übel. Etwas zu viel gewürzt, vielleicht, doch das konnte er ihr nachsehen.
Ein Blick nach vorn verriet ihm, dass sie sich mit hohem Tempo auf einer Landstraße befanden. Über sich selbst verärgert stellte er fest, dass er überhaupt nicht darauf geachtet hatte, wann, wo oder wie oft sie abgebogen waren.

„Wohin entführst du mich denn eigentlich?“, wollte er nun doch so langsam mal wissen.
Verschmitzt lächelnd flüsterte sie: „Wirst du gleich sehen. Es wird dir sicher gefallen.“
Plötzlich und mit quietschenden Reifen bremste sie ab und riss derart ruckartig das Lenkrad herum, dass Erics Kopf auf ihre Schulter knallte.
Er schrie auf, als er den, von den Scheinwerfern angestrahlten Baum, blitzschnell auf sich zukommen sah.
Sein Herz pumpte wild, und er hörte noch immer das Knacken der Äste, als das Auto nur wenige Zentimeter vor der Birke zu stehen kam.
„Willst du uns umbringen? Wir wären fast gegen den Baum geknallt!“, fauchte er unter Schock stehend, noch immer eine Hand gegen das Armaturenbrett und die andere gegen seine Brust gestemmt.
Sie starrte ihn einen Augenblick lang an wie ein Kind, dem man eine unlösbare Rechenaufgabe gestellt hatte und schälte sich im nächsten bereits schwungvoll aus dem Auto heraus.
„Tut mir leid. Ich hab mich nur erschreckt“, rief Eric und öffnete ebenfalls die Tür.
„Ja, hab ich gehört“, gab sie neckisch zurück und schlug die Tür zu.
Angewidert verzog er das Gesicht, als seine Schuhe im schmatzenden Matsch einsanken.
„Kommst du?“, hörte er ihre Stimme, die aus einigen Metern entfernt zu ihm wehte. Er schwang sich den schweren Rucksack auf die Schultern. Zu gerne hätte er die darin herumfahrenden Schuhüberzieher angezogen.
„Das ist das schrägste Date, das ich je hatte“, gestand er, als er sie den Waldweg entlang hechtend eingeholt hatte.

„Gefällt es dir hier nicht? Kommst wohl nur zum Jagen her? Also, ich liebe den Wald."
Vom Vollmond angestrahlt, streckte sie ihre Arme von sich und drehte sich verspielt im Kreis.
„Doch schon, aber …"
„Warte, bis wir da sind!", unterbrach sie ihn, bevor sie seine Hand nahm und ihn vom Weg ab in das uneinsichtige Dickicht aus Bäumen und Hecken hineinzog.
Was zum Teufel tu' ich da nur?, schimpfte er in Gedanken mit sich selbst. Sein Bauchgefühl nahm flaue Züge an und schwankte zwischen dem Genuss des erregenden Nervenkitzels und dem Gefühl, dass hier mal so gar nichts stimmte. Er griff in seine Jackentasche, strich über die metallische Oberfläche, die seine Finger erfühlten und fühlte die beruhigende Wirkung. Nicht ohne sich im selben Atemzug dafür zu schämen, dass er dies überhaupt nötig hatte. War sie doch gut eineinhalb Köpfe kleiner als er. Er beschloss, noch ein wenig mitzuspielen und die Sache sofort zu beenden, falls der Grad ihres Wahnsinns auch nur ein Mü weiter ansteigen sollte. Auch wenn dies bedeuten würde, dass er wohl auf wildes Herumgemache verzichten müsse.
Schnellen Schrittes zog sie ihn hinter sich her. Ihre Hand fühlte sich trotz, dass sie kühl war, gut an. Ihr Tempo und die Hecken hingegen, die sich spitz in seine Kleidung bohrten und sich an ihm festkrallten, brachten ihn gemeinsam mit den Steinen und Wurzeln unter seinen Füßen gehörig ins Straucheln. Als sie abrupt stehen blieb, knallte er gegen sie und stieß sie ein paar Schritte nach vorn.
„Sorry! War keine Absicht. Alles gut bei dir?", keuchte er.
„Schau mal! Siehst du das?" Aufgeregt ignorierte sie seine Worte und deutete nach vorn.

„Ein Stein", merkte er an und spürte gleichzeitig, dass diese Antwort der euphorischen Serene nicht ausreichte. „Ein sehr großer Stein. Und die Form. Fast wie ein Tisch. Von der Natur erschaffen. Beeindruckend. Wirklich", setzte er fort. Doch als er sich weiter umsah, musste er schlucken. „Da sind ja auch noch kleinere Steine drum rum. Cool irgendwie. Aber sag mal, du hast doch nicht vor, hier irgendein Ritual abzuhalten oder so?"
„Meinst du so etwas wie ein Liebesritual?", hauchte sie mit gespitzten Lippen.
„Das war jetzt nicht mein erster Gedanke, aber einer, mit dem ich vielleicht leben könnte."
Sie grinste und deutete auf eine Stelle, die aufgrund des dichten Bewuchses beinahe völlig von der Dunkelheit verschlungen wurde und fragte: „Siehst du die Hütte dort zwischen den Bäumen?"
Er kniff die Augen zu engen Schlitzen zusammen, bis er die groben Umrisse erkennen konnte und nickte.
„Die hat meinem Vater gehört", erklärte sie und er nahm Wehmut in ihrer Stimme wahr. „Dort habe ich etwas für dich vorbereitet. Doch zuerst lass uns den Moment genießen."
Sie ließ seine Hand los und ging lasziv auf den großen Stein zu. Er beobachtete jede ihrer Bewegungen, die durch das Mondlicht einen elfenhaften Anblick boten. Trotz des holprigen Starts musste er sich eingestehen, dass er den Abend nicht besser hätte planen können. Die Abgeschnittenheit. Die Kulisse. Er fühlte sich wilder und freier, fast schon animalisch. Die Vorstellung, ihren Körper kunstvoll auf dem Stein zu drapieren und den Anblick noch eine Weile genießen zu können, nachdem er ihr die Kehle durchgeschnitten hatte, machte ihn high. Mit einem verführerischen Blick

starrte sie ihn an, während sie sich auf den Stein setzte und ihn mit einer sinnlichen Geste heranwinkte.
Den Blick nicht von ihr lassend, schob er die Gedanken, über ihre Entsorgung und ihre Karre beiseite. Er wollte alle Gefühle des Momentes aufsaugen und sich nicht von seinem Hang zum Pragmatismus ablenken lassen. Langsamen Schrittes flanierte er in ihre Richtung, bis ein leises Klicken ertönte.
„Aaaah! Scheiße!", schrie es ungehemmt aus ihm heraus. Ein brennender, schneidender Schmerz krallte sich um seinen rechten Fuß. Ein Schmerz, der wie ein Blitzeinschlag unerträglich durch seinen Körper jagte, bis ihm schwarz vor Augen wurde. Doch ungnädiger Weise hielt die Distanz zum Hier und Jetzt nur wenige Sekunden. Sein eigener Schrei brachte ihn zurück, als er nach vorn stolperte und dies sich anfühlte, als würden die Zähne eines Haies das wenige Fleisch um seinen Knöchel herausreißen.
Reflexhaft griff und blickte Eric an sich hinab, um die Quelle seiner Qualen zu finden. Ersteres brachte eine weitere Welle des Schmerzes mit sich. Zweiteres löste ihn im Brechreiz aus. Aus dem Laub und um seinen Fuß herum schimmerten das metallische Gebiss einer Bärenfalle.
„Mein Fuß! Da ist eine Falle! Hilfe! Steh nicht blöd da rum! Hilf mir doch!", brüllte er in Serenes Richtung, ohne den Blick von der Falle wenden zu können.
„Wie heißt das Zauberwort?", säuselte sie.
„Verarsch mich nicht! Hilf mir! Es ist ernst!", kreischte er. Er versuchte, mit den Fingern die Spitzen der Falle zu erfühlen und spürte gleich, dass dies ein großer Fehler war. Jede Bewegung oder Berührung fühlte sich an, als würde sich der Druck auf sein Bein erhöhen.
„Leider falsch", gab sie trocken zur Antwort.

Er blinzelte sich die aufgestauten Tränen aus seinem Blickfeld und zu ihr hinüber. Ihr gleichgültiger Gesichtsausdruck und die Kälte, die in ihren Augen lag, jagten ihm einen Schauer über den verschwitzten Rücken.
„Bitte! Komm her und hilf mir!", flehte er sie an.
Sie dehnte ihre Arme nach oben und gähnte. „Na, na, na. Nun ist es zu spät", lachte sie hämisch.
„Spinnst du? Ich mach' hier keine Witze, du blöde Schnalle! Mein Fuß!" Seine Rage ließ die Schmerzwellen zum Takt seines Herzschlages pochen, sodass ihm ein weiterer Schrei entfuhr.
Er sah an sich hinab. Seine Jeans färbte sich zwar rot, doch er wusste, dass diese Fallen nicht dafür gedacht waren, die Bären verbluten zu lassen. Andererseits war sein Bein auch nicht so robust, wie ein Bärenbein.
Die Brechstange!, fiel es ihm ein. Vorsichtig schälte er sich den Rucksack vom Rücken.
Bemüht, dass sich keine seiner Bewegungen auf den zerstörten Fuß übertrug, bückte er sich und öffnete behutsam den Reißverschluss.
„Was du denn aber auch alles mit dir herumschleppst", kicherte sie, während er den Inhalt vor sich ausschüttete, „Da bekommt man ja fast schon Angst."
„Warte nur, wenn ich hier rauskomme", knurrte er leise, bevor er ihr, mit dem Brecheisen in der Hand zuwinkte und brüllte: „Komm endlich her und hilf mir!"
„Klar!", sie begann zu lachen, „Und sobald ich dich befreit habe, haust du mir das Teil da über den Schädel, wickelst mich in diesen riesigen Müllsack da ein und verscharrst mich hier im Nirgendwo."

„Was redest du da? Scheiße! Hilf mir lieber!“ Schmerz und Blutverlust ließen seine Gedanken wie in einem Karussell kreisen.
„Komm schon, Eric. Du müsstest die Teile doch kennen. Hast als Bonus sogar eine Brechstange. Ist doch ein Leichtes für dich, freizukommen.“
„Du Schlampe! Die Dinger sind verboten! Ich weiß nicht, wie ...“, für einen Augenblick verabschiedete sich wieder sein Bewusstsein. Es war unmöglich herauszuhören, ob das Knacken von dem Ast kam, auf den er stolperte, oder ob es von seinem Knochen kam, der in zwei Teile splitterte.
„Verboten? Upsi. Na ja, wo kein Kläger, da kein Richter.“
„Du! Du hast die extra da hingestellt!“ Die unbändige pure Wut stieg in ihm auf, als er ihr bösartiges Grinsen erblickte.
„Nicht nur dort. Bin ja nicht doof. Hier liegen überall welche aus. Ich kann ja nicht auch noch planen, wo genau ihr hintreten werdet“, gab sie schnippisch zur Antwort.
„Ihr?“, stammelte er und spürte, wie sich alles in ihm zusammenzog. Er hob einen Ast auf, den er sich zwischen die Zähne klemmte. Fest zubeißend setzte er den Eisenstab an die Zähne der Falle und versuchte die Zacken auseinander zu stemmen. Doch das sickernde Blut verhielt sich wie ein Ölfilm und der Tornado, der durch seinen Körper fegte, als er mit dem Stab in der Wunde herumstocherte, war kaum mehr auszuhalten. Unter knarzendem Widerspruch bog sich die Falle schwermütig auf. Noch während sich ihre Zähne aus seiner Haut heraus rissen, zog er mit letzter Reserve sein Bein nach hinten. Kaum, dass er das Gleichgewicht verlierend in einer Hecke landete, schnappte die Falle erneut zu. Nun hielt sie das Brecheisen im eisernen Maul.

Beim Versuch sich aufzurichten, lenkte ein entferntes Klicken seine Aufmerksamkeit auf die Wahnsinnige, die nun nicht mehr saß, sondern mit einer Schrotflinte in den Händen auf dem Stein stand. Kaum, dass er die Pistole aus seiner Jackentasche heraus gekramt hatte, gab es einen lauten Knall. Er spürte, wie sein rechtes Schienbein zerschmetterte und seine Beine nachgaben.
„Jetzt drehen wir den Spieß einmal um!", lachte sie, als ihm die Pistole aus den Händen fiel und wie er selbst im matschigen Laub landete. Dies war auch das Letzte, was er hörte, bevor ihn die ersehnte Ohnmacht ergriff.
Als er die Augen öffnete, brauchte er eine Zeit, um zu begreifen, dass er kopfüber hing. Seine Kopfschmerzen waren jedoch nichts im Vergleich zu jenem Gefühl, das seine zertrümmerten Beine verursachten, als sie vom Gewicht seines Körpers auseinandergerissen wurden.
Um ihn herum verschwammen pendelnd die Bretter einer Holzhütte.
„Du lebst ja noch. Schlimm, wenn einem nur ins Bein geschossen wird, oder?", säuselte sie und wandte sich einem Tisch zu.
„Woher wusstest du ... ", krächzte er.
„Das du der Sinder-Killer bist? Oh, das wusste ich nicht. Na ja, gut, das Brecheisen und die Mülltüte kamen mir verdächtig vor, aber sicher war ich mir erst, als ich die Pistole gesehen habe."
„Aber wieso?"
„Ich das alles hier mache? Ich habe gelogen. Ich liebe die Jagd. Nur eben nicht die Jagd auf Tiere." Sie seufzte. „Eigentlich schade, dass es so enden musste. Aber irgendwie auch witzig, oder? Dass von all den Menschen ausgerechnet wir uns treffen mussten. Aber keine Sorge, ich werde dich

würdig vertreten. Werde vieles auch besser machen. Konntest dich ja selbst davon überzeugen. Aber nun gut, genug geplaudert." Sie drückte ihm einen kalten Gegenstand an die Stirn.
Er wollte noch etwas sagen, aber dazu kam er nicht. Er hörte noch das dumpfe Geräusch des Gerätes und das Knacken, als seine Schädeldecke durchbrochen wurde, dann wurde es dunkel und kalt um ihn herum.
Bevor er gänzlich verblutete, drängten Wellen des Schmerzes in sein Bewusstsein. Er hatte keine Kraft übrig, um die Augen zu öffnen, spürte aber das Messer durch seine Bauchdecke gleiten. Er fragte sich nicht, ob sie den Bolzen absichtlich falsch angesetzt hatte. Er wusste es, anhand ihres Kicherns, das sie ausstieß, wann immer er zusammenzuckte.

***Katrin Exner*** *wurde 1991 in Ettenheim geboren.*
*Wenn sie gerade nicht schreibt, studiert Katrin Exner die Abgründe des menschlichen Sozialverhaltens bei ihrer Arbeit als Tierheim-Tierpflegerin.*
*Sie hat mehrere Veröffentlichungen in Anthologien.*

# Gerd Henze

## Eiskalte Leidenschaft

Die Aufklärungsquote für Mord liegt bei über neunzig Prozent, was jedoch nicht bedeutet, dass fast jeder Mörder geschnappt wird. Viele Morde bleiben unentdeckt, weil Hausärzte ohne gerichtsmedizinische Ausbildung voreilig den natürlichen Tod ihres Patienten bescheinigen oder überarbeitete Polizisten verdächtige Details übersehen. Mein Name ist Jost Haverkamp, ich bin Kommissar bei der Kripo und habe nur noch ein paar Jährchen bis zur Rente abzureißen. Auch ich konnte nicht jeden meiner Fälle lösen. Das gibt es nur im Fernsehen, und damit komme ich klar. Was mich jedoch wirklich fuchst, sind wasserdichte Ermittlungen, bei denen es die Indizien vom Himmel regnet und die trotz lückenloser Beweiskette einen üblen Beigeschmack hinterlassen. „Rache ist ein Gericht, das am besten kalt serviert wird", sagt ein Sprichwort. Ich schließe die Akte, obwohl ich weiß, dass mir dieser Fall noch viele schlaflose Nächte bereiten wird.

***

„Hallo, Schatz!"

Anton warf den Autoschlüssel in die Glasschale an der Garderobe und eilte ihr im Flur entgegen. Er zauberte einen bunten Blumenstrauß mit orangen Gerberas und roten Rosen, die liebevoll mit tiefblauen Muscari arrangiert waren, hinter dem Rücken hervor und sein unwiderstehliches Lächeln auf die Lippen. Er drückte sie an sich und küsste sie leidenschaftlich. Seit ein paar Wochen übertraf sich Anton täglich mit seinen kleinen Aufmerksamkeiten.

„Und morgen gehen wir in die Kubismus-Ausstellung", flüsterte er ihr ins Ohr.
Dass er sich überhaupt noch daran erinnerte! Sie hatte ihm vergangene Woche nur beiläufig beim Frühstück davon erzählt. Sie musste auf der Hut sein, wenn sie sich nicht verraten wollte, denn ihm entging nichts mehr. Eigentlich hatte sie erwartet, dass sie das Museum allein besuchte, denn Anton mochte nur gegenständliche Kunst, weswegen sie ihn skeptisch anschaute.
„Freust du dich nicht?"
„Klar doch! Ich wundere mich nur."
Anton streichelte ihre Wange. „Das Geschäft, die vielen Überstunden, ich bin froh über jede Minute, die wir zusammen verbringen", flötete er verliebt.
Auch nach mehr als fünfzehn Jahren konnte er immer noch charmant sein. Sie lächelte ihr schlechtes Gewissen hinweg.
Luisa spürte das Handy in der Brusttasche seines Hemdes brummen. Er blinzelte kurz aufs Display.
„Sorry! Da muss ich rangehen. Es ist wichtig. Das Meeting nächste Woche."
Sie nickte, und er ging raus auf die Terrasse. Draußen lehnte er sich mit dem Rücken gegen einen Pfeiler, schaute in den Himmel und lächelte breit. Die Firma gehörte Luisa nach wie vor allein, doch Anton kümmerte sich um das operative Geschäft. Sie hatte ihn damals als Geschäftsführer eingestellt. Es dauerte nicht lang und sie verliebten sich ineinander.
Anton kam zurück und schloss sie von hinten in die Arme. Er knabberte an ihrem Nacken. Er wusste, welche Knöpfe er bei ihr drücken musste. Sie gingen hoch und liebten sich. Er überraschte sie mit einer neuen Stellung, die er erstaunlich gut beherrschte. Es gefiel ihr und sie revanchierte sich

mit einem Spiel, das vorher nie für sie in Betracht gekommen wäre, von dem sie aber annahm, dass es ihn glücklich machen würde. Ihre beste Freundin Meredith stand drauf. Das hatte sie ihr erzählt und dabei genüsslich jedes Detail vor ihr ausgebreitet. Sie wusste, dass sie Luisa damit in Verlegenheit brachte, und hatte ihren Spaß dabei. Meredith hielt sie für verklemmt. Sie selbst war klug und stilbewusst, doch wenn es um Sex ging, schon ein wenig ordinär. Viele Männer waren verrückt nach diesem Spiel, vor allem wohl ihr Kevin. Wie es schien, schlug es auch bei Anton voll ein. Also überwand sich Luisa und gönnte ihrem Mann die Freude. Zufrieden mit sich und seiner Darbietung ging Anton verschwitzt und noch völlig außer Atem zur Toilette. Sein Handy nahm er mit. Seit neuestem ließ er es nirgendwo mehr herumliegen. Dank Meredith und ihren Tipps hatte sie seine Zweifel heute so richtig befeuert.

***

„Reichst du mir bitte mal das Olivenöl?", fragte sie Luisa, während sie geschäftig die Salatblätter zupfte.
Luisa zog die Schublade neben dem Kühlschrank auf und griff hinein.
„Es ist schön, dass wir mal wieder alle zusammensitzen." Meredith mühte sich um eine zwanglose Kommunikation. Schon seit der Schule waren sie und Luisa beste Freundinnen. Sie hatten sich immer alles erzählt, doch nun schwebte ein Geheimnis zwischen ihnen.
Luisa räusperte sich.
„Wie oft schlafen Kevin und du miteinander?", fragte sie schließlich und gab ihr die Flasche mit dem Öl.

„Warum willst du das wissen?“ Meredith wunderte sich, denn über dieses Thema sprach ihre Freundin sonst nicht gern.
„Nun, Anton ist in den letzten Wochen ständig heiß auf mich“, flüsterte Luisa und ihre Wangen röteten sich.
Meredith rieb die Zähne aufeinander. Nervös rupfte sie an den Salatblättern herum, bis sie nicht mehr viel größer als Konfetti waren.
„Er bringt Blumen mit nach Haus, besucht Ausstellungen mit mir und die Finger kann er auch nicht mehr von mir lassen“, prahlte sie stolz. Luisa schob sich dicht an sie heran. Obwohl die beiden Männer draußen auf der Terrasse saßen, fürchtete sie wohl, dass sie belauscht werden konnte. Sie konnte die Erregung in ihrer Stimme kaum verbergen. „Gestern hat er eine neue Stellung mit mir ausprobiert. Es war einfach fabelhaft – so intensiv!“, flüsterte sie und kicherte wie ein kleines Mädchen.
Dann beschrieb sie detailliert, wie sie es getrieben hatten. Meredith ballte die Fäuste. Diese linke Bazille. Es war verdammt noch mal ihre Stellung und sie hatte sie ihm gezeigt. Was hatte sich der Vollpfosten doch ungeschickt angestellt, bis er endlich verstanden hatte, worauf es dabei ankam!
„Macht Kevin auch so was mit dir?“, fragte Luisa und blinzelte neugierig zu den Männern hinüber.
Meredith knallte die Flasche mit dem Olivenöl auf die Ablage, so dass sie umkippte.
„Was ist los?“, fragte Luisa.
„Nichts“, presste sie zwischen den Lippen hervor. „Ich habe gerade an die Arbeit und den Idioten von Chef gedacht“, log Meredith. Aufgewühlt tippte sie eine Nachricht in ihr Handy schielte dabei rüber zu Kevin. Er durfte auf keinen Fall etwas merken.

***

„Wann?", fragte er Anton, der gerade die Nackensteaks auf den Grill legte.

„Am Freitag um fünf Uhr."

„Und wo genau sind wir dann?"

„Wir spielen Squash."

„Schon wieder? Fällt das nicht irgendwann auf?", zweifelte Kevin. Er und sein bester Freund Anton halfen sich mit Ausreden aus, wenn sie Freiräume vom Alltag brauchten.

„Ich habe dich beim letzten Mal vernichtend geschlagen und du forderst Revanche", erklärte Anton ihm.

„Wenn du meinst. Jetzt red schon! Wer ist es?" Anton war so ein Heimlichtuer!

„Wir wollten die Details doch für uns behalten. Je weniger wir über die Angelegenheiten des Anderen wissen, umso kleiner ist die Gefahr, dass wir uns mal verplappern."

Anton wirkte heute kurz angebunden. Irgendetwas bedrückte seinen Freund.

„Ist es eine Frau oder ein Mann?", witzelte Kevin.

„Idiot", murmelte Anton. Gedankenverloren dreht er das Fleisch auf dem Grill schwindelig.

„Was ist los mit dir?"

„Ich weiß nicht. Ich sitze nur gerade zwischen zwei Stühlen. Luisa ist auf einmal richtig experimentierfreudig geworden. Sie hat sich total verändert."

„Pass auf! Vielleicht hat sie ja ein Verhältnis", lachte Kevin und klopfte seinem Freund auf die Schulter.

Anton verschluckte sich an seinem Wein.

„Mensch! Du weißt ja gar nicht, wie gut du es hast!", stupste er seinen Freund mit der Schulter an und blinzelte in die Küche rüber, wo Luisa gerade mit Meredith tuschelte. Sein

Freund hatte alles: eine reiche Frau und eine Firma, die brummte. Doch das genügte Anton nicht. Er beneidete ihn, denn mit Meredith lief es gar nicht mehr rund. Was, wenn sie fremdging? Nein, das könnte er nicht ertragen. Niemand anderes sollte sie haben und wenn er sie dafür ... Er tadelte sich für den Gedanken, noch bevor er ihn zu Ende gedacht hatte. Plötzlich zog Anton sein Handy aus der Tasche, las vom Display ab, und grinste.
„Gute Nachrichten?"
Luisa und Meredith brachten den Salat und frisches Brot. Sie aßen, tranken, scherzten und feierten ihre Freundschaft. Nach dem Essen stand Anton auf und räumte das Geschirr zusammen.
„Ich helfe dir, dann geht es schneller", flötete Meredith und folgte ihm in die Küche.
Kevin und Luisa fläzten sich in die Liegestühle beim Pool. Sie stand auf, zog T-Shirt und Rock aus und sprang ins Wasser. Sie sah scharf aus in ihrem Bikini. Er erwartete sie an der Leiter und half ihr in den Bademantel.
„Hattet ihr am Freitag Spaß?", fragte er sie.
„Es war ein richtiges Gedränge dort." Luisa lächelte. „Die Fotos auf der Vernissage haben mir nicht so gefallen, aber das Publikum, das war interessant. Total abgefahren, sage ich dir."
„Ich dachte, ihr wolltet ins Musical gehen?"
Luisa fröstelte und zog den Kragen ihres Bademantels bis zu den Ohren hoch. „Sicher! Waren wir auch, im Anschluss."
Er rubbelte ihren Rücken durch das Frottee hindurch, damit ihr wärmer wurde. „Und wie war es bei euch? Hat Anton wieder beim Squash gewonnen?"

***

Anton räumte die Teller in die Spülmaschine und fädelte das Besteck in die Halterung. Kevin saß mit Luisa draußen am Pool. Er schloss die Klappe und schaltete das Gerät ein. Die Pumpe summte leise. Meredith stellte ein paar Schüsseln unten in den Schrank. Dann krabbelte sie auf allen Vieren zu ihm rüber und kniete sich vor ihn hin.
„Bist du verrückt?“, zischte er ihr zu, doch sie ließ sich nicht bremsen.
Sie öffnete den Knopf seiner Jeans und zog den Reißverschluss auf. Sie liebte ausgefallene Spiele und das Risiko – und er mochte, wenn sie sich wie eine Bitch benahm. Hoffentlich merkten die beiden draußen nichts! Luisa kletterte gerade aus dem Pool. Sie sah verdammt heiß aus in ihrem dunkelblauen Bikini. Kevin hielt ihr den Bademantel hin und rubbelte ihr den Rücken. Luisa warf einen kurzen Blick zu ihnen in die Küche. Es erregte ihn, dass sie nicht ahnte, was ihre beste Freundin da auf den Knien vor ihm tat. Plötzlich kam ihm jedoch ein anderer Gedanke.
„Glaubst du, die beiden haben was miteinander?“, keuchte Anton.
„Kevin und Luisa? Und wenn schon?“, schmatzte Meredith. „Dann dürfte er nicht mehr so verdammt eifersüchtig sein und wir könnten endlich zusammen sein.“
Anton verkrampfte. Genau das wollte er nicht. Sie waren sich doch von Anfang an einig gewesen! Nur ein bisschen Abwechslung, mehr nicht – und jetzt schlug sie plötzlich ganz andere Töne an. Was war mit der Firma und seiner Stellung als Geschäftsführer? Meredith konnte alles kaputtmachen.
„Hör auf! Sonst merken sie noch was.“
Er schob ihren Kopf von sich weg und schloss seine Hose.

***

„Wo bleibt der verdammte Kerl? Sonst kann er es kaum abwarten.“ Meredith schaute auf ihr Handy, doch da war keine Nachricht. Sie musste aufpassen, dass ihr Anton nicht vom Haken zappelte. Immer noch keine Nachricht! Anton war beim Grillabend auf einmal so abweisend gewesen. Und Kevin? Was hatte er sie genervt! Er wollte sie heute gar nicht fort lassen. Zum Glück ist er dann doch noch zum Squash gegangen. Sie schüttelte den Kopf. Ihr Mann gab seinem besten Freund ein Alibi, damit der ihn mit ihr betrügen konnte ... Dieser Trottel! Meredith schaute sich im Zimmer um. Die 210. Beim letzten Mal hatten sie die 308 eine Etage höher.

Sie ging ins Badezimmer und zog Lippenstift und Lidschatten nach. Sie fand, sie sah umwerfend gut aus. Wenn sie ihn heute vernascht hatte, würde er keinen Gedanken mehr an seine langweilige Luisa verschwenden. Dieses Luder hatte ihre Tipps im Bett umgesetzt und Anton damit heiß gemacht. Verflucht! Hatte sie überhaupt keinen Anstand? Sie waren doch beste Freundinnen. Meredith ging zurück ins Zimmer und hielt den Atem an. Sie musste gar nicht erst überlegen, ob sie lächeln oder schreien sollte, denn die blitzende Klinge schnitt ihr quer durch den Hals. Mit ein paar kräftigen Schlägen pumpte ihr Herz das Blut aus der Wunde. Es dauerte nur ein paar Sekunden, bis sie das Bewusstsein verlor. Wie das Messer ihren Körper perforierte, bekam sie nicht mehr mit.

***

Es klingelte an der Haustür.

„Gehst du?", bat er Luisa. Keine Minute später kam sie mit einem etwa Sechzigjährigen, der eine altmodische Strickjacke trug, ins Wohnzimmer.
„Das ist Kommissar Haverkamp von der Kripo", stellte sie Anton den Mann vor. „Er möchte mir dir sprechen." Sie bot dem Polizisten einen Platz an und brachte ihnen Espresso.
„Es geht um Ihre Freundin Meredith", begann der Beamte. „Sie ist getötet worden."
Luisa riss entsetzt die Augen auf und ließ sich auf das Sofa plumpsen.
„Man hat sie in einem Hotelzimmer in der Nähe der Autobahn gefunden", fuhr Kommissar Haverkamp fort.
„Wie, umgebracht? Was hatte sie dort überhaupt zu suchen?" Anton rutschte auf seinem Stuhl herum. Er dachte nach. Ja, er hatte alle Spuren beseitigt. Viel mehr als den Türknauf des Zimmers hatte er auch nicht angefasst.
„Wir gehen davon aus, dass sie sich dort mit ihrem Geliebten treffen wollte."
„Sie hatte einen Geliebten?" Anton sah Luisa fragend an und versuchte, eine glaubwürdige Portion Entrüstung in seine Stimme zu legen.
„Sind Sie mit einem Gentest einverstanden?"
„Sie glauben, ich?" Hilflos schaute er wieder zu seiner Frau hinüber, doch die glotzte stumm und mit gesenktem Kopf in ihre Hände.
„Nun, Ihr Freund Kevin hat da so was angedeutet."
„Anton würde nie etwas mit einer anderen Frau anfangen, schon gar nicht mit meiner besten Freundin." Luisa hob das Kinn. Ihre Stimme klang traurig, aber entschlossen.
„Die Kameras des Hotels zeigen, wie Sie mit Ihrem Wagen aus der Tiefgarage fahren." Der Kommissar hielt ihm ein Foto hin.

„Die Sonne spiegelt auf der Windschutzscheibe – man erkennt den Fahrer ja gar nicht. Außerdem ist das unser Firmenwagen. Den kann jeder nehmen, der gerade ein Auto braucht." Verflucht! Er hätte an die Kameras denken müssen. Zum Glück gab es wohl keine weiteren Aufnahmen von ihm.
„Was ist nun mit dem Gentest?", hakte der Polizist nach. Eine kleine Hautschuppe würde genügen, dann hätten sie ihn am Haken. Sie hatten keine Beweise außer dem wenig aussagekräftigen Bild aus der Tiefgarage. Das würde vermutlich nicht für eine richterliche Anordnung reichen, weswegen der Kommissar auch keine dabei hatte. Wenn Anton den Test aber ablehnte, machte er sich verdächtig. So oder so, er konnte nur verlieren. „Ich mache einen, wenn es der Richter für erforderlich hält."

„Ich weiß nicht, was plötzlich in Kevin gefahren ist", regte sich Anton auf, nachdem Kommissar Haverkamp gegangen war. „Wie kommt er nur auf die absurde Idee, dass ich was mit Meredith gehabt hätte? Am Ende hat er sie auf dem Gewissen. Du weißt ja, wie eifersüchtig er ist." Unruhig lief er im Wohnzimmer auf und ab. Der Grillabend! Hatte Kevin doch mitbekommen, wie Meredith vor ihm gekniet hatte? Verdammt! Warum musste sie es auch herausfordern?
„Jetzt komm mal wieder runter! Kevin hat es sicher nicht so gemeint. Er ist fertig mit den Nerven. Seine Frau ist umgebracht worden. Da sieht man die Dinge nicht mehr klar."
„Vielleicht hast du recht."
„Bestimmt habe ich das. Ich fahre zu ihm und versuche, ihn zu trösten."

Luisa nahm ihre Jacke von der Garderobe. Was sollte das? Er brauchte seine Frau jetzt mindestens genau so sehr wie Kevin.
„Warum gerade du?“
„Er hat sonst niemanden und solang der Verdacht nicht ausgeräumt ist, gehst du ihm besser aus dem Weg.“
Sie hatte recht und dennoch ...

Die Luft im Wagen war stickig. Anton ließ die Seitenscheibe heruntersurren. Das da ging weit über einen Kondolenzbesuch hinaus. Luisa war schon über eine Stunde bei Kevin. Jetzt zog er auch noch die Vorhänge im Schlafzimmer zu. Angestarrt hatte er Luisa, von Kopf bis Fuß gemustert, als sie aus dem Pool geklettert war und er ihr den Rücken trocken gerubbelt hatte. Anton hatte es genau gesehen. Jetzt, da Meredith tot war, musste Kevin ihn nur noch ins Gefängnis bringen. Danach könnte er sich an Luisa ranmachen. Glaubte der Kerl etwa, er könnte ihm was vormachen?

Er sah auf die Uhr, es war acht. Jetzt waren es schon zwei Stunden. Es gab keinen Zweifel. Dieser elende Heuchler! In diesem Moment erzählte er Luisa bestimmt von der Affäre, von den vielen Treffen zum Squash, die es nie gegeben hatte. Sie würde nicht mehr wissen, was sie noch denken soll, und Kevin würde ihre Unsicherheit schamlos ausnutzen.
Endlich ging die Haustür auf. Luisa küsste Kevin, flüchtig zwar, dennoch war das mehr als ein harmloser Kuss. Und wie er ihre Taille umfasste! Er musste Kevin zur Rede stellen.

***

Ich klingelte an der Haustür und die Ehefrau, Luisa hieß sie, öffnete mir. Sie wirkte heute ein wenig bedrückt, nicht so wie gestern, als sie mich freundlich und aufgeschlossen begrüßt hatte. Vielleicht hatte sie bereits erfahren, dass ich ihren Mann Anton festgenommen hatte.
„Ich muss Ihnen leider mitteilen, dass Ihr Freund Kevin gestern Abend verstorben ist."
Sie taumelte nach hinten und stützte sich an der Tischplatte ab. „Das kann nicht sein! Ich war doch noch bei ihm."
„Wieso das?"
„Ich wollte ihn trösten."
„Wir haben Ihren Mann in Untersuchungshaft genommen, weil wir glauben, dass er ihn getötet hat."
„Warum sollte er das tun? Sie waren beste Freunde."
Ich habe in meinem Leben schon viele Verdächtige verhört und erkannte, dass ihre Entrüstung echt war.
„Ihr Freund Kevin hat behauptet, er wäre Ihrem Mann zu dem Hotel gefolgt, in dem Meredith erstochen worden ist. Es sieht ganz danach aus, als hätten die beiden eine Affäre gehabt."
Die Frau riss Mund und Augen auf – für meinen Geschmack etwas zu theatralisch.
„Das gleiche behauptet Ihr Ehemann übrigens auch von Ihnen und Kevin."
„Kevin und ich? Wir sollen eine Affäre gehabt haben?" Sie ging in die Küche und kam mit zwei Gläsern Wasser zurück.
„Ihr Mann Anton denkt, Kevin hätte es auf Sie und Ihr Vermögen abgesehen."
Sie reichte mir ein Glas und nahm einen Schluck aus ihrem.
„Beide Männer haben erzählt, dass sie Meredith tot im Hotelzimmer aufgefunden haben. Beide behaupten, sie hätten

Panik bekommen und seien abgehauen. Fakt ist, dass sie beide dort gewesen sind."
Die Frau setzte sich und ließ den Kopf hängen.
„Für mich stellt sich der Fall wie folgt dar", fasste ich das Geschehen zusammen: „Ihr Freund Kevin bringt seine Ehefrau Meredith aus Eifersucht in dem Hotelzimmer um. Ihr Mann Anton wiederum denkt, sein Freund will ihn reinlegen und seinen Platz bei Ihnen einnehmen, weswegen Kevin ihm den Mord anhängen will. Er fährt zu ihm, stellt ihn zur Rede und die beiden streiten. Dabei bringt er Kevin um."
Die Frau hob ihr Kinn und sah schweigend aus dem Fenster zum Garten.
„Wissen Sie, was ich von dieser Geschichte halte?"
Bedächtig schüttelte sie den Kopf.
„Absolut gar nichts. Ihr Mann hat seinen Freund in einem Anflug von Wut umgebracht, das ist unzweifelhaft. Doch wer hat Meredith erstochen? Wir haben von den beiden Männern nichts außer ein paar wenigen DNA-Spuren im Hotelzimmer gefunden. Zu wenig für solch ein Gemetzel. Dieser Mord war zu perfekt geplant, als dass er aus Leidenschaft begangen wurde. Und so viel Raffinesse traue ich keinem der Männer zu. Dummerweise kann ich nichts anderes beweisen. Eins steht jedoch fest: Wenn das mit der Affäre zwischen Ihrem Mann und Meredith stimmte, dann bezahlt er teuer dafür."
Ich stand auf und drückte der Frau die Hand. Luisa hob einen Müllbeutel in der Küche auf und begleitete mich zur Haustür.
„Kann ich Ihnen die Tüte abnehmen?"

„Was glauben Sie, werden Sie darin finden? Einen blutverschmierten Papieroverall, Überzieher aus Plastik für die Schuhe, eine Gesichtsmaske und Gummihandschuhe?"
Ich schaute dieser Luisa fest in die Augen. Sie wich meinem Blick nicht aus. „Nein, das werde ich in dieser Tüte bestimmt nicht finden – und woanders sicher auch nicht."
Sie nickte und reichte mir den Beutel.

***Gerd Henze,*** *Jahrgang 1966, lebt in Weinheim an der Bergstraße, Studium der Germanistik- und Kunstwissenschaft, danach Redakteur und Inhaber einer Internetfirma. Er ist begeisterter Kampfsportler und Träger des 4. Dan im Karate. Zahlreiche Veröffentlichungen von Kurzgeschichten. 2020 erschien sein erster Roman.*
*www.gerd-henze.de*

# Manuela Klumpjan

## Erfrischungstee

*(Erstveröffentlichung in „Heißkalt“)*

Da saß er wie immer: Alt, grau und mit einem anzüglichen Grinsen im Gesicht. Seine Haare waren mit Pomade nach hinten gegelt. Schleimig, fettig, genau zu ihm passend. Sein Outfit war das eines Gigolos. Selbst hier, in diesem Ambiente, trug er einen taubenblauen Anzug, natürlich mit passender Weste und einer breit gestreiften Krawatte.
„Hallo, meine Hübsche, wo bleibt denn mein Mittagessen? Mir wird zwar alleine von deinem Anblick heiß, doch satt werde ich davon nicht.“
Ich beschloss, mich diesmal nicht dazu zu äußern und verschwand direkt in der Küche. Heiß wollte er es haben, das sollte doch machbar sein ...
„Diesmal lieber Erdbeere oder doch Gemüsesuppe, Herr Peters? Was hätten Sie denn gerne?“
„Es schmeckt eh alles gleich mies, also mach einfach hinne! Hauptsache, ich muss nicht noch länger warten.“
Jeden Tag der gleiche Spruch, die gleichen Bewegungen, das ewige Gemeckere. Es fiel mir von Tag zu Tag schwerer, freundlich zu bleiben. Schon so oft habe ich mir gewünscht, er würde an dem Zeug ersticken. Aber nichts, es ist ja hier kein Wunschkonzert.
„Warum dauert das denn so lange? Du wirst nach Stunden bezahlt, also beeil dich endlich!“ Sein Tonfall wurde schon wieder aggressiv. Gleich würde er mit dem Glas nach mir schmeißen. Doch es dauert nun mal, bis seine Speise endlich Körpertemperatur bekommen hatte.

„Siehst ja ganz schön fesch aus heute. Bist du genauso heiß, wie es draußen ist?“ Er leckte sich behaglich über die spröden Lippen. Ich hätte kotzen können, gerne direkt in dieses Grinsen hinein. Bei diesem Gedanken schmunzelte ich leicht, hätte er endlich mal wieder feste Nahrung, dachte ich gehässig.
Da berührte er auch schon meinen Oberschenkel, als ich vorbeiging.
„Na, da schau her, ganz kalt bist du ja. Komm näher, dann heize ich dir so richtig ein!“ Sein Blick wanderte von meinen Beinen zum Oberkörper. Die ganze Geilheit sprang aus seinen Augen. Schnell zog ich die Spritze mit der Nahrung auf. Ich hatte mich für die Gemüsevariante entschieden, weil die nicht so dickflüssig ist. Doch mir blieb keine Wahl. Ich musste mich ihm nähern. Nur so konnte ich ihm die Nahrung auch verabreichen. Da kam auch schon das erwartete Manöver. Mit gekonnter Schauspielerei ließ er sich nach vorne fallen, direkt mit dem Gesicht in meinen Schoß. Zum Glück war mein Kittel heute lang genug. Doch ich war darauf vorbereitet. Daher knallte er mit der Stirn leicht gegen den Couchtisch. Sein Fluchen war unermesslich. Aber das gab mir Zeit, mit einer Wahnsinnsgeschwindigkeit die Astronautenkost durch seinen künstlichen Zugang zu jagen. Tja, mit den daraus resultierenden Blähungen und Magenschmerzen hätte er später zu kämpfen, wenn ich nicht mehr da wäre. Ein kleiner Erfolg, aber besser als nichts.
„Kommen Sie, Herr Peters, ich helfe Ihnen wieder hoch, damit Sie nachmittags auch schön bequem sitzen!“
„Du tickst ja nicht richtig, erst machst du mich heiß durch deine Kurven und dann willst du mich abschieben? Du verfluchte Schlampe!“

Das war wie jeden Tag der Moment, an dem ich mich ohne Gruß zurückzog, die Tür hinter mir verschloss und 2 x den Schlüssel umdrehte. So wusste die Spätschicht, dass ich auch da gewesen bin. Er würde es wie immer leugnen, mich verleugnen und bei der anderen um Mitleid betteln – in der Hoffnung auf ein wenig Zuwendung und Körperkontakt.

Es war bereits 14:00 Uhr, als ich ins Büro vorbeikam, um mein Auto abzustellen und eine kurze Übergabe zu machen. Die Frühschicht hatte sich heute mal wieder länger hingezogen. Ein typischer Freitag halt. Voller Vorfreude öffnete ich die Tür, als mir schon ein Donnerwetter entgegen rollte: „Wo bleibst du denn so lange? Ich habe dich auch nicht am Handy erreichen können. Die Peters haben die Polizei eingeschaltet und sogar Strafanzeige gestellt. Der ältere Herr hat sich bei seiner Tochter beschwert, du hättest ihn geschlagen und geschubst und ihn dann in seiner Wohnung eingeschlossen. Sie hatten sogar Fotos von einer Verletzung am Kopf gemacht, die der Vater hatte. Die sind außer Rand und Band. Was ist denn nur geschehen?“ In ihrem Blick sah man klar und deutlich, dass sie den Peters glauben würde, egal, was ich jetzt auch sagen würde. Sie hatte ihr Urteil über mich bereits gefällt. Eigentlich hatte sie nur noch einen Anlass gebraucht, um mich rauszuschmeißen, denn seit ich so viel abgenommen hatte, war sie einfach nur neidisch. Seit Monaten konnte ich ihr nichts recht machen. Jeder kleiner Fehler wurde zur Sensation aufgebauscht. In ihren Augen war ich eine Schande für das Ansehen der Pflegekräfte!
Trotzdem versuchte ich den Ansatz einer Rechtfertigung: „Mensch, Maria, nun komm mal runter. Nichts ist geschehen, rein gar nichts. Der alte Kauz hat sich den Kopf am

Tisch gestoßen, als er mal wieder an meinem Schoß schnüffeln wollte. Dieser geile B..."
Weiter kam ich nicht.
„Bis zur Klärung bist du suspendiert. Ich will dich erst danach wieder hier haben. Dich kann man ja nicht auf die Menschheit loslassen! Die Kündigung folgt schriftlich! Das war jetzt genau einmal zu viel. Du mit deinen Reizen und deiner Arroganz. Du sollst den Menschen helfen, ihnen nicht schaden ..."
Das weitere Gezeter hörte ich nicht mehr, denn ich hatte das Büro bereits verlassen, sonst hätte ich für nichts garantieren können, für gar nichts!

Als ich wieder ins Auto stieg, fiel mein Blick auf die Astronautenkost. Zur Sicherheit hatte ich immer ein paar Beutelchen im Wagen liegen. Man weiß ja nie, wer gerade etwas benötigt ... Da kam mir die Idee! Noch einmal würde ich zu Herrn Peters fahren. Den Schlüssel hatte ich ja. Und ich würde mich nicht beirren lassen. Soll er doch grabschen, bis es ihm heiß wird. Er würde meine gesamte Freundlichkeit zu spüren kriegen, bis zuletzt! Da muss doch etwas zu machen sein.

Fröhlich lächelnd öffnete ich mit dem Schlüssel die Tür. Es war nur einmal abgeschlossen, das Zeichen dafür, dass die Kinder, wie erwartet, schon wieder weg waren.

„Hallo, Herr Peters, ich war gerade in der Nähe, da dachte ich, ich komme noch mal kurz vorbei. Bei dieser Hitze haben Sie doch sicher Durst. Sie sehen ja schon ganz verschwitzt aus. Was halten Sie von einer Extraportion Flüssigkeit?"

Seine Augen strahlten mich an.
„Mein Engel, mein Sonnenschein, mein Leben. Alle haben mich heute alleine gelassen, keiner hat mich versorgt. Keiner war bei mir. Dabei ist mir doch so heiß!"
Er schmachtete mich an – und ich streichelte zärtlich über seine Stirn.
„Was ist denn da passiert? Sie haben ja eine Wunde an der Stirn ..."
„Meine Tochter, das Aas, hat mich auf den Tisch gestoßen. Sie will mich umbringen! Aber ich habe die Polizei informiert!"
„Aber, Herr Peters, das ist ja grausam. Kann ich etwas für Sie tun?"
„Ach, meine Süße, was du alles für mich tun könntest ..."
Da war er wieder, dieser widerliche zweideutige Tonfall, den ich so hasste an ihm.
„Meinst du, du könntest mir etwas Erleichterung verschaffen? Mir etwas zu trinken geben, einen heißen Saft?"
Hatte er nun einen oder deinen heißen Saft gesagt? War er überhaupt zu solchen Formulierungen fähig? War er so ein Schwein? Ganz kurz überdachte ich meinen Plan, als er zielsicher an meinen Hintern grabschte. Mir wurde es kalt. Schon ganz bald würde nämlich er nicht mehr heiß sondern eiskalt werden! Genau dieser Griff war der Tropfen, der mich veranlasste, meine Planung in die Tat umzusetzen.
„Moment, Herr Peters, nicht so stürmisch!", grinste ich ihn an, „ich hole uns erst einmal etwas zu trinken. Darf ich mir auch einen Kaffee machen? Dann wird es doch gemütlicher ..."
„Aber natürlich, meine Hübsche, wenn du noch nicht heiß genug bist ..."

„Keineswegs, Herr Peters, warten Sie einen Moment. Ich braue uns beiden mal etwas zusammen. Sie haben sich eine Abkühlung verdient!"
Er grinste dreckig, ließ mich aber gehen.
Ich befüllte den Wasserkocher und stellte ihn auf Maximaltemperatur. Gleich schon würde es ihm so richtig heiß werden – und danach ganz kalt! Statt Astronautenkost gab es diesmal Tee, frisch aufgebrüht. Langsam füllte ich den ganzen Liter in einen Tropf. Solle er es in voller Länge genießen!
„Herr Peters, der Kaffee ist alle, ich habe uns einen Tee gemacht!"
Lächelnd legte ich den Tropf an die Magensonde – und presste, was das Zeug hergab. Als er die Schmerzen bemerkte, war es bereits zu spät für ihn. Die kochendheiße Flüssigkeit hatte seinen Magen und die umliegenden Gefäße längst erreicht. Er würde von innen verbrennen. Wenn Hilfe einträte, wäre der Tee bereits erkaltet. Um diese Todesursache nachzuweisen, müsste man ihn obduzieren. Das würden die Kinder nicht zulassen. Er hatte es in seiner Patientenverfügung verboten, vor Jahren schon. Sein Körper gehöre ihm ganz allein, war dort vermerkt ...
„Stirb, du geiler Bock, und vergiss nicht: Kaltes Blut rauscht selten!", waren meine letzten Worte, als ich zum Ausgang ging und nur einmal abschloss.

***Manuela Klumpjan** ist Inhaberin des Edition Paashaas Verlags und hat schon mehrere Bücher und Geschichten veröffentlicht. Sie ist leidenschaftlicher Niederlande-Fan und verbringt so viel Zeit wie möglich auf dem Segelschiff.*
*Sie lebt in Hattingen/Ruhr und veranstaltet zudem Krimispieldinner.*

## Horst-Volkmar Trepte

### Wer hat Angst vor dem bösen Gott?

10. November 2022. Ein Spaziergänger entdeckte den erschossenen Wolf in einem Waldstück von Holzurburg am Rande des beliebten Seerundwegs. Die Polizei suchte nach dem Täter. Nach ersten Untersuchungen stand lediglich fest, welches Rudel der Rüde bis zu seinem gewaltsamen Tod angeführt hatte.
„Eine Frage …“, sage ich zu einer mir bislang nicht vorgestellten Kollegin Lena Kähler zehn Kilometer entfernt auf einem Friedhof.
„Jetzt bitte nicht“, haucht mir die Frau mit einem Lächeln entgegen.
„Glatteis!“, ruft ein Nachbar mir zu.
„Die Frau …?“
„Hinter dir …“, sagt der Nachbar
Niemand erkennt, wie sich ein weißer Kastenwagen zur Dämmerung in der Gemarkung Lamstedt in Bewegung setzt. Ein untersetzter Mann hat eine Leiche in den Laderaum geworfen. Es riecht nach Schweiß, nach Erde und nach Blut. Zwei Männer sitzen im Fahrerabteil. Der eine trägt eine dunkle Brille. Der andere, der Untersetzte, hält ihm eine Pistole vor die Nase und brüllt je nach Situation: „Geradeaus“, „Gegenverkehr“, „Eine Kurve, leicht links halten“, „Scharf rechts einbiegen …“
In Moorausmoor, mitten in der Pampa, winkt eine Polizeistreife. Der Kastenwagen hält an. „Fahrzeugkontrolle. Sie fahren ungewöhnlich langsam. Hat das einen Grund? Übrigens, die Fahrzeugbeleuchtung ist defekt. Bis auf weiteres

ist der Wagen festgesetzt. Den Rest der Reise können Sie mit dem Taxi fortsetzen."

„Verdammt noch mal, was soll die Scheiße ...", ruft der mit der dunklen Brille.

„Wir krallen uns den Schlitten, wenn die Bullen weg sind", erklärt der Untersetzte.

An der Bahnsteigkante sitzt ein Blinder, seine Beine baumeln im Gleisbett. Reisen will er nicht. Nur Zeit vertreiben durch Nichtstun. Ein Windstoß fegt über die Bahngleise, bringt Signale ins Wanken, rüttelt an Anzeigetafeln und schüttelt den Blinden. Oder hilft einer nach? Der Blinde stürzt auf die Gleise und rappelt sich wieder auf. Den Oberkörper weit vorgestreckt, fuchtelt er mit beiden Händen um sich und brüllt wie ein angestochener Stier. Vor ihm blitzen zwei Lichter auf, bohren sich in seinen Magen, eine Lokomotive rast auf ihn zu.

Das geht doch nicht. Einfach einen Mann überfahren. Der ist doch blind, denke ich.

Aber das weiß der Zugführer nicht. Der gibt einen Signalton zur Warnung ab, einen zweiten, dann noch einen. Tut, tut, tuuut. Der Blinde weicht keinen Zentimeter. David gegen Goliath. Der Riese nimmt den Kampf auf, fegt den Schwächeren um und kommt zum Stehen, der Blinde liegt im Gleisbett, zwischen den Rädern. Wie durch ein Wunder bewegt er sich.

Christoph Kähler hat mich abgepasst. Er ist nicht mein Freund. Er ist nicht Gott, aber er führt sich so auf. Untersetzt, Bauchansatz, trägt Muskelshirt, tätowierte Anker auf muskelbepackten Oberarmen, schwarz-blauer Haarbewuchs auf den Unterarmen, Goldkette mit Kruzifix am Hals, drei goldene Ringe mit blinkenden schwarzen Perlen an den Fingern. Ich spürte kalten Schweiß auf der Stirn. Kähler

legt eine Hand auf meine Schulter. Die schüttele ich ab – ich hasse Inbesitznahme – ziehe die Augenbrauen hoch: „Was ist?"
Kähler verdächtigt mich, seiner Frau auf dem Friedhof in die Augen geschaut zu haben, verlangt von mir die Bestätigung. Dann fehlen ihm die Worte. Er wechselt die Sprache, wählt eine direktere Art – erklären könne er das später – holt aus, versetzt mir einen Faustschlag auf die Nase, zwischen die Augen. Ich sehe rot, sehe Sterne, sonst kann ich nichts mehr erkennen. „Wehe, wenn du es noch einmal wagst ..."
Kähler hatte seiner Frau schon lange nicht mehr in die Augen geschaut. Er forderte sie auf, vor ihm den Blick zu senken. „Ehrfurcht vor dem Herrn", nannte er das. Mit „Kleines" hatte er sie auch nicht mehr angeredet. Eher mit „Großes", passend zu „großes Biest" oder „großer Irrtum". Sein Irrtum. Er hatte sie für handzahm gehalten. Sie nahm ihre Sachen und ging.
Der Jagdpächter Friedhelm Kornahrens wurde von einem Spaziergänger informiert: in seinem Revier, in Holzurburg, liege ein toter Wolf. Kornahrens rief den Wolfsbeauftragten der Landesjägerschaft und informierte die Polizei.
Die Ermittlungen leitet Kriminalrätin Lena Kähler. „Der Wolf hat drei Einschüsse. Unklar, wer der Täter oder die Täter sind. Der Fundort ist nicht der Tatort. Der Wolf wurde vermutlich an anderer Stelle getötet und hier abgelegt."
„Ich bin Horst Kruggel, der Neue vom Dienst. Wollte mich früher schon mal melden. Das hatte aber gerade nicht gepasst. Zur Sache: Es wurde wenig Blut gefunden. Der Großteil des Blutes strömt unmittelbar nach einer Tötung aus dem Körper. Auch hätte der Wolf nach den Schüssen noch

relativ viel zappeln müssen und im Waldboden Spuren hinterlassen. Auch das ist nicht dokumentiert."
„Schlauberger", gibt Lena Kähler zurück.
„Auf einer Weide wurde kürzlich eine Färse von einem Wolf verletzt. Sie musste vom Tierarzt eingeschläfert werden. Sollen wir warten, bis der Wolf alle Rinder reißt? Und der Schulweg für Kinder ist auch nicht mehr sicher, Mann, oh ...", brüllt Kornahrens und schlägt eine Faust in die Luft.
„Das war Anfang November, da lebte der Wolf nicht mehr. Wie so oft, ist ein freilaufender Hund für den Riss auf der Weide verantwortlich. Dessen Genotyp ist den Behörden bekannt. Der Hund ist der Täter."
„Die genetische Untersuchung zeigt, dass es sich bei dem getöteten Wolf um den Alpharüden des Lamstedter Rudels handelt, zwanzig Kilometer von Holzurburg entfernt. Einzelheiten zur Tötung des Tieres liefert die Computertomografie: Die Einschüsse stammen von drei verschiedenen Waffen", ergänze ich.
Der Fall von Holzurburg war der zweite illegale Wolfsabschuss im Landkreis Cuxhaven. Im September 2016 wurde in Köhlen ein weiblicher Wolf, eine Fähe, aufgefunden. Es handelte sich um ein Muttertier des Cuxland-Rudels. Landesweit sind in Niedersachsen zwölf Wolfstötungen verzeichnet. Die Täter blieben fast immer unerkannt.
Polizeiinspektion Cuxhaven. „Lena, Sie sind befangen. Ab jetzt übernehme ich die Ermittlungen."
Von allen bekam ich dasselbe zu hören: „Ich war es nicht. Das müssen Sie mir glauben", sagte der Blinde, sagte Friedhelm Kornahrens, sagte Christoph Kähler.
Mit dem Tod des Rüden wollte keiner von ihnen etwas zu tun gehabt haben.

Im Laderaum des Kastenwagens wurden DNA-Spuren des illegal Erschossenen entdeckt, Gewebeproben wiesen auf den Blinden als Fahrer hin. Andere konnten Christoph Kähler zugeordnet werden. Friedhelm Kornahrens und Christoph Kähler hatten ein intimes Verhältnis. Der Blinde hatte beide beim Schnackseln überrascht und wollte mitmischen.
„Ich habe es für die armen Bauern getan, die verlieren doch alles, was sie haben. Und für die Kinder. Damit die keine Angst mehr haben müssen vor dem bösen Wolf", gab Friedhelm Kornahrens zu.
„Ich habe keinen Menschen umgebracht. Ich wollte nur einmal Herr über Leben und Tod sein. Ist das so schlimm?", gab Christoph Kähler zu Protokoll.
„Ich habe exakt ins Schwarze getroffen", lachte der Blinde.
„Das gibt's doch nicht. Mein Ex hatte Sex mit dem Jagdpächter. Da hätte er sich schon früher mal outen können."
Den Tätern drohen Freiheitsstrafen von bis zu fünf Jahren oder Geldstrafen. Darüber entscheidet das Gericht.
Die Anwälte plädieren für Freispruch. Zwar hätten die Täter aus niedrigen Beweggründen gehandelt, sich dabei aber an ethischen Gesichtspunkten orientiert: Schutz der Viehwirtschaft und Sicherung des Schulwegs von Kindern zum Beispiel. Diese übergeordneten Aspekte seien bei der Urteilsfindung einzubeziehen. Der Mensch als Krone der Schöpfung habe einen höheren Stellenwert als der Wolf. Der sei lediglich triebgesteuert und fresse alles, was ihm in den Weg laufe.

***Horst-Volkmar Trepte***, **1947, hat Psychologie studiert, lebt in der Seestadt Bremerhaven und in Thiéfosse (Vogesen, Frankreich), schreibt Gedichte und Kurzgeschichten, hat in*

*Anthologien und literarischen Zeitschriften veröffentlicht, mag den salzigen Duft und den unerbittlichen Gegenwind am Deich an der Nordseeküste, wie auch die unzähligen unterschiedlichen Ansichten, die sich bei Bergwanderungen eröffnen.*

## Vera Lörks

### Verfolger im Nebel

Marie fröstelte, als sie die kleine Gaststube verließ und auf die weihnachtlich beleuchtete Straße trat. Drinnen war es so warm und gemütlich gewesen.
„Bist du sicher, dass ich dich nicht nach Hause bringen soll?“, fragte Benjamin.
Marie zögerte, aber dann sah sie den sehnsüchtigen Blick, den Tessa ihm zuwarf.
„Ach, Quatsch, die paar Meter. Und was soll denn hier bei uns schon passieren? Fahr lieber mit Tessa, ihr müsst doch eh in die gleiche Richtung.“
„Na gut, aber schreib mir, wenn du da bist.“
Die Freunde verabschiedeten sich mit einem Küsschen und während die anderen Richtung Parkplatz gingen, lief Marie über den Kapellenplatz.
Keiner von ihnen bemerkte die dunkle Gestalt, die sich aus dem Schatten der Basilika löste und der jungen Frau folgte.

Er stöhnte innerlich auf. Das erfüllte jedes Klischee. Eine junge Frau, allein an einem dunklen Abend unterwegs. Das perfekte Opfer. Er hatte das jetzt schon so oft getan und wusste genau, was als Nächstes passieren würde. Die Verfolgung, die Schreie, das Blut und dann diese Leere. Er kannte das alles und es langweilte ihn. Trotzdem musste er weitermachen. Er hatte keine Wahl.

Vor einem Schaufenster bleib Marie stehen. Der kleine Teeladen bot nette Dekosachen an. Ihr Blick blieb an einem Leuchtstern mit Holzaufsteller hängen. Das perfekte

Geschenk für ihre Schwester. Morgen nach der Arbeit würde sie kommen und ihn kaufen. Vielleicht würde ihre Kollegin Antonia mitkommen. Sie könnten einen heißen Kakao trinken und dazu Scones essen. In ihrem Nacken kribbelte es und sie drehte sich um. Die Einkaufsstraße in dem kleinen Wallfahrtsort war um diese Zeit menschenleer. Nur im gegenüberliegenden Eingang saß eine Katze und starrte sie mit gelben Augen an. „Hast du mich erschreckt, du Frechdachs. Ich dachte schon, mich beobachtet ein Meuchelmörder." Sie zog ihren langen Schal fester und ging weiter.

Jaja, kurz vor dem Ende hatten sie alle Gedanken an den nächsten Tag oder machten Pläne für den bevorstehenden Urlaub. Und sie waren alle gutaussehend, klein und zierlich und trugen Klamotten, die sie verletzlich wirken ließen. Fast jede hatte eine Vorahnung, aber tat sie als Unsinn ab. Irgendwie waren sie doch selbst schuld, oder nicht? Jetzt fehlte nur das passende Wetter. Ein Gewitter oder dichter Nebel wären stimmungsvoll.

Hinter der Bank bog Marie ab. Sofort vermisste sie das Licht der Schaufenster. Die Straße sah trostlos aus und ein leichter Nebel war aufgezogen. Ihre Haare, die unter der Mütze hervorquollen, kräuselten sich durch die Feuchtigkeit. Sie war froh, dass am Klaraplatz Leute in der Pizzeria saßen. Sofort fühlte sie sich weniger einsam. Sie überlegte. Normalerweise nahm sie die Abkürzung über den Kreuzweg. Aber heute sträubte sich etwas in ihr dagegen, den Weg durch den Park zu gehen. Andererseits war ihr kalt und sie wollte schnell in ihre behagliche Wohnung. „Stell dich nicht so an, wenn du sonntags statt Tatort mal Rosamunde Pilcher

schauen würdest, hättest du jetzt nicht solche Angst", sprach sie sich selbst Mut zu und bog auf den Schotterweg ab.
Plötzlich verwandelte sich seine Langeweile in Aufregung und kurz darauf in Ekel vor sich selbst. Warum tat er das hier? Für ein paar Momente der Spannung? Für Nervenkitzel? Für die Anerkennung von anderen? Er wusste es nicht. Er war, was er war, und machte immer weiter. Versuch, dich abzulenken, wenn es gleich losgeht. Denk an etwas Schönes. An Kochrezepte zum Beispiel. Stell dir vor, wie Spaghetti ins blubbernde Wasser gleiten. Denk an den Geruch von Zwiebeln in der Pfanne. Sieh nicht das Blut vor dir, sondern die rote Farbe von reifen Tomaten. Für einen Moment funktionierte es. Doch dann sah er wieder die junge Frau mit dem zu großen Schal auf dem einsamen Weg und konnte nur noch daran denken, was er jetzt gleich tun musste.

Jemand ging hinter ihr her. Sie hörte die Schritte auf dem Schotterweg. Sie warf einen Blick über die Schulter. Es war eindeutig ein Mann. Ein großer Mann. Sie beschleunigte ihre Schritte. Ihr Herz klopfte schneller und sie spürte Panik in sich aufsteigen. Warum hatte sie Benjamins Angebot nicht angenommen? Warum hatte sie die blöde Abkürzung genommen? Sie überlegte, ob jemand in den Häusern hinter den Bäumen sie hören würde, wenn sie schrie. Wahrscheinlich nicht. Und selbst wenn, wer würde nachsehen? Wie lange würde es dauern, bis jemand hier war? Viel zu lange. Sie drehte sich wieder um. Der Mann war jetzt so nah, dass sie sein Gesicht sehen konnte. Er sah sie direkt an und grinste. Er genoss ihre Angst. Jetzt rannte sie. So weit konnte es doch nicht mehr sein bis zur Abzweigung zum

Seniorenwohnheim. Dort war bestimmt jemand, der ihr helfen würde. Der Mann war so dicht hinter ihr, dass sie seinen Atem hörte. Er packte sie und schleifte sie in das Gebüsch hinter der nächsten Kreuzwegstation. Sie schrie und trat um sich. Es half nichts. Sie wurde auf den Boden gedrückt und starrte den Mann mit weit geöffneten Augen an. Das Messer an ihrem Hals war eiskalt.

Nur noch ein paar Sekunden, dann wäre es vorbei.
Halt durch. Mach deinen Job. Gleich ist es geschafft. Nein, stopp. Er wollte das nicht mehr. Er hatte genug von den Klischees, dem Blut und den Leichen. Ja, die Leser verlangten danach, sein Lektor wollte es so haben. Aber er selbst wollte kein Krimiautor mehr sein. Kochbücher. Die wollte er schreiben. Er atmete tief durch und drückte auf „Löschen".

***Vera Lörks***: *Ein verliebter Rasenmäherroboter, ein Gespenst mit Sehnsucht nach der Schweiz, eine gelangweilte Küchenmaschine und ein Wikinger, der auf einem Kreuzfahrtschiff gefangen gehalten wird – das sind die Figuren, die die Geschichten von Vera Lörks bevölkern. Die 1986 geborene Autorin und Lektorin lebt am Niederrhein und hat zahlreiche Bücher und Geschichten veröffentlicht.*
*Mehr unter veraloerks.wordpress.com*

## Julia Nachtigall

### Vermisst

Jana presste den Telefonhörer, aus dem nur noch ein monotones Tuten zu vernehmen war, ans Ohr.
Sie fasste es nicht. Zum jetzigen Zeitpunkt könnten sie nichts tun, ihr Freund müsse erst 48 Stunden vermisst sein. Dann würden sie nach ihm suchen, hatte der Polizist mit teilnahmsloser Stimme gesagt.
Es hatte sich angehört, als hätte er das auswendig gelernt. Als wäre es ein ganz normaler Fall. Als würde es um irgendjemanden gehen. Doch hier war nichts normal. Es war nicht irgendjemand, der die ganze Nacht nicht nach Hause gekommen war. Es war ihr Freund Erik. Der verlässlichste Mensch, den Jana kannte. Wo war er? Warum ging er nicht an sein Handy?

Ich öffne die Augen und sehe in ein Meer aus Dunkelheit. Ich blinzle, doch das ändert nichts. Ein stechender Schmerz pocht an meinem Kopf. Etwas Flüssiges, Warmes bahnt sich seinen Weg an meiner Schläfe entlang. Ein metallischer Geruch schleicht sich in meine Nase.

Jana schellte an der Haustür ihrer Freundin Steffi. Sie machte nicht auf. Wo war sie nur, wenn man sie brauchte? Steffis Freund Manuel war seit dem Kindergarten mit Erik befreundet. Die beiden wollten sich gestern Abend treffen. Wenn jemand wissen konnte, wo Erik steckte, dann Manuel oder Steffi. Sie waren auch nicht erreichbar. Weder über das Handy, noch persönlich. Ein Kribbeln kroch über Janas Haut. Irgendetwas stimmt hier nicht.

Ich atme tief ein und wieder aus. Ein. Aus. Ein. Aus. Du musst dich beruhigen, ermahne ich mich. Unter den metallischen Geruch mischt sich etwas Erdiges, Modriges. Ich hebe den Arm, um die Wunde zu überprüfen und meine Fingerspitzen berühren eine harte, raue Oberfläche.

„Jana, was machst du hier?", fragte Steffi.
Jana blickte über die Schulter ihrer Freundin. War sie mit dem Bus gekommen?
„Da kann ich lange klingeln. Wo warst du?", fragte sie.
„Auf dem Revier", antwortete Steffi.
Ihre glasigen Augen und die Tränensäcke darunter ließen Jana vermuten, dass sie die ganze Nacht geheult hatte. Jana ging ihrer Freundin entgegen, nahm sie in die Arme und strich ihr über den Rücken.
„Was ist passiert?", fragte sie leise.
Steffis Brustkorb bebte an Janas Körper. Steffis Schluchzer fuhren ihr in Mark und Bein. Jana löste sich von ihrer Freundin, deren Tränen nun in Strömen flossen.
„Die haben Manuels Motorrad gefunden", stieß Steffi zwischen zwei Schluchzern aus und holte tief Luft.
„Und eine verbrannte ..." Sie brachte das Wort Leiche nicht über die Lippen.
Jana verstand trotzdem.
„Ist es sicher, dass es Manuel war?", versuchte sie Worte zu finden und ihrer Freundin Hoffnung zu geben.
„Wird noch untersucht", antwortete Steffi
Janas Gedanken rasten. Manuel war verunglückt. Hatte Erik damit etwas zu tun? Lebte Erik noch? Verflucht, wo war er?
„Erik ist weg", sagte Jana und blickte in die erstaunten Augen ihrer Freundin.

„Die beiden wollten sich gestern treffen. Wir müssen herausfinden, was passiert ist“, ergänzte sie unruhig.

Wo bin ich hier? Ich hebe den Kopf und stoße gegen etwas. Ich bin eingesperrt.
„Hilfe!“, rufe ich und hämmere mit der Faust gegen die Wand. „Hilfe!“
Keine Antwort. Hätte nie gedacht, dass Stille so laut sein kann. Wo kam dieser Gedanke jetzt her?
Nicht durchdrehen, ermahne ich mich. Gleichmäßig atmen. Dann denken. Atmen und Denken. In dieser Reihenfolge. Fuck. Ich muss hier rauskommen. Ich feuere mein Hirn an. Denk nach, verdammt!

Jana fuhr zittrigem Finger über das abgegriffene Papier. Manuel hatte Tagebuch geschrieben. Wer tat das heute noch, fragte sie sich. Steffi hatte mit ihr zusammen die komplette Wohnung auf den Kopf gestellt, irgendetwas mussten sie finden. Gerade, als Steffi schon aufgeben wollte und erschöpft in den Sessel fiel, riss Jana die letzte, noch ungeprüfte Schublade auf. Hervor kam ein braunes Tagebuch.
Sie fuhr jetzt nochmal über die Seite, die mit einem Faden markiert war.
MUTPROBE stand in Großbuchstaben über dem Text. Eine Zeichnung stach Jana ins Auge. War das ein Spaten? Daneben standen Zahlen und Buchstaben.
„51° 27‘ 20.16 N 7° 0‘ 41.76 E, sagt dir das was?”, fragte Jana ihre Freundin.
„Das sind Koordinaten“, rief Steffi und rannte aus der Wohnung.

Manuel war tot. Motorradunfall. Vielleicht lebte Erik noch, dachte Jana und klammerte all ihre Hoffnung an diesen letzten Strohhalm.
„Lass uns einen Spaten mitnehmen. Das muss was zu bedeuten haben“, sagte Jana geistesgegenwärtig und setzte sich ebenfalls in Bewegung.

Wird die Luft dünner? Bilde ich mir das ein? Scheiße! Keine Ahnung.
Ich atme flach. Die Luft kommt nicht in meiner Lunge an. Glaube ich. Oder halluziniere ich schon? Verdammt. Ein Wort schießt mir durch den Kopf.
Mutprobe.

Das Auto kam zum Stehen, Jana hielt das Handy wie einen Kompass in der Hand. Sind wir hier richtig? Auf einem Friedhof? Was war das für eine Mutprobe? Was haben die Jungs sich dabei gedacht? Die Fragen wirbelten durch ihren Kopf. Jana näherte sich der angegebenen Stelle. Steffi, mit dem Spaten bewaffnet, folgte ihr.
„Sie haben das Ziel erreicht“, tönte es aus dem Lautsprecher. Hier war es also. Ein Grab. War Erik da drin? Janas Beine drohten nachzugeben. Sie bückte sich vorsichtig und tastete nach der Erde, die sich feucht und frisch anfühlte. Das musste erst vor kurzem ausgehoben worden sein. Steffi stach kraftvoll mit dem Spaten in die Erde. Jana ging zu einer anderen Stelle, grub ihre Hände immer tiefer in die Erde und buddelte. Buddelte, bis sie nicht mehr konnte.

Mutprobe.
Bei dem Wort schieben sich Erinnerungen vor mein geistiges Auge. Die Mutprobe sollte harmlos sein. Wie immer.

Einer von uns wurde eingegraben. Der andere sollte ihn nach einer Stunde wieder rausholen. Ich bekomme keine Luft mehr. Röchle leise vor mich hin. Meine Sinne scheinen mir einen Streich zu spielen. Stimmen und ein anderes Geräusch vermischen sich. Es ist gleichmäßig und rhythmisch.

Jana und Steffi keuchten erleichtert auf, als endlich eine Holzkiste zum Vorschein kam.
„Halte durch, Erik, gleich geschafft", rief Jana angespannt in Richtung der Kiste und hoffte, dass ihr Freund sie hören konnte. Der Deckel ließ sich mit einem lauten Knarzen öffnen.
Jana erschrak, sie schlug die Hand vor den Mund und starrte den zerzausten Mann in dem Sarg an, als käme er von einem anderen Planeten.

Ich kneife die Augen zusammen, Licht durchflutet den Sarg. Ich bewege langsam meine Glieder und schirme meine Augen von der Helligkeit ab. Ich erkenne den fassungslosen Gesichtsausdruck von Eriks Freundin Jana.
„Manuel?", kreischte Jana, während Steffi ihren Freund befreite.
„Das kann doch nicht ... Wo ist Erik?", fragte sie aufgebracht.
Was Manuel dann von sich gab, vermischte sich mit dem Rauschen in Janas Ohren. Sie hörte die Worte Mutprobe und Vergraben, als wäre sie unter Wasser. Mit einem Mal wurde ihr alles klar.
Erik konnte Manuel nicht befreien.
Er war gestorben.
Bei einem Unfall.
Mit Manuels Motorrad.

***Julia Nachtigall,*** *Jahrgang 1982, hat eine Ausbildung zur Verlagskauffrau gemacht und ist seit Jahren als Sekretärin tätig. Aktuell arbeitet sie an der Universität Duisburg-Essen und wohnt mit ihrer Familie in Essen. Ihre Leidenschaft für Bücher hat sie dazu bewogen, selbst Kurzgeschichten zu schreiben.*

# Lukas Schmitt

## Nur in der Hölle gibt es Gerechtigkeit

*"Auf Erden herrscht die Liebe, im Himmel die Gnade, und nur in der Hölle gibt es Gerechtigkeit."* – Papst Pierleoni

Detective Matthews steht an der Schwelle zu einer Tür, die, wie er vermutet, in den Keller führt. Er vergewissert sich, dass seine Waffe entsichert ist. Ein modriger Geruch steigt ihm in die Nase. Vorsichtig geht er die leicht knarzenden Holzstufen hinunter. Auf halber Strecke hört er plötzlich ein Mädchen wimmern.
„Das tut weh!“, schluchzt sie. „Warum tun Sie das?“
Stella! Sein Puls beschleunigt sich. Am Fuß der Treppe angekommen macht der Gang eine Biegung nach links. Er fährt herum und sieht Stella an einer Art Streckbank angekettet. Nein, nicht angekettet. Die Handflächen mit Nägeln durchbohrt. Das Blut ist schon getrocknet. Sie starrt ihn seltsam ausdruckslos an.

Matthews liegt nassgeschwitzt und mit offenen Augen im Bett. Ein Alptraum, stellt er zunächst erleichtert fest. Doch dann wird ihm wieder klar, dass es damals so passiert ist. Er schaut auf die Uhr auf dem Nachttisch: 06:47 Uhr, 03. November 2012. Es ist sowohl ihr Geburtstag, als auch der Tag, an dem sie starb. Er backt jedes Jahr einen Kuchen mit Kerzen darauf: 7 grüne für ihr irdisches Alter und dann jedes Jahr eine weitere rote für die Zeit im Himmel. Jetzt waren es schon 15 Kerzen. Auch heute würde er es wieder tun. Trauern und backen. Dann wieder trauern. Am Ende, wenn der Alkohol seine Wirkung entfaltete, in einen traumlosen

Schlaf verfallen oder einen schlaflosen Traum. Und dann würde er wieder dort sein, in diesem verdammten Keller und wieder zögern.

Ein schriller Wecker durschneidet sein Gedankenkarussell. Er schaut zum Nachttisch. Wofür zum Teufel hat er einen Wecker? Dann erinnert er sich an den Termin bei Dr. Svensson. Er schlurft träge ins Bad, nimmt eine kurze und kalte Dusche. Der anschließende Blick in den Spiegel zieht gnadenlos Bilanz, wo Alter, Krankheit und Alkohol ihre Spuren hinterlassen hatten: Die wenigen Haare auf der Halbglatze sind dürftig zu einem Scheitel gekämmt, unterhalb der glasigen blauen Augen befinden sich tiefe Tränensäcke.

Matthews stellt sich auf eine lange Wartezeit ein, doch er wird sofort ins Behandlungszimmer geführt. Eine Arzthelferin gibt ihm Schmerzmittel. Die Ärztin erklärt ihm die Ergebnisse, jedenfalls vermutet er das, denn er hört nicht wirklich hin. Als sie ihn schließlich mitleidig anstarrt, sagt er: „Sagen Sie mir einfach, wie lange!", und wendet den Blick ab, schaut aus dem Fenster im 3. Stock auf den Parkplatz, wo ein Mann gerade in sein Auto steigt. Im Seitenprofil meinte Matthews eine Narbe über seinem rechten Auge zu.

„Matthews, welch angenehme Überraschung! Ich wollte es gerade beenden." Matthews hatte ihn erst nicht gesehen. Michael Colson stand neben Stella und hielt ein Messer in der rechten Hand, bereit, ein Seil zu durchtrennen. Er folgte dem Seil und erstarrte, als er das Fallbeil über Stella erblickte. Wenn er ihn nicht sofort tötete, würde Stella sterben. Er drückte den Abzug, doch im gleichen Moment sauste das Messer nieder. Durch die Bewegung hinterließ die Kugel nur einen Streifschuss an Colsons Stirn. Daraufhin war ein metallisches Geräusch zu hören, das Matthews das Blut in den Adern gefrieren ließ. Colson nutzte das Überraschungsmoment und schubste Matthews gegen eine Werkbank. Matthews wurde bewusstlos.

„Verdammte Scheiße, Doc. Sie müssen mir helfen!"
„Mr. Matthews, das habe ich Ihnen gerade versucht zu erklären, ich ..."
„Es geht nicht um mich, was können Sie mir über Michael Colson sagen?"
„Colson? Der Name sagt mir nichts."
„Er muss gerade hier gewesen sein! Braune Haare, große Narbe über dem Auge und Rattenzähne."
„Oh, Sie meinen John Booth, eine Adresse hat er nicht angegeben", stellt die Ärztin mit Blick auf ein Klemmbrett fest. „Steckt er in Schwierigkeiten?"
„Und ob", sagte Matthews. John Wilkes Booth – der Attentäter von Abraham Lincoln. Er will mit mir spielen, ist Matthews überzeugt. Wie damals.

Wenig später steht er vor der großen Glasfront des Lincoln Theater. Es hat seine besten Zeiten bereits hinter sich und soll in Kürze abgerissen werden. Es ist früher Abend, aber schon dunkel. Die Eingangstür ist unverschlossen – was ihn wundert – und er gelangt ins Foyer. Durch den Schein der Straßenlaternen kann er die Konturen einer alten Popcornmaschine ausmachen. Er hält inne und lauscht. Nur sein eigener, schwerer Atem durchbricht die Stille. Er überlegt kurz, ob er die Taschenlampe einschalten soll und überlegt es sich dann anders. Er könne nicht riskieren, dass ihn

jemand von draußen bemerkt und für einen Einbrecher hält und eine Streife vorbeischickt. Er ist nicht in offizieller Mission. Das ist persönlich.
Matthews schaut sich weiter um und bemerkt neben der Popcornmaschine eine Tür mit der Aufschrift *Personal*. Instinktiv geht seine rechte Hand an sein Holster und umklammert eine nichtregistrierte Walther PPK, eingesteckt von irgendeiner Drogenrazzia. Mit seiner linken Hand drückt er die Klinke runter und gibt der Tür einen leichten Schubs, sodass sie sanft aufschwingt. Vor ihm liegt jetzt ein langer Gang, in das rötlich-schummrige Licht der Notbeleuchtung getaucht. Rechts und links sind mehrere Türen, wahrscheinlich Garderoben und Requisite. Er wird jeden Raum davon durchsuchen müssen. Was, wenn er nicht hier ist, denkt er sich. Was, wenn er hier ist?

Tür für Tür arbeitet sich Matthews voran. Alles ist voller Gerümpel, doch keine Spuren, dass sich hier jemand aufgehalten hat. Als er an der letzten Tür des Gangs ein Piktogramm mit einer Treppe sieht, wird ihm ganz anders. Augenblicklich hat er wieder diesen modrigen Geruch in der Nase. Er lag auf dem Boden und starrte in die toten Augen von Stella. Ihr Kopf war sauber abgetrennt und lag in einer Blutlache. Es war nichts mehr von diesem lebendigen Kind, als das es seine Eltern beschrieben hatten, übrig. Er selbst hatte sie nur nach der Vermisstenanzeige indirekt kennengelernt. Hatte ihr Tagebuch durchgesehen und sich schäbig gefühlt. Doch das hatte ihn in diesen Keller geführt. Sollte sich also alles wiederholen?

Matthews holt tief Luft, seine Lunge muss selbst bei einfachsten Tätigkeiten stark arbeiten. Die durch die

Schmerzmittel verursachte Hitze hinterlässt einen kalten Schweißfilm auf seiner Stirn. Er öffnet die Tür und betritt die knarzende Treppe. Es ist wie damals.
Tut mir leid, Mrs. Walker, war alles, was er danach zu sagen imstande war, als er apathisch und blutverschmiert aus dem Haus kam.
Er geht die Treppe runter und hört auf halbem Weg, dass sich unten etwas bewegt. Er muss hier sein, folgert Matthews. Die Waffe im Anschlag fährt er um die Ecke, erblickt die Streckbank und sieht – Stella?! Daneben steht Colson mit dem Messer in der Hand. Alles so wie damals.
„Hey man, das ist mein Platz", sagt Colson noch, bevor Matthews auf seine Stirn zielt und abdrückt. Mit einem tonlosen Ächzen sackt Colson zusammen. Matthews stürmt auf Stella zu und schließt sie in die Arme. Dann kann er nicht anders und fängt an zu weinen.

„Kaum zu fassen!" Tage später sitzt ein Detective in seinem Büro und studiert den Bericht der Streife. Jemand habe einen Schuss gehört, daraufhin ist die Streife zum Theater geschickt worden, für die sich ein grauenhaftes Bild eröffnete: Detective Matthews lag mit einer kindsgroßen Puppe auf dem Boden. Daneben, in Lumpen gehüllt und noch eine Gabel in der Hand, ein Obdachloser mit einem Loch im Kopf. Der hatte dort offenbar Unterschlupf gesucht und war beim Essen überrascht worden. Die wirre Aussage von Matthews zu einem Michael Colson, dass Matthews es endlich geschafft habe "sie" zu retten, ließ sich mit dem Fall der Stella Walkers in Zusammenhang bringen. Auf den Überwachungsbildern des Parkplatzes konnte keine Person mit Narbe identifiziert werden. Auch Detective Matthews nicht, er hatte seinen Behandlungstermin wiederholt verpasst.

Dr. Svensson empfiehlt dringend die Unterbringung in eine psychiatrische Anstalt.

***Lukas Schmitt**, geboren 1993, lebt und arbeitet in Bremerhaven. „Nur in der Hölle gibt es Gerechtigkeit" ist seine zweite Krimi-Kurzgeschichte. Ihn faszinieren ambivalente Figuren, die neben äußeren auch innere Konflikte austragen müssen. Seine Geschichten behandeln oft die Frage nach Realität und Fiktion, die den Leser zum steten Mitdenken animiert. Der studierte Wirtschaftsjurist arbeitet seit mehreren Jahren als Informationssicherheitsbeauftragter bei einem Energieversorgungsunternehmen.*

# Martina Kast

## In der Falle

Ein Tag wie so viele zuvor: Amanda hatte bereits um 8 Uhr in der Frühe Staub gewischt, die Küche aufgeräumt und auf Hochglanz gebracht und die Waschmaschine lief. Bis um 10 Uhr musste sie noch die Böden gewischt haben – streifenfrei. Das Essen durfte nicht später als 11:30 Uhr auf dem Herd stehen. Wenn Stefan von der Arbeit zur Mittagspause kam, war es Punkt 12. Er erwartete das frisch gekochte Essen, nett angerichtet und heiß, auf seinem Teller. Das Besteck auf einer gefalteten Serviette, neben dem Teller. Ein Glas Bier, nicht zu warm und nicht zu kalt, in einem speziellen Glas, aus dem nur er etwas trinken durfte. Natürlich durfte die Blume auf dem Bier noch nicht eingefallen sein. Wenn er die Wohnung betrat, durfte kein weiteres Geschirr mehr in der Küche herumstehen. Töpfe, Schüsseln und andere Kochutensilien mussten aus dem Sichtfeld entfernt sein. Sprich – gespült und weggeräumt. Amanda durfte sich auch zum Essen an den Tisch setzen. Stefan setzte sich natürlich zuerst hin.

Amanda tat sich am Anfang schwer mit all diesen Regeln – aber sie lernte schnell. Sie liebte ihn, und es war ja auch nicht zu viel verlangt, die Dinge so zu erledigen, wie er es wollte. Schließlich arbeitete er hart, damit sie ein bequemes Leben zu Hause führen konnte.

Früher war das anders. In der Zeit, bevor sie Stefan kennengelernt hatte. Da war sie Verkäuferin in einer kleinen Boutique. Er kam jeden Tag am Schaufenster vorbei und grüßte. Stefan hat ein sehr charmantes Lächeln, das er auch einzusetzen wusste. Unbewusst achtete Amanda immer

mehr auf ihr Aussehen und wartete darauf, dass der damals fremde Polizist am Schaufenster vorbeikam und grüßte. Sie verstand sich selber nicht. Warum tat sie das? Aber es war unaufhaltsam – wie eine Sucht. Als Stefan für ein paar Tage nicht an der Boutique vorbeikam, erwischte sie sich dabei, dass sie nervös wurde. Sie war unkonzentriert und sah ständig aus dem Schaufenster. Ihre Hände schwitzten, und sie steigerte sich fast in eine Panik hinein, dass dem charmanten Polizisten etwas zugestoßen sein könnte.
Als er dann nach 4 Tagen wieder bei ihr vorbeikam und grüßte, fiel ihr ein gewaltiger Stein von der Brust. Sie strahlte ihn regelrecht an und winkte zum Gruß. Er antwortete mit einem Augenzwinkern. Ihr Herz machte daraufhin einen gewaltigen Sprung. Schmetterlinge flatterten durch ihren Bauch. Konnte es sein, dass er sich wirklich für sie interessierte? Für sie – die kleine Verkäuferin, die nichts Besonderes war? Sie wagte es kaum zu hoffen, aber er kam weiterhin an der Boutique vorbei, grüßte, lächelte und zwinkerte ihr zu. Eines Abends stand er da – am Eingang. Sie schloss gerade den Laden ab, und er trat seitlich aus dem Schatten heraus. Amanda fuhr vor Schreck zusammen, als er sie ansprach. Er trug keine Uniform. Es dauerte eine Weile, bis sie ihn erkannte. Ab diesem Zeitpunkt umgarnte er sie. Er lud sie in feine Restaurants ein, kaufte ihr Schmuck, brachte ihr Rosen mit. Amanda fühlte sich wie im 7. Himmel.
Er hatte ein eigenes Haus, sie nur eine kleine Wohnung. Schnell hatte er sie soweit, dass sie zu ihm zog. Sie gab ihre Wohnung auf, ohne groß darüber nach zu denken. Er war ihr Jackpot. Sie hatte den Mann, den sich viele Frauen wünschten. Gutaussehend, ledig, ein eigenes Haus, charmant, romantisch und aufmerksam. Dass sie so viel Glück

hatte, konnte sie kaum fassen. Nach einigen Wochen im neuen Heim wollte Stefan, dass sie ihre Arbeit kündigen sollte. Als sie widersprach, weil sie wirklich gern in der Boutique arbeitete, wurde er zu ersten Mal laut und brüllte sie an. Er warf ihr vor, undankbar zu sein.
Amanda erschrak heftig und wurde ganz bleich im Gesicht. Sofort entschuldigte Stefan sich bei ihr und umschmeichelte sie mit beruhigenden Worten. Er nahm sie in den Arm. Als sie sich im Wohnzimmer auf die Couch gesetzt hatten und er sie zärtlich küsste und streichelte und um ihr Verständnis bat, da wurde sie weich. Er hatte ja recht. Sicher musste er sich blamiert fühlen, wenn er sie arbeiten ließ, obwohl er ganz gut verdiente. Also kündigte sie schweren Herzens ihre Stelle.
Es folgte, kurze Zeit später, ein höchst romantischer Heiratsantrag. Dafür buchte Stefan heimlich eine Flusskreuzfahrt. Sie sollte keine Gelegenheit haben, seinen Antrag abzulehnen.
Da begann ihre Odyssee. Alles war bis ins letzte Detail geplant – von ihm. Er hatte sich extra Urlaub genommen. Alles sollte perfekt sein. Alles, was Amanda wissen sollte, war, dass sie sich schick anziehen sollte und ihre Handtasche mit Ausweis mitnehmen musste. Sie gehorchte ohne Fragen zu stellen. Als beide in seinem Wagen saßen, bot er ihr eine kleine Flasche Schorle an und bat sie, davon zu trinken. Er sagte, er wolle wissen, wie sie ihr schmeckt.
Amanda war verwundert, tat aber, wie ihr geheißen wurde. Sie bestätigte ihm, dass die Schorle sehr gut war und trank noch ein paar Schlucke. Danach konnte sie sich an nichts mehr erinnern. Sie wachte auf, als der Wagen hielt und Stefan sie etwas unsanft anstieß. Sofort wollte sie sich gerade hinsetzen, wurde aber vom Gurt am Sitz gehalten.

Außerdem war ihr schwindlig. Stefan dauerte das Ganze wohl etwas zu lang und so maulte er herum, dass sie ja wohl genug geschlafen hätte und sie sich zusammenreißen sollte. Er bat sie, endlich auszusteigen, was sie dann auch tat. Sie musste die Augen zukneifen, weil ihr die plötzliche Helligkeit in den Augen schmerzte. Er stand erwartungsvoll neben ihr und wartete auf ihre Reaktion. Als diese nicht so spontan erfolgte, wie er sich das vorgestellt hatte, zischte er ihr zu, sie solle ihre verdammten Augen endlich öffnen und ihn nicht wie ein Depp dastehen lassen.
Sie öffnete ihre Augen so gut es ging und versuchte durch den Schleier auf ihren Augen etwas zu erkennen. Sie sah ein Schiff und verstand nicht ganz. Ein großes Schiff mit Schlafkabinen – er hatte eine Fluss Kreuzfahrt geplant. Sie wusste nicht, was sie sagen sollte, als ihr das klar wurde. Sie strahlte ihn also an und bekundete ihm glaubhaft, wie sehr sie sich freute und wie groß die Überraschung doch war. Das schien genau das zu sein, was er hören wollte, und er führte sie über den Steg zum Schiff. Amanda überlegte insgeheim, wie lange die Fahrt wohl gehen würde und dass sie keine Sachen zum Umziehen dabeihatten. Doch sie lächelte ihn glücklich an.
Es waren schon einige Passagiere an Bord, die an der Reling oder hinter den Fenstern ihrer Kabinen standen. Sie wurden an Bord begrüßt und bekamen den Weg zu ihrer Kabine gewiesen. Der Stewart war sicher, dass die Herrschaften sich erst einmal von der Anfahrt erholen und sich eventuell frischmachen wollten, bevor das Schiff ablegen würde. Das klang wie Musik in Amandas Ohren. Sicher gab es eine Toilette in der Kabine. Stefan geleitete seine (fast) Frau formvollendet in die Kabine.

Der Weg dorthin zog sich wie Kaugummi. Sie wünschte sich sehnlichst, dass formvollendet auch etwas schneller ginge. Doch auch dieser Weg hatte ein Ende. Schließlich und endlich durfte sie sich frischmachen. Sie wagte es nicht, ihn zu fragen, wo er das Geld für so einen Luxus herhatte, oder was sie in der Zeit an Bord tragen sollte. Sie fragte nicht einmal, wo die Reise hinging. Er hatte im Auto mehr als deutlich gemacht, dass dies nicht erwünscht war.
Das Schiff legte zur Fahrt ins Ungewisse ab. Sie standen nicht an der Reling, um den Augenblick zu genießen, aber Amanda war es recht. Sie wollte eigentlich nichts sehnlicher, als aus diesem Kleid raus, um in etwas bequemes zu schlüpfen. Sie stand am Fenster und sah von dort aus, wie das Land sich entfernte und langsam an ihnen vorüberzog. Es wurde schon dunkel ... Sie drehte sich herum und sah Stefan, der ihr vom Bett aus zusah. Sie lächelte ihn an und setzte sich zu ihm.
Sie wollte ihm gerade ihre Dankbarkeit zeigen, als es an die Tür klopfte. Stefan sprang auf und eilte zur Türe. Er flüsterte etwas, mit jemandem, den sie nicht sehen konnte. Er griff in seine Hosentasche und zog ein paar Geldscheine heraus, die er durch den Türspalt reichte. Es raschelte und Stefan nahm etwas entgegen. Sie wollte aufstehen und ihm helfen, aber er bemerkte es und sein Blick sagte alles. Sie blieb da, wo sie war. Dann kam der unmissverständliche Befehl, die Augen zu schließen. Amanda schloss die Augen. Es gab ein wenig Hin und Her, Rascheln und Flüstern.
Da sie ja nun wusste, dass er sich seine Überraschungen nicht gern mit unnötigen Fragen verderben ließ, wartete sie, bis es wieder still in der Kabine war und sie aufgefordert wurde, die Augen zu öffnen. Und – WOW – damit hatte sie nicht gerechnet: Mitten im Raum stand ein fahrbarer

Kleiderständer mit den schönsten Kleidern, die sie je gesehen hatte. Am Bett ein Servierwagen mit Champagner, Rosen und Gläsern. Sie wusste gar nicht, wo sie hinsehen sollte. Völlig überwältigt stammelte sie ihm ihre Bewunderung entgegen. Was für eine wundervolle Überraschung es sei und sie sich wie eine Prinzessin fühlte.
Stefan grinste zufrieden, während er den Champagner öffnete und die Gläser füllte. Inzwischen bestaunte Amanda die Kleider aus nächster Nähe und bemerkte, dass es zu jedem Kleid passende Schuhe gab. Mehr noch – es waren komplette Outfits. Sie war im wahrsten Sinne des Wortes überwältigt. Amanda drehte sich um, damit sie Stefan in die Arme fallen konnte. Sie fühlte sich beschwingt und schwerelos und – stieß Stefan an, der bereits mit den gefüllten Gläsern hinter ihr stand. Er konnte gerade noch rechtzeitig reagieren, damit die Gläser nicht überschwappten. Sein Gesicht verriet, dass er kurz davor war, auszurasten. Seine Lippen wurden ganz schmal und in seinem Blick flackerte die reine Wut. Er zischte etwas von blöder Kuh und aufpassen. Doch dann fing er sich genauso schnell wieder und reichte ihr ein Glas. Mit zuckersüßem Tonfall bat er sie lediglich, nicht so stürmisch zu sein.
Sie nahm das Glas entgegen und sie stießen auf eine schöne Zeit und auf die Liebe an. Der Wechsel von Wut und liebevoll ging so schnell, dass Amanda überzeugt war, dass sie sich getäuscht haben musste.

Etwas später, als sie ihm ihre Dankbarkeit gezeigt hatte, saßen beide im Bordrestaurant. Ein Tisch für zwei und direkt neben dem Tisch des Kapitäns. Stefan trug einen neuen Anzug, den er aus dem Schrank in ihrem Zimmer gezaubert hatte. Sie hatte eins der wunderschönen Abendkleider an.

Es gab ein Fünf-Gänge-Menü, und Amanda war dankbar, endlich etwas zu essen zu bekommen. Der Champagner war ihr direkt in den Kopf gestiegen. Nach dem Essen, als sie dachte, dass dies der perfekte Abend gewesen war und nun sicher keine Überraschung mehr auf sie warten würde, spielte die Band, die bislang für gediegene Hintergrundmusik gesorgt hatte, Love me Tender. Elvis Presley - sie schmolz bei dem Song dahin. Dann richtete sich ein Spot auf sie. Stefan stand auf und kniete sich neben sie. Sie schnappte nach Luft. Was passierte hier gerade? Sie sah Stefan vor sich knien und in seinen Händen hielt er ein Ringkästchen mit einem glitzernden Traum darin. Die Musik setzte aus, und die Menschen im Saal schienen alle die Luft anzuhalten, als er sie bat, seine Frau zu werden.

Damit hatte sie überhaupt nicht gerechnet. Nie zuvor hatte er etwas derartiges angedeutet - und eigentlich war es ihr noch viel zu früh, um eine Ehe mit ihm ein zu gehen. Etwas unsicher hielt sie die Luft an.

Doch dann gab sie ihm, laut und deutlich, ein erlösendes Ja. Alle klatschten. Stefan erhob sich und Amanda stand auf. Er küsste sie, und im Saal wurde laut gejubelt. Amanda wusste gar nicht mehr, wo ihr der Kopf stand. Als Stefan ihr ins Ohr flüsterte, dass sie jetzt zurück in die Kabine gehen würden, war sie fast erleichtert. Mehr konnte sie heute nicht an Überraschungen vertragen.

Doch Stefan hatte noch eine weitere Überraschung für sie. Als sie die Kabine erreichten, öffnete er zwar die Tür, ließ sie aber voraus das Zimmer betreten. Sie konnte nur drei Schritte hineingehen, bevor ihr die Knie weich wurden.

Stefan stützte sie und setzte sie aufs Bett, wo passend zu dem Ring, ein wahrgewordener Traum von Hochzeitskleid lag. Er bat sie, es anzuziehen. Amanda lächelte ihn glücklich

an und meinte nur, dass sie damit bis zur Hochzeit warten wolle. Er nickte. Sie sah ihn fragend an. Er nickte erneut und bat sie, sich etwas zu beeilen.
Automatisch erhob sie sich vom Bett und nahm das Kleid an sich, das sicher für eine Prinzessin geschneidert worden war. Als sie damit angefangen hatte, sich umzuziehen und er dafür die Kabine verließ, fiel es ihr plötzlich wie Schuppen von den Augen. Er wollte sie heiraten – heute – jetzt. Den Rest erlebte sie wie in Trance. Scheinbar hatte er alles bis ins Kleinste geplant.
Sie wusste eigentlich nicht, wie ihr geschah. Eine schönere Hochzeit hätte sie sich nicht erträumen können. Dennoch hatte sie das Gefühl, weglaufen zu wollen.
Eine Stunde später, kurz vor Mitternacht, traute sie der Kapitän zu Mann und Frau. Sie feierten und tanzten noch eine Weile. Die Passagiere, der Kapitän und die Crew ließen das Paar mehrmals hochleben.
Amanda wusste nicht wie und wann sie im Bett landete. Sie war nur froh, irgendwann ihre Augen schließen und in einen traumlosen Schlaf sinken zu können.

Der Rest der Reise verlief ähnlich unwirklich für sie wie der Anfang. Sie hatte keine Zeit, darüber nachzudenken, dass sie nun verheiratet war, einen neuen Namen trug und wie die Zukunft aussehen sollte. Sie ließ sich treiben, wie Blätter auf einem Fluss.
Stefan hatte keine Aussetzer mehr. Sie genossen es beide, an Deck zu sitzen und die Aussicht bei schönem Wetter zu genießen, das gute Essen, den Wein und auch die nette Gesellschaft an Bord.

Doch wie alles hatte natürlich auch die Kreuzfahrt mal ein Ende. In der ganzen Zeit hatte sie nicht ein einziges Mal daran gedacht, wieso sie jeden Tag neu eingekleidet wurde und wohin ihre ganzen Sachen dann wieder verschwanden. Sie hatte es einfach hingenommen. Als ihr das bewusst wurde, kam sie langsam wieder auf dem Boden der Tatsachen an. Es beschlich sie ein ungutes Gefühl, und sie entschuldigte sich mit dem Vorwand, sich noch einmal frisch machen zu wollen. Als sie in ihrer Kabine war, erwartete sie aus irgendeinem Grund, gepackte Koffer vorzufinden. Jeden Tag stand ihr eine komplett neue Garderobe zur Verfügung. Die gebrauchte Kleidung verschwand. Sie hatte sich keine weiteren Gedanken darum gemacht. Sicher wurde alles aufbewahrt oder gereinigt. Nun war sie sich plötzlich nicht mehr sicher, ob sie damit richtiglag. Wie, um sich selbst davon zu überzeugen, dass sie falsch lag, ging sie zum Schrank und öffnete ihn. Im Schrank hing kein Kleid, und es gab auch keine Schuhe. So wie alles waren auch die Accessoires weg. Nur das Kleid, das sie schon bei der Anreise getragen hatte und welches sie auch heute trug, war geblieben. Es gab nichts einzupacken.
Sie starrte in den leeren Schrank, während ihr Verstand versuchte, eine plausible Erklärung zu finden. Plötzlich stand Stefan hinter ihr und sprach sie an. Sie erschrak so heftig, dass sie die Schranktüren zuschmiss. Sie drehte sich um und versuchte ein Lächeln. Auf die Frage hin, was sie da tue, versuchte sie Worte zu finden, um ihm zu sagen, dass sie es ungewöhnlich fände, kein Gepäck zu sehen.
Daraufhin lachte er sie schallend aus. Er betitelte sie, als das dümmste Stück, das er je getroffen hat. Er fragte sie, während er sich vor Lachen kaum halten konnte, ob sie ernsthaft gedacht hätte, dass all die tollen Kleider und das

Drumherum für sie waren. Sie konnte doch unmöglich geglaubt haben, dass irgendetwas davon je ihr gehören würde. Er wischte sich eine Lachträne aus dem Augenwinkel. Dann trat er ganz nah an Amanda heran, die wie angewurzelt dastand und nicht begriff, was gerade passierte.
Er sah ihr direkt in die Augen und Amanda konnte sehen, dass sich etwas in seinen Augen veränderte. Plötzlich griff er ihr an den Hals und drückte sie an den Schrank. Er lachte nicht mehr. Vielmehr war sein Gesicht zu einer Fratze geworden, die Verachtung und Spott zeigte. Er ließ ihren Hals los. Amanda konnte eh nirgendwo hin, da er so nah bei ihr stand, dass sich ihre Nasenspitzen fast berührten.
Amanda zitterte am ganzen Leib und ihr Atem ging so schnell wie der eines gehetzten Tieres. Sie war nicht in der Lage zu reagieren.
Seine Lippen waren zu schmalen Strichen geworden, die die Zähne freigaben. Speichel rann an seinem Mundwinkel herunter. Er spie ihr die folgenden Sätze regelrecht ins Gesicht. Er betitelte sie als habgieriges Miststück, zu blöd zum Nachdenken. Wo er denn bitte so viel Geld herhaben sollte, um sich das alles leisten zu können. Dann schlug er ihr, mit der flachen Hand, gegen die Stirn. Ihr Kopf knallte gegen die Schranktüre.
Plötzlich änderte sich wieder etwas in seinem Blick – so, als wenn man einen Schalter umlegt. Er wischte sich den Speichel aus den Mundwinkeln und trat zurück. Stefan drehte sich um und verließ die Kabine. Vor der Kabinentüre grüßte er jemanden freundlich und scherzte etwas. Er lachte sogar. Dann verstummten die Stimmen.
Amanda wagte erst jetzt, sich wieder zu bewegen. Sie ging ins Bad und machte sich frisch. Ihr Verstand konnte nicht begreifen, was da gerade passiert war. Sie sah in den

Spiegel und erschrak vor sich selbst. Bleich und mit verschmiertem Makeup sah sie sich an. Offensichtlich weinte sie, denn sie sah Tränen über ihr Gesicht laufen. Sie wusch sich und richtete das Makeup. Die einzigen Sachen, die ihr gehörten, waren das, was sie am Körper trug und ein wenig Schminke, die sie in ihrer kleinen Handtasche mit sich trug. Sie fand sich selbst erbärmlich. Stefan hatte sicher recht. Sie war dumm. Was hatte sie denn erwartet? Er war ein Polizist und kein Millionär. Sie sollte lieber dankbar sein, dass er ihr diese wundervolle Reise ermöglicht hat und eine Märchenhochzeit, die unglaublich romantisch war. Nun ja, sie hätte schon gerne eine Freundin dabeigehabt oder etwas Familie ...
Amanda schüttelte den Kopf. Schon wieder diese undankbaren Gedanken. Sie musste wirklich lernen, Stefan nicht immer so aufzuregen.

Die folgenden Wochen und Monate lernte sie, was Gehorsam bedeutete, wie man körperliche Gewalt und Demütigung ertrug. Ihr Leben war ein Albtraum. Sie wurde geschlagen und manchmal tagelang in den kalten Keller gesperrt. Ohne Essen und Trinken vegetierte sie, oft blutend und leidend und nur mit einem Eimer als Toilettenersatz, dahin. Es kam nicht selten vor, dass er den Inhalt des Eimers über sie goss. Er ließ sie dann erst wieder nach oben, wenn er sie zum Putzen und Kochen brauchte. Dafür durfte sie sich dann duschen und frisch anziehen. Er wollte ja nicht, dass seine Wohnung wie ein Schweinestall roch – so wie sie. Amanda ertrug es, so lange sie konnte.
Im Keller dachte sie oft über ihr Leben vor Stefan nach. Es wuchs etwas in ihr, das sie nicht kannte. Hass! Hass und Wut. Irgendwann verstand sie, dass es nicht um ihr Leben

vorher ging, sondern um das Leben, das sie zukünftig leben wollte. Dieser Gedanke hielt Amanda am Leben.
Sie schmiedete einen Plan. Es gab einiges vorzubereiten – und Stefan durfte nichts mitbekommen. Er hatte sie in eine Falle gelockt. Nun sollte er selbst darin landen.

Nun, der Haushalt war wie gesagt erledigt und es war (fast) ein Tag wie jeder andere. Amanda saß am abgeräumten Mittagstisch und schloss ihre Augen, um den Frieden zu genießen, der soeben eingekehrt war. Stefan lag am unteren Ende der Kellertreppe. Sein rechter Fuß lag unnatürlich abgeknickt, und auch sein Kopf schien mal zurechtgerückt werden zu müssen. Seine Augen waren vor Schreck weit geöffnet. Eine Flasche Schmierseife lag offen und umgekippt auf der obersten Stufe. Sie musste sie wohl ausversehen dort stehen gelassen haben, wo sie dann umgekippt war. Wer konnte auch schon wissen, dass die Lampe an der Kellertreppe kaputt gehen würde? Und sie hatte ihn noch versucht festzuhalten, aber sie griff daneben – und er stürzte die Treppe sehr unglücklich herunter. Das war es, was sie der Polizei, die gleich eintreffen würde, berichten wird. Dass ihre Tränen Freudentränen waren, die sie bei der Befragung weinte – niemand würde es je erfahren.

***Martina Kast*** *wurde 1965 in Witten geboren, lebt aber seit vielen Jahren schon im Rheinland, wo sie zur Schule ging, eine Lehre als Einzelhandelskauffrau machte und ihren Mann kennen und lieben lernte.*
*Schon immer schlug ihr Herz fürs Lesen und Schreiben. Sie hat bereits mehrere Bücher veröffentlicht.*

*Außerdem liebt sie Tiere und hat selbst drei Katzen. Spaziergänge und Fotografieren gehören ebenfalls zu ihren Lieblingsbeschäftigungen. Sport ist nicht so wirklich ihr Ding.*
*Zurzeit arbeitet sie an weiteren Kinderbüchern und nimmt auch Auftragsarbeiten an.*
*https://glueckliches-kinder-lachen.jimdo.com*

## Nikolaus Schwarz

### Das Ende der Jolly Roger

Die wenigsten Dinge sind zu meistern, indem man sie in ihrer ganzen überwältigenden, demoralisierenden Masse betrachtet. Am besten, man geht Schritt für Schritt vor, nimmt sie wie einen Berg von Schutt, geht es systematisch an, trägt alles ab. Spatenstich für Spatenstich.
Das lässt Übelkeit in dem alten Mann aufsteigen. Doch konzentriert er sich auf den Aspekt harter, rechtschaffener Arbeit, der in dem Gleichnis steckt, auf das Gefühl der Erlösung, sobald das Werk erst vollbracht ist. Harte Arbeit wird, wie man es auch dreht, immer harte Arbeit bleiben. Es werden sich Schwielen bilden, Zerrungen an Sehnen und Muskeln ereignen, die Knochen werden aufbegehren, knarzen, knacken, die Gelenke verschleißen, die Wirbel sich einwärts krümmen und versteifen, die Bandscheiben wie Geleebonbons nachgeben und platzen ... Der Berg wird einen an die Belastungsgrenze treiben, nicht ein einziges Häuflein ohne Kraftaufwand preisgeben.
Darauf muss man sich einstellen. Auf das Kräftemessen, den Kampf. Den Konflikt.
Aber ... wer bei der Sache bleibt, wird zu guter Letzt triumphieren.
Darüber denkt er nach, während er auf dem Bürgersteig steht und die Tür am Ende eines langen, langen Weges anstarrt. Von ihm aus betrachtet, befindet sich der Knauf exakt auf zwölf Uhr, seine Füße hingegen zeigen fünf Minuten vor eins an. Drei Möglichkeiten, den Weg fortzusetzen. Aber nur eine davon, die härteste, verheißt auch Erlösung. Verheißt Frieden.

Er wendet sich um, blickt zurück. Hinter ihm liegt eine Straße wie viele in einer Stadt wie Lehnburg. Eine Straße mit pulsierendem Verkehr, mit Menschen auf den Trottoirs, wo sie reihenweise wie Kettenglieder aneinander entlangschnüren, sich hier verzahnen, da wiederum aufdröseln. Alles in Bewegung, rastlos wie komplexe Hydrauliksysteme, voller Leben, alles anonym.
Es wäre ein Leichtes, jetzt einfach linken oder rechten Fußes weiterzugehen, in diese Anonymität abzutauchen. Doch das würde allenfalls bedeuten, dem Berg den Sieg zu überlassen, nur um sich am Ende genau hier wiederzufinden. Wie ein Luftbläschen, gefangen in einem hydraulischen Kreislauf.
Eine beklemmende, eiskalte Vorstellung. Kalt wie das Grinsen von Miroslav Henning, dem aktuellen Kandidaten für das Bürgermeisteramt. Dieses Grinsen schneidet scharf wie Glassplitter von den Plakaten herab in die Augen und Köpfe der Passanten. Es scheint zu sagen: Ich habe alles genau im Blick!

Der alte Mann hat andere Probleme. Er weiß: Niemals wird ihn das Mädchen dort auf dem Bordsteinrand zufriedenlassen. Das ewig achtjährige Mädchen mit dem klaffenden Loch in der Schläfe. Ein Loch so groß, dass deutlich zu sehen ist, wie das schmierige, graue Zeug im Inneren sich in die Öffnung drückt. Das Auge auf der Seite des Loches ist eine einzige prall gefüllte Blutblase, die Pupille nichts als ein blinder, ausdrucksloser Fleck zwischen verzerrten Lidern. Eine aus der Fassung gesprungene Linse, die nurmehr nutzlos hin und her zuckt und schielt. Das andere Auge dagegen ist klar, lebendig, hellwach wie eine Sonne im Zenit und genauso gleißend. Es ist intakt, strahlt geradezu vor

einer adulten Intelligenz, die nicht recht zu diesem Gesicht passen will. Ein Gesicht, das noch Züge des Kleinkindalters aufweist. Speckige Wangen, rund, rosig, rein, wenn man von der getrockneten Blutkruste auf der linken Gesichtshälfte absieht. Eine kleine Stupsnase von fast drolliger Perfektion, wie für Porzellanpuppen modelliert. Lippen so voll und süß wie Himbeeren; ein Schmollmund, der bis auf das Pfirsichkinn reicht und einen zarten Schatten wirft.
Doch der Blick in diesem Auge ... Dieses wissende Funkeln. Es ist das Auge eines alten Geistes. Nur allzu weise für dieses Kindergesicht. Ein Ausdruck von unnachgiebiger Härte schimmert darin wie Obsidian, scharf und erbarmungslos, dass es ihn wie einen dicken, behäbigen Käfer mühelos erfasst, durchbohrt und an dieser Tür festpinnt.
Doch glitzert darin nicht auch ein Hauch von Milde?
Nicht ganz, aber nahe dran. Das Auge scheint ihn zu ermutigen: Nur zu! Du bist bis hierher gelangt, nun wirst du auch noch den Rest hinter dich bringen!
„Das weiß ich, lass mir nur einen Moment“, sagt er laut und achtet nicht auf die Passanten, die ihn im Vorbeigehen mustern, irritiert die Köpfe schütteln, ehe sie schon wieder vom urbanen Hydrauliksystem erfasst und fortgetragen werden.
Er empfindet nicht das Bedürfnis nach Gnade oder Mitgefühl, nur die (fast) friedvolle oder (eher noch) erschöpfte Ruhe eines Mannes, der das Ende einer zermürbenden Arbeit schon im Blick hat und lediglich noch einmal durchatmet, bevor er dem Berg den Rest gibt.

Ein herrlicher Tag. Der Himmel ist wolkenlos, von tiefem, pastellfarbenem Blau, satt und ebenmäßig. Hier und da sind Kondensstreifen wie haarfeine Kratzer zu sehen, die

langsam von hinten nach vorne, wo Flugzeuge wie Diamantspitzen funkeln, verblassen und sich allmählich auflösen. Beinahe wie die Kratzer, die er sich manchmal als Kind mit den Nägeln auf dem Unterarm zugefügt hat, nur um sie dann mit etwas Spucke wieder verschwinden zu lassen.
Die Erinnerung hat etwas Tröstliches. Weil sie aus einer Zeit stammt, da er noch nicht über Berge, die ein ganzes Leben unter sich begraben, nachdenken musste. Damals gab es kaum etwas, das nicht mit ein wenig Spucke und festem Willen zu beheben war.
Fast nichts.
Aber der Himmel ... Manchmal war der Himmel damals schon so blau wie heute.

Häufig gerieten sie darüber in Streit, auf wessen Idee die Benennung des Geheimlagers mit dem Namen Jolly Roger zurückging. Vielleicht war es Miro, der sich gerne damit brüstete, "Die Schatzinsel" von Robert Louis Stevenson gelesen zu haben. Dies brachte er mit enervierender Regelmäßigkeit an, um für sich den Titel des Namensgebers zu beanspruchen. Miro behauptete auch, der Begriff Jolly Roger bezeichne im Buch das Schiff der Piraten, er müsse es ja wissen, weil er schließlich das ... ganze ... Buch ... Und so weiter.
Mathias hingegen war davon überzeugt, dass Miroslav Henning oftmals mit seinen Ansichten danebenlag. Er hatte das Buch zwar nicht gelesen, aber basierend auf seinen Kenntnissen von Piratengeschichten war er sicher, dass es sich bei genannter Sache anstelle des Schiffes vielmehr um die klassische Totenkopfflagge handelte. Sei's drum.
Mit Miro einen Streit auszufechten, konnte rasch bedeuten, dass die Angelegenheit mit der Frage geklärt wurde, wer

von ihnen der Stärkere sei, und mit seinen stockdürren Armen hatte Mathias die denkbar schlechteren Aussichten. Außerdem war die Jolly Roger, das Lager oberhalb der Anhöhe am Rande des Lehnburger Waldes, kaum der Streiterei wert. Im Grunde bestand das ach so geheime Lager nur aus einem Haufen planlos zusammengetragenen Gehölzes, ein paar morschen Paletten, die sie von der Laderampe eines Supermarktes gestohlen hatten, und zwei, drei Getränkekisten als Sitzgelegenheiten. Der seit langem unbenutzte, halb zerfallene und allmählich wie ein gebrechlicher Greis in die Knie sackende Ansitz in unmittelbarer Nähe verlieh dem Ganzen, wenn man die Phantasie großzügig spielen ließ, zumindest einen Hauch von Piratenschiffatmosphäre, aber darauf belief sich auch schon alles in dieser Hinsicht. Es gab keine Totenkopfflagge, kein Steuer, weder Bug noch Heck, und keiner von ihnen beiden wagte sich je hinauf in das, was man bestenfalls als Krähennest deuten konnte, weil man ebenso auf eine Konstruktion aus Salzstangen hätte klettern können. Den Ruf „Schiff in Sicht!“ hätte keine Mannschaft vernommen, weil es an Bord der Jolly Roger keine Mannschaft gab. Miro und sein Erster Maat waren unter sich, und meist vertrödelten sie ohnehin nur die Nachmittagsstunden zwischen Schule und Abendessen, indem sie hier herumlungerten, heimlich Zigaretten rauchten und vorgaben, eher lässig denn gelangweilt zu sein. Es gab nicht einmal eine behelfsmäßige Überdachung aus Plastikplanen oder Brettern. Wenn es zu regnen begann, trollten sie sich nach Hause und beschäftigten sich auf der Atari-Konsole mit irgendwelchen Kriegsspielen, wenn Miros älterer Bruder es ihnen erlaubte. Ansonsten nutzten sie die Jolly Roger in stiller Übereinkunft, ihren schon kurz nach Feierabend betrunkenen Vätern aus dem Wege zu gehen.

Das waren die Dinge, die sie beide verbanden: Langeweile und betrunkene Väter. Und seit kurzem jenes Eingeborenenmädchen, das sie auf einem ihrer Raubzüge durch die Karibik erbeutet hatten.

Heute regnete es nicht. Aber beide hatten sie, wenn auch unausgesprochen, nicht das geringste Bedürfnis, hier zu sein.
Miro saß breitbeinig auf einer der umgedrehten Getränkekisten und bearbeitete einen Stock von der Länge seines Armes mit dem Schweizer Offiziersmesser, das er immer bei sich trug. Er versuchte, eine perfekte Spitze zu schnitzen, hatte aber Schwierigkeiten mit dem knotigen Holz und obendrein zu wenig Geduld.
Neuerdings waren sie beide etwas nervöser als sonst.
Mathias hatte sich auf einem Baumstamm langgestreckt, sah ihm zu und schaute weg, wenn wiederum Miro aufblickte. Es lag schwer wie Ozongeruch in der Atmosphäre, dass heute der geringste Anlass genügte, in Streit zu geraten. Mathias suchte in Gedanken bereits nach irgendeiner Ausrede, den Heimweg anzutreten. Aber abgesehen von unerledigten Hausaufgaben fiel ihm nichts ein, und das allein würde ihm Miro keineswegs abnehmen. Während er so überlegte und in einen Himmel hinaufträumte, den er Jahrzehnte später als pastellfarben bezeichnen würde, fummelte er an dem Gummiband seiner Steinschleuder herum, wickelte es um die Finger und ließ es zurückschnellen.
„Besser, du lässt das Ding verschwinden“, sagte Miro und unterbrach die Schnitzerei gerade lange genug, um mit der Klinge auf Mathias zu deuten. Eine Geste, die er vielleicht von irgendeiner Filmszene, wenn nicht von seinem Vater übernommen hatte. In jedem Fall war sie neu, und Miro

probierte sie immer dann aus, wenn er besonders überzeugend wirken wollte. „Wirf es nachher in den Fluss."
„Geht klar", sagte Mathias nur, was insgeheim so viel bedeutete, wie: Geht klar, dass du mich am Arsch lecken kannst! Er steckte die Schleuder weg und ging nach einigen Minuten dazu über, sich die Unterarme zu kratzen.
„Meine Mutter sagt, mittlerweile suchen sie schon den Wald ab. Gestern konnte ich einen Hubschrauber hier herumfliegen sehen. Stundenlang."
Den hatte Mathias auch gesehen, also gab er ein zustimmendes Murmeln von sich, wobei er dem Impuls widerstand, den Waldrand nach Polizisten abzusuchen. Er sagte: „Meine Eltern glauben, dass sie von irgendeinem Pädophilen entführt wurde."
„Das sagt mein Vater auch. Er meint, irgendwann wird sie irgendwo von irgendeinem Spaziergänger mit seinem Köter aufgespürt."
„In den Nachrichten haben sie ihre Eltern gezeigt", merkte Mathias an.
Etwas in seiner Stimme veranlasste Miro, aufzublicken und ihn anzusehen, wie ein Gutachter vielleicht einen überlasteten Brückenpfeiler betrachten würde. Er sagte: „Ja, ich weiß." Aber es klang wie: Ich hab' dich genau im Blick!
Mathias, dem Miros Tonfall nicht entgangen war, schluckte die nächste Bemerkung über das, was er alles während der letzten Tage in den Nachrichten gesehen hatte, hinunter – kaute es klein, schluckte es hinunter. Er ahnte noch nicht, dass er sich damit noch viele, viele Jahre beschäftigen würde, bis sich in seinem Inneren ein Brocken von der Größe eines schieren Berges bildete.
Kleinkauen, hinunterschlucken.
Immer weiter und weiter, Bissen für Bissen.

Miro erhob sich von der Getränkekiste und ging hinüber zu der Stelle, wo sich bei einem Piratenschiff womöglich die Ladeluke befunden hätte. Er begann, mit seinem Stock in der festgetretenen Erde herumzustochern, mal hier und mal da ...
„Was hast du vor?“, wollte Mathias wissen, indem er sich aufsetzte.
„Mein Bruder hat gesagt, das machen die Polizisten auch. Hab's selbst in den Nachrichten gesehen, als sie diese Suchtrupps gebildet und ein Feld abgesucht haben. Sie pieken mit Stöcken in der Erde herum, und wenn sie auf eine Stelle stoßen, wo eine Leiche verscharrt liegt, treten so die Verwesungsgase aus.“ Dies sagte er, während er weiter auf den flachen Erdwall einstach, sich immer wieder darüber beugte und ...

Plötzlich fuhr er zurück, warf angewidert den Stock zur Seite und wedelte mit beiden Händen vor dem Gesicht. „Verdammt!“, rief er aus und taumelte mit vor Ekel verzerrter Miene an Mathias‘ Seite. „Er hat recht!“
Mathias stand auf, blickte ratlos von Miro zu dem Erdwall und zurück, dann die ganze Linie des Waldrandes entlang und wieder hin zu der Stelle, die sie in leichteren Zeiten als Ladeluke bezeichnet und schlimmstenfalls als Versteck für Zigaretten oder vielleicht einmal eine Flasche Bier verwendet hatten.
„Komm“, sagte Miro, während Mathias noch nach Worten oder Ideen oder nach irgendetwas rang, das sich beim besten Willen nicht einstellen wollte. „Wir verschwinden!“
Damit klopfte er Mathias auf die Schulter, wandte sich um und stapfte die Anhöhe hinunter, ohne sich noch einmal umzublicken.

Mathias hatte nichts einzuwenden. Irgendwie hatte er niemals etwas einzuwenden. Also folgte er Miro. Eben ganz in der Art, wie man es an Bord der Jolly Roger von einem Ersten Maat erwartete.

Merkwürdig, wie selbständig die Füße ihre Arbeit verrichten, wenn man ihnen das Kommando überlässt. Der Kopf des alten Mannes ist weitgehend unbeteiligt, als sie ihn über die Türschwelle hinwegtragen und erst am Empfangstresen anhalten. Hier blickt ein Beamter mit Brille von einem Formular auf und grüßt ihn knapp. Da liegt keine dienstleistungsfreudige Höflichkeit in seiner Miene, nur eine Art hölzerner, autoritärer Distanziertheit. Aber anders hat er es auch nicht erwartet. Wer dieses Gebäude aufsucht, hat irgendein Problem, das genau einer solchen Autorität bedarf.
Noch hast du die Gelegenheit, dich anders zu entscheiden, rät ihm ein Teil seines Verstandes, der verdächtig nach Miroslav Henning klingt. Aber diesem Teil hat er schon viel zu lange die Führung überlassen. Außerdem ist da noch immer die ewig Achtjährige mit dem Loch im Schädel. Es überrascht ihn nicht, dass er sie in der Reflexion der Brillengläser seines Gegenübers sehen kann, gleichzeitig an seiner Seite stehend und, wiederum in derselben Sekunde, weiter hinten im Korridor, wo noch mehr Beamte ihre Arbeit verrichten, ohne die geringste Notiz von ihr zu nehmen. Schon lange hat das Mädchen die Angewohnheit, immer und überall, wo er nur hinblickt, in Erscheinung zu treten und ihn mit diesem gleißenden Auge zu traktieren.
Er bemüht sich um einen entschlossenen Gesichtsausdruck, als er beide Hände auf den Tresen legt; die linke flach, ein wenig zittrig, die rechte geschlossen um eine alte

Y-förmige Steinschleuder. Diese schiebt er, feierlich fast, dem Beamten hin. Seine Stimme klingt genauso klar und solide, wie er es sich schon immer vorgestellt hat, als er dem verfluchten Berg in seinem Inneren den Rest gibt und sagt: „Mein Name ist Mathias Klein. Ich habe etwas zu melden …"

**Nikolaus Schwarz:** *Am 06.12.1979 im rheinlandpfälzischen Kusel geboren, wechselte Nikolaus Schwarz in den Achtzigern im Kielwasser obwaltender Ereignisse mit einem Dinosaurier im Arm auf die östliche Seite des Rheins über. Hier lebt er mit seiner Familie mitten im urwaldgrün gesäumten Rhein-Neckar-Delta und arbeitet seit Ende des Maya-Kalenders als Jugend- und Heimerzieher.*

*Seitdem er im Alter von etwa zwölf Jahren mit einem fiktiven Aufsatz einen Lehrer schockierte, widmet er seine Freizeit dem Verfassen meist finsterer Geschichten.*

*Er kann schon einige Veröffentlichungen vorweisen.*

## Petra E. Schumann

# Ich bin Du oder alle

„Wir wollen alle, dass du gehst, du passt einfach nicht mehr zu uns. Niemand fühlt sich wohl in deiner Nähe, also pack deine Sachen und verschwinde. Ich zahle dir auch noch den Anteil für den laufenden Monat!" Erwartungsvoll sah Antonio den Mann vor sich an. Würde er den Ernst der Lage verstehen und den kleinen Wanderzirkus verlassen? Doch dieser rekelte sich ungeniert in dem alten Sessel und sagte kein Wort. Nur das nervöse Zucken seiner Augen verriet seine Anspannung.
„Schau, Pascale, du musst es doch selber spüren, es geht einfach nicht mehr. Zu oft in letzter Zeit hattest du Ärger mit deinen Kollegen, niemand will mehr mit dir auftreten, geschweige denn an einem Tisch sitzen. Und deine Art mit den Menschen und den Tieren umzugehen, da fehlt jeder Respekt. " Immer noch sprach nur eine Person in dem bunt geschmückten Wohnwagen, der schon bessere Zeiten gesehen hatte. Der Zahn der Zeit nagte auch hier, und man sah deutlich, der kleine Zirkus befand sich auf seiner Abschiedstour. Es gab immer weniger Besucher, die Zeiten änderten sich. Die Menschen wollten die große Action mit Lasershows und wilden Tieren. Aber man hatte auch gelernt, mit wenig zufrieden zu sein, und der Applaus von Groß und Klein machte sie glücklich.
Pascale de Mystik, der bis dato nicht ein Wort gesagt hatte, stand auf. „Ich bin Pascale de Mystik, der große Verwandlungskünstler, im meiner Brust leben viele Leben. Wie kannst du es wagen, mich zu kritisieren? Ich war es, der diesen jämmerlichen kleinen Zirkus am Leben gehalten hat.

Nur meiner Kunst und meinem Können habt ihr euer jämmerliches Überleben zu verdanken!" Dabei fuchtelte er wild mit den Armen.
Antoni wich langsam einen Schritt zurück.
„Ich alleine, der große Pascale, der jeder sein kann, ich sage jeder!" Spucke lief jetzt aus seinem Mund. „Ich begeistere immer noch die ganze Welt und bin auf diesen kleinen Zirkus, der nur aus Idioten besteht, nicht angewiesen. Gleich morgen werde ich euch verlassen. Und dieser jaulende Köter hat es nicht anders verdient, ich habe ihm oft genug gesagt, er soll ruhig sein. Jetzt ist er ruhig! Und die rothaarige Schlampe hat es auch nicht anders gewollt, erst macht sie mich an, und dann sagt sie nein. Zum Schluss hat sie sogar gestöhnt, so gut habe ich es ihr besorgt." Mit der rechten Hand wischte er sich über den Mund, dann verließ er ohne ein weiteres Wort den Zirkuswagen.
Erleichtert holte Antonio tief Luft. Es wurde allerhöchste Zeit, sich zu trennen. Ab morgen würde alles anders werden, ab morgen herrschte wieder Friede, der Quertreiber und Tierquäler Pascale war weg. Endlich hörte das beklemmende Gefühl der Angst auf, wenn man in eine andere Stadt kam. Zu oft hatte in den letzten Wochen die Polizei bei ihm vorgesprochen. Immer ging es um seine Artisten, es gab brutale Schlägereien, Raub, eine Vergewaltigung, die Liste war lang. Die Beweislage war zwar schwammig. Es konnte niemand eindeutig identifiziert werden. Aber hinter vorgehaltener Hand wurde es schon lange gemunkelt: Pascale de Mystik, er wurde immer unheimlicher und unberechenbarer, er war eine Gefahr für alle. Aber Zirkus-Leute hielten zusammen. Und so wurde er nie verraten. Aber auch Artisten haben ihren Stolz und deshalb musste Pascale de Mystik die Truppe verlassen. Wenn alles vorbei war, und er

seinen Wagen geräumt hatte, konnte man sich wieder der Arbeit widmen, auch mit nunmehr sechs Leuten sollte ein schönes Programm entstehen. Zufrieden ging er noch eine kleine Runde um sein Reich. Drei bunte Zirkuswagen, ein Zelt für die Ponys und ein Laufgitter für Enten und Gänse. Man brauchte nicht viel, um glücklich zu sein. Zufrieden legte er sich nach einer letzten Zigarette in sein Bett und fiel in einen tiefen und ruhigen Schlaf.

Dunkle Augen, voller Hass, hatten jeden seiner Schritte beobachtet. Endlich waren alle im Bett. Noch musste die unheimliche Gestalt warten, bis sich die Dunkelheit mit der Stille verband, erst dann konnte sie ihr hinterhältiges, feiges Werk beginnen. Denn Pascale hatte nur einen Plan: Rache!
Zur Entspannung machte er noch eine kleine Runde durch den angrenzenden Wald. Er wollte seinen mörderischen Plan noch einmal genau und genussvoll durchdenken.
„Hey, du, hast du eine Zigarette für mich?"
Die Stimme kam aus der Dunkelheit. Erst beim Näherhinsehen entdeckte er eine Gestalt. Als der Mond hinter den Wolken hervorkam, sah er es genau: Ein Obdachloser hatte es sich auf der kleinen Bank, auf der am Tag Spaziergänger ausruhten, bequem gemacht. „Ich dachte gar nicht, dass um diese Zeit noch jemand unterwegs ist, aber manchmal muss man auch Glück haben!" Erwartungsvoll sah er Pascale an, der nun im Mondlicht eine schmutzige und zerlumpte Gestalt erblickte.
Ein Grinsen machte sich auf seinem Gesicht breit. „Natürlich habe ich eine Zigarette für dich. Bist du alleine hier?"
Es entspann sich, beim gemeinsamen Rauchen, eine lockere Unterhaltung.

Paul, der Obdachlose, erzählte aus seinem Leben. Auch dieses Leben glich einer immer wiederkehrenden Geschichte. Arbeit verloren, dann kam der Alkohol, dann gingen Frau und Kinder, zum Schluss die Freunde. Danach war er ganz alleine auf der Welt. Was blieb, war der Weg auf die Straße und das Betäuben der Sinne durch billigen Rotwein. Gekauft von dem wenig Erbettelten auf der Straße. Und genau diese Flasche leerte sich immer mehr.
Paul bemerkte gar nicht mehr, dass sein Gegenüber nicht mittrank, sein Verstand wurde immer benebelter. Dann schlief er mitten im Satz ein, die Flasche immer noch fest in der Hand haltend. Die großen Hände, die sich um seinen Hals legten und ihm ganz langsam die Luft zum Atmen nahmen, spürte er fast nicht mehr. Trübe Augen schienen immer weiter aus den Höhlen zu kommen, eine spitze Zunge presste sich an braunen Zahnstoppeln vorbei. Dann war es vollbracht. Bei seinem letzten Atemzug öffneten sich seine Hände, der Rest der Flasche ergoss sich nun über seine Hose und hinterließ einen großen Fleck. Auch seine Blase entleerte sich. So vermischte sich der Geruch von billigem Rotwein mit Urin und lag schwer in der Luft.
Pascale, den in seiner Jugend alle nur Kalle genannt hatten, keuchte vor Anstrengung, sein Atem ging schnell und laut. Vorsichtig sah er sich um, lauschte in die Dunkelheit. Niemand hatte seine schändliche Tat bemerkt. Im Schein des Mondes begann er, den Toten zu entkleiden. Der ausgemergelte Körper mit den vielen blauen Flecken sah gespenstisch aus und machte noch einmal deutlich, Pauls Leben war nicht einfach gewesen. Das Leben auf der Straße ist einfach nur Kampf. Es kostete ihn einiges an Überwindung, den Kleidertausch, dreckig, stinkig und nass gegen warm und vertraut vorzunehmen. Nach endlosen Minuten war es

geschafft. Der Obdachlose trug nun seine Sachen und er die nach Rotwein, Urin und Schweiß stinkenden Sachen seines Opfers. Leise hob er die Leiche auf den Einkaufswagen, der Paul wohl als Sammelstelle für sein Hab und Gut gedient hatte. Nun begann der schwerste Teil: der Weg wieder zurück zu dem kleinen Zirkus. Denn Pascale hatte einen mörderischen Plan. Leise quietschten die kleinen Räder und bohrten sich in den Waldboden. Nur der Schrei einer Eule, unheimlich laut und nah, unterbrach das monotone Geräusch.
Endlich war es geschafft.
Die letzten Meter nahm er den Leichnam über die Schulter. Selbst der Mond, der hell und groß am Himmel stand, versteckte sich nun hinter einigen Wolken. Für Pascale de Mystik war das das Zeichen, auf welches er gewartet hatte. Zielorientiert und ganz leise betrat er seinen kleinen Wohnwagen und legte die Leiche auf das schmale Bett. Mit ein paar, für ihn wichtigen Habseligkeiten, die er schnell noch zusammenraffte, verließ er nun sein Zuhause der letzten Monate. Fast hätte er sein Handy vergessen, also noch einmal zurück, dann hatte er es geschafft.
Das laute Schnarchen aus einem der Wohnwagen entlockte ihm ein diabolisches Grinsen. Bald, bald ist es vollbracht, schmoren sollt ihr in der Hölle, euer Weg hinab wird teuflisch heiß, das verspreche ich euch! Wie gerne hätte er seine boshaften Gedanken laut in die Nacht geschrien, aber er musste sich beherrschen, sein Plan musste perfekt gelingen. Den Weg zum kleinen Lager fand er blind, war er ihn in Gedanken schon mehrfach gelaufen. Er griff sich zwei große Benzinkanister, mit einem Schraubenzieher bekamen sie mehrere Löcher. Leise umrundete er dann den kleinen Platz, die Benzinspur ,die sich sofort verteilte und auch

in die kleinsten Ritzen drang, roch penetrant. Akribisch bewegte er sich hin und her, schließlich sollte hier niemand entkommen, sein teuflischer Plan musste gelingen. Sein Hass fraß ihn fast auf. Erst, als er die Benzinspur auch um die Gasflaschen gelegt hatte, wurde er ruhiger.

Gerade wollte er sich zurückziehen, zum großen Finale, als im Wagen des Messerwerfers das Licht anging. Leise fluchend verharrte er auf der Stelle, es konnte doch nicht alles umsonst gewesen sein? Er wollte seine Rache, hier und jetzt. Langsam begann er, zur Beruhigung, zu zählen, dabei immer den verräterischen Geruch von Benzin in der Nase. Dann, als er schon bei 86 war, verlosch das Licht wieder. Kurz danach verrieten laute Schnarchgeräusche, dass die Gefahr gebannt war.

Schnell begab er sich zum Rand des Platzes und hielt mit zitternden Händen, aber einem breiten Grinsen, sein Feuerzeug an die Benzinspur. Blitzschnell breitete sich das mörderische Feuer aus. Als erstes wurden die Ponys unruhig, laut begannen sie zu wiehern und zu treten, das Federvieh verfiel auch in Panik und schnatterte aufgeregt.
Mit der nächtlichen Ruhe war es auf einmal vorbei. Die Hölle tat sich auf und tauchte alles in blutrotes Licht. Schnell hatte das Feuer den ersten Wohnwagen erreicht, genau in dem Moment als Antonio die Tür öffnete. Die Flammen schlugen hoch und fraßen sich rasend schnell weiter.
Antonio schrie laut: „Feuer, Feuer, es brennt, Feuer."
Aber es gab keinen Ausweg aus der Feuersbrunst, das Feuer war schon zu nah. Sein Blick suchte verzweifelt nach Hilfe und blieb in einem bekannten Gesicht hängen. In

sicherer Entfernung stand ein Mann und schaute der Feuersbrunst mit lächelndem Gesicht zu. In den letzten Minuten seines Lebens wurde im schmerzlich bewusst, einen Pascale de Mystik, schickt man nicht fort.
Auch aus den anderen Wagen wurden die Schreie immer lauter und hysterische Hilferufe klangen durch die Nacht. Verzweifelt versuchte man, dem Flammenmeer zu entkommen, aber die Hitze und der Rauch waren zu stark. Das Feuer leistete gute Arbeit, die Tiere waren jetzt endlich stumm, ein paar hatten sich losgerissen und irrten panisch durch die Nacht.
In der Ferne hörte er Sirenen, gepaart mit Blaulicht kamen sie schnell näher. Leise vor sich hin summend, schob er den Einkaufswagen zurück in den Wald. Zu seiner Bank, denn er war jetzt Paul, der Obdachlose.
Als er die Bank erreicht hatte, bebte der Boden und die Bäume schüttelten sich. Die Gasflaschen waren explodiert, jetzt war seine Rache perfekt.
Den Rest der Nacht beobachtete er das Farbenspiel am Himmel, das grelle Blaulicht kämpfte gegen das purpurne Rot des Feuers. Am Schluss gewann das Blaulicht den ungleichen Kampf. Das Feuer schien besiegt.

Neugierig machte er sich nun auf den Weg, den Einkaufswagen vor sich herschiebend, die Mütze tief in sein schmutziges Gesicht gezogen, näherte er sich der Brandruine. Im hellen Licht des Morgens waren die Ausmaße seiner Rache gut zu erkennen. Schwarze Gerippe, Überbleibsel der Wohnwagen dampften noch leicht vor sich hin, ansonsten war der Boden mit schwarzer Asche und viel Schutt überzogen.

Ein Fernsehteam hatte sich aufgebaut und versuchte für die morgendlichen Nachrichten erste Bilder vom Unglück zu bekommen. Ein müde aussehender Feuerwehrmann sprach gerade mit einem Reporter. Man hatte sieben Tote gefunden, keiner hatte die Katastrophe überlebt.
Die Spurensicherung übernahm jetzt ihre Arbeit. Als man ihn bemerkte, kam ein Polizist auf ihn zu und verjagte ihn mit den Worten, Gaffer hätten hier nichts verloren. Er würde nur Spuren verwischen.
„Entschuldigung, Herr Polizist, ich bin sofort weg, wollte doch nur einmal schauen, was passiert ist. Bei dem Krach kann ja kein Mensch vernünftig schlafen!"
Mit lallender Stimme und wackelndem Gang verließ er den Ort des Grauens.

Der Tag zog sich langsam dahin. Im Einkaufswagen hatte er eine Flasche mit Wasser gefunden und konnte so seinen Durst stillen. Es war recht warm an diesem Tag und der Geruch seiner Kleidung wurde immer penetranter. Dazu bereitete sich ein unangenehmes Jucken auf seinem ganzen Körper aus. Die in der alten Kleidung lebenden Flöhe genossen sicher sein frisches Blut.
Intuitiv zog es ihn zum Rhein, vielleicht konnte er sich ja da ein wenig erfrischen. Spaziergänger, die nun in großen Mengen unterwegs waren, warfen ihm mitleidige Blicke zu oder gingen einfach angewidert vorbei.
Eine bekannte Melodie erreichte kurz darauf sein Ohr. Eine junge Frau saß im Schatten der Brücke und entlockte der Gitarre wunderschöne Töne, die langen Haare wurden von einem bunten Tuch zusammengehalten. In ihren Ohren hatte sie bunte Federohrringe. Irgendwie war alles an ihr bunt, der lange Rock, das Oberteil eine Symphonie der

Farben, selbst die Brille leuchtete blau in der Sonne. Nur ihre Füße waren nackt, scheinbar mochte sie keine Schuhe. Mit einem hellen Lachen bedankte sie sich bei jedem Spender, der etwas in den gut gefüllten Gitarrenkoffer warf. Langsam ging er an ihr vorbei, er genoss den frischen, blumigen Geruch, der sie umgab. Er schenkte ihr ein Lachen.
„Du spielst wunderschön, gerne würde ich etwas in deinen Koffer werfen, aber ich bin arm wie eine Kirchenmaus."
Das Lächeln, das sie ihm schenkte, erreichte ihre Augen nicht, dabei rümpfte sie die Nase. „Kein Problem, es war heute ein guter Tag!" Dann klimperte sie einfach weiter und schenkte ihm keine weitere Beachtung.

Er hatte es sich am Ende der Brücke bequem gemacht und beobachtete die Umgebung. Nach einer kleinen Ewigkeit begann der Himmel, sich zu verdunkeln. Die Spaziergänger wurden weniger. Jetzt hörte auch die schöne Gitarrenspielerin auf und begann ihre Sachen in den kleinen Handwagen, der zu einem Fahrrad gehörte, zu verstauen.
Gerade als sie losfahren wollte, kam eine heftige Sturmböe und schmiss nicht nur den Anhänger und das Fahrrad um, auch sein Einkaufswagen machte sich selbständig und rollte ohne Gnade in den Rhein. Der Himmel öffnete seine Schleusen und ein mega Unwetter brach herein.
Verzweifelt versuchte die Spielerin, ihr Hab und Gut zusammen zu suchen. Er erhob sich und begann, ihr zu helfen. Unter größter Anstrengung gelang es nach einer Weile, alles unter der Brücke zu sichern. Er setzte sich nun einfach dazu, gemeinsam krochen sie unter die große Plane und trotzen so dem Sturm. Stumm starten beide in die Nacht, die ohne Übergang begann.

Endlich beruhigte sich das Wetter und eine leise Unterhaltung begann. Lisa begann einfach zu erzählen, von ihrem Wanderleben, von ihrem Ziel, ihre alte Großmutter auf dem Campingplatz zu besuchen und bei ihr den Winter zu verbringen.
Gespannt hörte er zu.
„Wo ist denn der Campingplatz, auf dem deine Großmutter lebt?"
„Hast du mal von Grav-Insel gehört? Das ist der größte Campingplatz in Deutschland. Liegt in Flüren, in der Nähe von Wesel. Meine Oma lebt da schon immer, zusammen mit ihren Katzen. Sie ist ein ziemlicher Eigenbrötler, so wie wir alle in der Familie, aber ich hoffe ich kann den Winter bei ihr verbringen. Bin gerade auf dem Weg zu ihr. Und wo soll deine Reise hingehen?"

Die Antwort konnte sie nicht mehr hören, der große Stein traf sie voll im Gesicht und ohne Vorwarnung. Sie kippte wie ein nasser Sack zur Seite und spürte die weiteren Schläge, die ihr Gesicht komplett zertrümmerten nicht mehr. Der Tod kam gnädig und schnell.
Pascale wickelte ihr das bunte Tuch, welches ihre Haare zusammen gehalten hatte, um den Kopf. Dann zog er sie aus, welch einen herrlichen Anblick sie doch selbst im Tod noch bot. Mit seinem Rasiermesser schnitt er ihr die Fingerkuppen ab, er gab sich Mühe, nicht an die Knochen zu kommen. Die Steine färbten sich blutrot und vermischten sich mit dem Regenwasser, ein blutiger Fluss zog ins Nirgendwo und versickerte in der Wiese. Die Silberringe, die sie trug, passten auch auf seine schlanken Hände. Auch die Armreifen nahm er ihr ab. Die Federohrringe waren durch die

Nässe ziemlich lädiert, trotzdem zog er sie aus ihren Ohren. Schließlich war er ab heute Lisa, es waren seine Ohrringe.

Der Sturm hatte sich etwas beruhigt, aber der Regen prasselte weiter unaufhörlich nieder. Nachdem er sein Werk beendet hatte, zog er die geschändete Leiche zum Rhein und übergab sie den Fluten. Dann zog er sich nackt aus, der Regen wusch ihn von allem Schmutz und Dreck frei, aber nicht von seiner Schuld. In die alten Sachen wickelte er Steine und warf auch sie in den Rhein. Pascale de Mystik bot ein groteskes Bild: nackt, die langen dunklen Haare wirr im Gesicht im Regen stehend.
Nach einer Weile begab er sich unter die Plane und begann, sich in Lisa zu verwandeln. Ihre Sachen passten ihm perfekt, in ihrem Hänger fand er noch einen Schlafsack und auch etwas zu essen. Müde schlief er ein.

Die Sonne stand schon hoch am Himmel, als er erwachte. Die ersten Jogger waren mit ihren Hunden unterwegs und liefen an seiner provisorischen Behausung vorbei. Keine Spuren der vergangenen Nacht waren zu sehen, seine schändliche Tat wurde noch nicht entdeckt.
Langsam begann er, seine Sachen zusammenzupacken, alles passte perfekt in den Hänger. Dann setzte er sich auf das Fahrrad und radelte der Sonne entgegen. Schließlich hatte er ein Ziel, er wollte zur Grav-Insel. Aber vorher musste er noch gut frühstücken, denn schließlich hatte er gestern einen guten Tag...

Doch dann wurden in der Nähe des Zirkusgeländes zwei tote Frauen gefunden, nackt, brutal misshandelt und wie Abfall liegengelassen. Der Täter hatte an den beiden seine ganze perverse Energie unter Beweis gestellt. Die Brustwarzen wurden entfernt, gefunden wurden sie im Magen der Opfer. Der Pilzsammler, der sie gefunden hatte, berichtete. Zu gerne machte er sich auf den Weg, mal schauen wohin ihn sein Weg führen würde.

***Petra E. Schumann*** *wurde im Februar 1959 in Hattingen geboren. Schreiben gehört zu ihrem Leben wie ihre Katzen, der Hund und der Garten. Ihre Maxime lautet: Schreiben verleiht meinen Worten Flügel.*
*Nach einer kreativen Pause ist sie zurück. Mit „Ich bin Du oder alle" hat sie eine neue Richtung eingeschlagen. Kennt man sie bis dato als Autorin von Gedichten, Kinderbüchern oder Kurzgeschichten wagt sie sich nun an das Genre Krimi. Jetzt will sie es spannend, blutig und böse. Inspiriert vom Leben auf dem Campingplatz hat sie begonnen, einen Krimi zu schreiben. Seien Sie gespannt, wie es mit dem Mörder auf Grav-Insel weitergeht.*

## Olyvia Noak-Christ

# Katharinas Rache

Der Ordner mit den für sie zu unterzeichnenden Unterlagen war von Thea, ihrer Sekretärin, fein säuberlich wie immer auf ihren Schreibtisch gelegt worden.
Katharina holte tief Luft und nahm auf ihrem Chefsessel Platz. Sie griff sich ihre Brille aus der neuen Prada-Handtasche, setzte sie auf, nahm den Stift in die Hand und begann, das erste unterschriftsfertige Dokument zu lesen.

Vor zwanzig Jahren habe ich die Firma allein mit dem Erbe meiner Tante Paula, gegründet. Die erste Zeit lief nicht so gut. Damals überlegte ich, hinzuschmeißen und aufzugeben. Dann hatte ich diese wunderbare Idee, und seither läuft alles super. Zumindest die Firma.
Karl! Da war sie wieder, ihre unbändige Wut auf ihn. Das hatten die drei Wochen Wellnessurlaub in der Karibik im fünf Sterne Hotel nicht wettmachen können. Trotzdem hatte sie sich erholt und von Kopf bis Fuß runderneuern lassen. Die Konkurrenz schläft ja nie, wie sie aus Erfahrung weiß.
Katharina schossen die Gedanken plötzlich nur so durch den Kopf. Was hat Karl wieder angestellt, das mich zur Lachnummer in meiner eigenen Firma macht. Wo steckt er überhaupt? Welches unserer Autos hat er zu Schrott gefahren? Sie bekam Kopfkino und ihre Gedankten formierten sich in einem einzigen Chaos.

Es klopft an ihrer Bürotür.
„Herein!"

Ihre Sekretärin Thea stand etwas verwirrt in der Tür. „Entschuldigung, Frau Sommerfeld, aber hier ist ein Herr, der Sie sofort sprechen will. Ich sagte ihm bereits, dass er keinen Termin hat, er lässt sich jedoch nicht abwimmeln."
„Wie heißt dieser Mensch, Thea?
Thea, eine kleine untersetzte Mittvierzigerin, war schon seit Gründung der Firma ihre Sekretärin, sie hatte immer loyal zu ihr gehalten, die treue Seele des Hauses, beide Frauen verstanden sich wortlos. Jetzt war sie über den Ton von Katharina schockiert, das sah Katharina. So kannte sie ihre Chefin nicht.
„Der Herr heißt Schmidt, Wolfgang Schmidt!" Er sieht etwas, na ja, heruntergekommen aus, wenn ich das sagen darf. Soll der Sicherheitsdienst gerufen werden?"
„Nein."
Katharina war sofort im Bilde, warum Wolfgang Schmidt auftauchte.
„Thea, ich lasse bitten. Und entschuldigen Sie bitte meinen Ton eben. Ich bin etwas angespannt von der Reise."

Katharina sah sich mit ihrem Porsche in die schäbige heruntergekommene Gegend von Hamburg fahren, wo Herr Schmidt seine private Detektei hatte. Nachdem sie mit ihren High Heels und dem zu engen Rock für die schmalen Stufen zu seinem Büro gestöckelt war, auf dem uralten wackligen Stuhl Platz genommen hatte, sprach sie den etwa sechzigjährigen Detektiv an.
„Ich will über die Machenschaften meines Mannes informiert werden. Von einer Freundin habe ich in Erfahrung gebracht, dass Sie in dieser Beziehung der Beste sind. Hier sind zwanzigtausend Euro, bei Erledigung Ihres Jobs gibt es die Summe noch einmal. Hier habe ich Ihnen alles, was Sie

wissen müssen über Karl, aufgeschrieben. Ich erwarte absolute Verschwiegenheit."
„Guten Tag, Frau Sommerfeld." Wolfgang Schmidt trat ein.
„Guten Tag, Herr Schmidt, was haben Sie denn Schönes für mich? Ich hoffe, Sie sind mein Geld wert?"
Was Katharina erfuhr, war zum Teil das, was sie schon wusste. Aber dass Karl sie beklaute mit fingierten Rechnungen, zusammen mit seinem Betthasen, welchen sie zu allem Überfluss selbst eingestellt hatte, schlug dem Fass den Boden aus. Katharina blieb nach außen cool, bedankte sich und zahlte den Detektiv aus.

Karl muss weg! Lieber schon gestern und nicht erst morgen. Aber wie?
„Was nehme ich? Gift, das schöne neue Küchenmesser oder die Bratpfanne, wenn er die Pilze nicht will?" Katharina hatte das leise vor sich hingesagt. Sie lächelte bei diesem Gedanken.
Dann erinnerte sie sich an einen wundervoll romantischen Abend in Venedig. Wir waren jung, die Welt lag uns zu Füßen. Karl fand, nachdem er mir zwei Jahre lang den Hof nach allen Regeln der Kunst gemacht hatte, dass es Zeit für einen Antrag ist. Ja, zu dem Zeitpunkt liebte ich ihn abgöttisch. Er wickelte mich mit seinem Charme und seinem Wissen total ein. Groß, gutaussehend und am wichtigsten für mich damals, er war ein guter Geschäftsmann, konnte mit Hilfe des Einflusses seiner Familie für mein Unternehmen gewinnbringende Abschlüsse tätigen, trotz seiner Jugend.
Anfangs, in den ersten fünf Jahren, waren wir das Vorzeige-Ehepaar. Er, der aparte, dunkelhaarige, weltgewandte Mann und ich die studierte mit Doktortitel versehene Frau mit eigener Firma. Ebenso mit allen Wassern gewaschen

wie Karl. Wir liebten uns, so nahm ich in meiner damaligen Naivität an.
Dann, so peu à peu, spielte Karl mir den liebenden Ehemann nur vor. Seine sportlichen Unternehmungen wurden immer vielfältiger und dauerten stets länger. Na ja, kein Wunder bei dem Frauenverschleiß. Es wäre alles anders, wenn wir Kinder hätten. Dazu waren wir beide nicht bereit.
Jetzt sind Karl und ich Ende vierzig. Könnte man da nicht annehmen, dass man sich da arrangiert hat? Aber nein, nicht er!

Und jetzt ist es so weit. Karl musste verschwinden, für immer. Eine Affäre zu viel und mein Geld unter die Leute bringen gelingt mir besser als ihm. Ich brauche keinen Mann, ich kaufe mir einen Hund. Die sind treu, machen was ich möchte, und vor allem lassen sie die Zahnpastatube nicht offen liegen und riechen nicht nach fremdem Parfüm, haben keinen Lippenstift auf dem Kragen, wenn sie nach Hause kommen, dachte sie.

Jetzt war schon eine Woche seit ihrem Urlaub vergangen. Karl spielte den treusorgenden Ehemann. War aber dennoch täglich für ein paar Stunden verschwunden, ohne ihr Rechenschaft darüber abzulegen und sie fragte ihn nicht.
Der Tag begrüßte sie mit strahlendem Sonnenschein.
Katharina wusste genau, was sie an diesem Morgen nach dem ersten Schluck ihres morgendlichen Kaffees zu erledigen hatte. Sicherheitshalber überschrieb sie ihrer Sekretärin das halbe Firmenvermögen. Sie griff zum Prepaidhandy, das sie sich schon vor einiger Zeit besorgt hatte, tätigte einen Anruf, legte auf. In zwei Tagen ist die Sache vom Tisch.

Katharina lächelte glücklich und sah aus dem Fenster einen Spatzen zu, der genüsslich seine Körner aufpickte.
Karl war wie jeden Morgen joggen. Katharina schritt, in aller Seelenruhe, mit einem hübschen Päckchen in die Garage.
„So, jetzt werde ich dieses kleine feine Bömbchen in deinen Porsche, lieber Karl, einbauen. Mal sehen, ob du mich dann nach wie vor für naiv und geistig minderbemittelt verkaufst, wenn du in der Hölle schmorst und mit dem Teufel frühstückst!

Katharina hatte an diesem Tag in der Firma wichtige geschäftliche Entscheidungen zu treffen. Am Mittag war die Vorstandssitzung einberufen. Da sie alles super vorbereitet hatte, wie immer dank ihrer Sekretärin, klappte die Übernahme von zwei maroden Firmen auf Anhieb. Sie feierte mit dem Vorstand die gelungene Fusion. Katharina stand mit einem Glas Champagner in der Hand und sprach mit einem Vorstandsmitglied.
Nicht völlig unerwartet kamen zwei Polizisten und überbrachten ihr die Nachricht vom tragischen Unfalltod ihres Mannes. Schlagartig war es still. Katharina meisterte diese Situation mit Bravour. Die Zugehörigkeit in der Amateurschauspieltruppe ihrer Schule zahlte sich aus. Sie hatte gelernt und schauspielerische Fähigkeit erreicht.
Der Wagen von Karl wurde untersucht und festgestellt, dass er, wie wäre es anders möglich, zu schnell gefahren war, die Kontrolle verloren und sich mehrfach überschlagen hatte.

Schwarz gekleidet steht Katharina mit Krokodilstränen in den Augen am Grab ihres gehassten Mannes Karl. Der Pfaffe hält seine Rede, die Anwesenden sprechen ihr Beileid aus. Ein Stück weiter auf dem Friedhof das gleiche Prozedere.

„Was ist das?", erkundigt sie bei ihrer Sekretärin.
Thea greift nach ihrer Handtasche und streichelt sie.
„Da wird Karls Betthase beerdigt, mein Schatz. Na ja, Kollateralschäden kann es schließlich immer geben – und ich wollte unserer Liebe auch endlich etwas Gutes tun."

***Olyvia Noak-Christ**: Jahrgang 1957, lebt in Kransmoor bei Bremerhaven. Nach dem Ausscheiden aus dem Lehrerberuf hat sie Freiraum für ihre Kreativität.*
*Sie schreibt mit wachsender Begeisterung Kurzgeschichten, davon gibt es auch Veröffentlichungen, malt und töpfert gern. Außerdem liebt sie lange Spaziergänge mit ihren vier Fellnasen.*

## Susanne Ulrike Maria Albrecht

## Bereit sein ist alles

„Er hat sie ermordet!“, ereiferte sich Amalia Burkhard, den Hörer zitternd in der Hand haltend.
„Was ist denn passiert?“, erkundete Kommissar Arnhelm, seinem Assistenten Hartmann einen Wink zum Mithören gebend.
„Der Mörder. Ich weiß, wer der Mörder ist!“
„Einen Schnappschuss!“
„Was?“
„Einen Schnappschuss hab ich schon damit gemacht! Wie du an der Datenrückwand erkennen kannst“, rief Eckehard Amalia erklärend zu, die mitten im Partygewühl steckte.
„Nur einen Schnappschuss!“, hatte Armin Mangold gefordert. „Um die neue Kamera einzuweihen. Du bist doch sonst nicht so prüde!“
Amalia hatte die Fotos von ihrer Geburtstagsparty vor sich liegen. Der Schnappschuss lag oben auf.
„Er hat sie ermordet!“
„Was ist denn passiert?“
„Der Mörder. Ich weiß, wer der Mörder ist! Können Sie vorbeikommen?“
„Ja, klar!“

„Eckehard Hunold, hat diese Schauspielerin ermordet!“ Amalia deutete auf das Porträt in der Zeitung, das dieselbe Frau zeigte, die ihr Freund im Bild festgehalten hatte. „Er ist der Mörder von Melinda Arbogast!“ Voller Wut starrte sie auf den Schnappschuss mit der nackten Frau, die man stranguliert im Park gefunden hatte.

Eckehard war wieder einmal total abgebrannt. Also tat er, was er immer tat, wenn er pleite war. Im Park hatte er mitten ins Ziel getroffen. Es war sein Glückstag. Die wertvolle Kamera schenkte er seiner Freundin zum Geburtstag.

Amalia perseverierte: „Er ist der Mörder: Eckehard Hunold!"
„Was ist eigentlich ein Schnappschuss, Chef? Hieran scheiden sich die Geister. Aber so viel steht fest: Schnappschießen macht Spaß! Das gilt besonders für solch einen Schnappschuss", erörterte Hartmann und betrachtete eingehend die Fotografie mit der schönen, nackten Schauspielerin. „Allerdings muss man zum richtigen Zeitpunkt am richtigen Ort und stets schussbereit sein, um das alles schaffen zu können, denke ich."
Ein Unwetter brach los. Blitze zuckten am Himmel.
„Woher können Sie denn so etwas? Ich meine denken!"
„Wie bitte?" Hartmann blickte gedankenverloren aus dem Fenster im Büro. Irgendwo hatte es eingeschlagen.
„Ich dachte schon. ein Blitz des Geistes hätte sie getroffen, Hartmann!" Missmutig schenkte sich Kommissar Arnhelm einen Kaffee nach. Mit den Augen Blitze schießend zog er einen Flunsch.
„Es waren fast immer Foto-Schnappschüsse, die die Welt bewegten und veränderten. Wie die Aufnahme, die sie da in Händen halten, wieder einmal mehr unter Beweis gestellt hat."
„Wenn der Sturm anhält, werden wir die ganze Nacht hier festsitzen, Chef!"
„Bei so einem Wetter jagt man nicht mal einen Mörder vor die Tür!"

„Oh, Mann!“ Das Gemurmel von Eckehard ging in den heftigen Regenfällen unter. Ein Blitz erhellte die Nacht. Er warf den Kopf hin und her, als wolle er den starken Niederschlag von sich schütteln.
„Halten Sie an!“ Die Stimme im Kampf gegen das Unwetter laut erschallen lassend, mit den Armen schwingend, lief er frontal auf die Scheinwerfer des Wagens zu, der mit quietschenden Reifen vor ihm zum Stehen kam. „Ich habe eine Panne!“ Er klopfte hartnäckig an die Scheibe, die die Frau am Steuer schließlich entgeistert herunterließ. „Ich brauche dringend eine Mitfahrgelegenheit!“ Hastig wiederholte er sein Anliegen. „Es hat eine Panne gegeben und ...“
„Hier ist weit und breit nichts von einer Panne zu sehen!“, meldete sich der Mann auf dem Beifahrersitz zu Wort, der zornig um sich blickte.
Mit einem Ruck beugte sich Eckehard in das Innere des Wagens und packte den Beifahrer am Kragen. „Hör gut zu, Freundchen! Ich hab einen echt beschissenen, miesen, nassen Tag hinter mir! Hier geht es um Leben und Tod und ich ...“
„Würdest du jetzt wieder loslassen?“
Abrupt ließ Eckehard ihn wieder los und wich zurück. „Ihr müsst mich mitnehmen!“, verlangte er von den beiden, die sich mit Blicken beratschlagten.
Verdammt! Bei dem Gesichtsausdruck von ihr und der mürrisch vorgeschobenen Unterlippe von ihm, werde ich auch noch den Rest der Nacht im Nassen zubringen müssen, dachte Eckehard angespannt.
„In Ordnung! Mach die Tür auf!“, delegierte der aber. „Lass ihn rein!“

„Danke!" Eckehard klopfte aufs Autodach und schwang sich auf die Rückbank.

„So ein verdammter Mist! Wäre Melinda Arbogast auf dem Schnappschuss nicht nackt gewesen, hätte Amalia mich niemals verraten. Soviel steht fest! Nur ihrer verdammten Eifersucht wegen bin ich jetzt auf der Flucht. Oh, Mann! Dabei war sie in ihren Filmen eigentlich ständig nackt. Aber das hier ist kein Film, das ist die knallharte, echte, beschissene, miese, nasse Realität. Die nackten Tatsachen gewissermaßen!", sagte er zu sich selber. Wie ein Ertrinkender bewegte Eckehard den Kopf. Er hatte sich an der teilweise verdeckten Ecke eines Kiosks postiert, die Hände steckten in den vollgesogenen Manteltaschen. In der kühlen Morgenluft dampften seine feuchten Kleider.
„Verdammt! Was hast du getan? Oh, Mann! Was hast du getan?", warf er sich vor, als er nochmals einen Blick auf die Zeitung mit seinem Konterfei wagte. „Den Mörder finden! Du willst den Mörder finden? Vergiss es! Aber, versuchen muss ich es trotzdem!", bemerkte er. „Und ich hab auch schon eine super Idee!" In Siebenmeilenschritten preschte er los.

„Ich seh mir das an, ja!", rief Armin Mangold der Kundin über die Schulter zu, die sich für eine Farbnuance entschieden hatte und eilte ans Telefon. Seine Angestellten hatten alle Hände voll zu tun. „Coiffeur Mangold!", meldete er sich hastig. „Also, wenn Sie bei mir höchstpersönlich einen Termin möchten, dann kann ich Sie nur noch heute Nachmittag einschieben ... Morgen bin ich restlos ausgebucht ... Und übermorgen fahre ich zu einem Wettbewerb ... Oder ich trage Sie für nächste Woche ein ... Gut! Ist notiert. Bis nachher also!" Er klappte den Terminkalender zu und machte sich wieder an die Arbeit.

„Der Kerl ist schlauer als ich dachte, Hartmann! Aber ich bin schlauer. Mir entkommt er nicht!" Bärbeißig wandte sich Kommissar Arnhelm seinem Assistenten zu, der sich wie üblich auf keine Wortlastigkeiten einließ.

Eckehard versteckte sein hübsches Gesicht hinter den vom Regen feuchten hochgeschlagenen Kragen seines Mantels. Auf einem Schleichweg, ein paar Straßen von der gemeinsamen Wohnung entfernt, lauerte er seiner Freundin auf. Sollte sie das Haus verlassen, um irgendwo hinzugehen, dann würde sie diesen verborgenen Weg nehmen.
„Tut mir leid! Es geht nicht anders!" Er presste die Hand auf ihren Mund, zog sie hinters Gebüsch, wo er sie gegen die hohe Mauer drückte. „Hör mir zu, Amalia!", flüsterte er ihr ins Ohr. „Vertrau mir! Es wird alles gut! Ich werde jetzt die Hand von deinem Mund nehmen – und du wirst nicht schreien! Ich liebe dich! Darum hab ich ja auch diese Kamera geklaut, um dir eine Freude zu machen. Und mit diesem Schnappschuss hab ich nicht das Geringste zu tun. Ich hab dir das schon tausendmal zu erklären versucht, dass ich unschuldig bin. Aber nein, in deiner blinden Eifersucht musstest du ja gleich die Bullen rufen!"
„Erzähl das doch den Bullen, dass du nur ein Dieb bist! Lass mich durch. Ich hab's eilig!"
„Hast du noch die Kamera?"
„Natürlich hab ich die noch!"
„Gut! Dann wirst du sie jetzt holen, und ich warte hier!"

„Vergiss es! Ich hab einen neuen Friseur und den werde ich deinetwegen nicht warten lassen!" Kurzerhand setzte sie sich in Bewegung.
„Ein neuer Friseur? Schon wieder! Warum machst du das mit mir? Während du erneut einen Haarabschneider reich machst, sitzt mir deinetwegen das Messer an der Kehle!", schrie er ihr hinterher. Mit seinen langen Beinen hatte er sie schnell eingeholt. „Ich meine, es könnte doch sein, das Friseure ohne dich pleitegingen. Bei wie vielen Königen der Schere warst du eigentlich in der letzten Zeit? Kann sein, du hast sie bald alle durch. Verdammt! Ich werde auf dich warten!"
„Halt die Klappe!", war ihr lapidarer Kommentar, bevor sie ins Reich der Lockenwickler verschwand.
„Bereits seit Stunden ist sie bei diesem Figaro. Jetzt reichts! Ich geh rein. Sie muss mir einfach helfen!", sagte er sich und betrat den Barbierladen. Er schaute sich nach ihr um und entdeckte sie unter einer Haube sitzend.
Oh, Mann! Das ist dieser fiese Kerl! Der Typ, dem ich im Park die Kamera mit dem Schnappschuss geklaut habe! Dieser Kerl, der meine Amalia gerade fragt, ob sie was lesen will, ist der Mörder, dachte er.
Eckehard hob etwas die Haube an und beugte sich über sie.
„Ich brauche dringend dein Mobiltelefon!"
Wortlos griff sie in ihre Tasche und reichte es ihm.
„Ich danke dir, Amalia ..."

*__Susanne Ulrike Maria Albrecht__ hat bereits zahlreiche Werke veröffentlicht und wurde mehrfach ausgezeichnet. Beim vierten internationalen Wettbewerb „Märchen heute"*

*2016 belegte sie den ersten Platz. 2022 errang sie den dritten Platz mit ihrem Text „In der Morgenröte".*

## Raymonde Graber

## Es gibt sie, die Kannibalen

Es ist nun mal so, dass die Menschen verschiedene Hobbys haben. Auch verschiedene Ansichten. Manche werden mit einem hören IQ geboren oder müssen sich mit weniger zufrieden geben. Heute habe ich gehört, dass ein Regisseur, 160 IQ hat, also höher als Albert Einstein.
Wenn aber jemand das Verlangen hat, Menschenfleisch zu essen, verstehe ich die Welt nicht mehr. Da frage ich mich: „Ist so jemand verrückt?“
Aber es gibt sie, die Kannibalen!
Kein Mensch beachtete den Einsiedler, welcher schon seit Jahren in einer Höhle im Wald wohnte, welche ziemlich versteckt in der Nähe eines Flusses lag, der sich durch die Gegend schlängelte. Niemand kannte den Namen des Mannes. Auf seinem abgelaufen Ausweis war der Name Stan Miller eingetragen. Ab und zu wurde er in einem Lebensmittelladen gesehen. Er trug meistens einen schwarzen Hut, mit breiter Krempe und eine Sonnenbrille. Sein Velo war mit Dreck verspritzt, mit dem durchforschte er Tag für Tag die Gegend.
Harmlos war der Kerl ganz und gar nicht.
An dem Tag fuhr er nicht sofort zu seiner Höhle, sondern machte einen Umweg.
Ein Mann mittleren Alters joggte durch ein Feldweg, nahe am Fluss. Stan hatte ihn im Visier. Er zog Pfeil und Bogen aus seiner Tasche, die immer an seinem Velo hing, dann zielte er. Der Mann streckte die Arme hoch, bevor er hinfiel. Kein Schrei war zu hören, nur wurde sein Rücken sofort blutrot.

Keine Minute später war Stan bei ihm. Er hatte wieder mal mitten ins Herz getroffen. Eilig zog er sein Klappmesser aus der Hosentasche, zog das Shirt des Blutenden etwas hoch, schnitt gekonnt einen tiefen Schnitt und riss ruckartig das Herz aus dem warmen Körper heraus. Am liebsten hätte er sofort hineingebissen mit seinen ekligen gelben Zähnen. Niemand war zu sehen, niemand hat gesehen, was an dem nebligen Tag geschehen ist.
Das Herz verschwand in einem Plastiksack. Stan zog den mit Blut bedeckten Körper bis zum Fluss, gab ihm einen Schubs, sodass der Tote den Abhang hinunterrollte ins eisig kalte Wasser. Dann radelte Stan davon, dieses Mal in Richtung Höhle.
Vorher hatte er dem Mann die Geldbörse aus der Hosentasche entwendet. Er war so in Ekstase geraten, dass er nur noch den Geruch des Blutes wahrnahm. Sein Fahrrad schmiss er zu Boden, rannte in seine Höhle und verzehrte das menschliche Herz. Nachher ging er zum Fluss und reinigte seine roten Hände, wusch sein verschmiertes Gesicht.

Stans Mutter starb, als er noch ein kleiner Junge war.
Sein Vater war Jäger von Beruf. Den kleinen Stan liebte er nicht. Sehr oft sperrte er ihn im Keller ein. Der Junge war daran gewöhnt, dass er Blutwurst zu essen bekam. Manchmal warf sein betrunkener Vater ihm ein paar auf dem Feuer geröstete Kartoffeln durch das kleine Fenster, welche das vor Hunger gequälte Kind in sich hineinstopfte. Stans einziger Gedanke war, dass er den Mann, der sein Vater war, umbringen würde, sobald er die Gelegenheit dazu bekam. Er hatte oft durch die Luke zugesehen, wie der Vater ein Reh oder ein Wildschwein zerlegte. Genauso wollte er es auch tun.

Im Keller lagen alte Zeitungen. Da seine Mutter ihm das Lesen beigebracht hatte, las der Junge oft darin, auch wenn die Nachrichten schon lange nicht mehr aktuell waren.
Ein Bericht erregte ihn. Er las, dass in Paris, vor langer Zeit ein Metzger gelebt hatte, welcher aus Menschenfleisch Wurst herstellte und verkaufte. Er wählte Hausfrauen aus, welche nicht aus seiner Gegend stammten.
In dem Laden war eine Klappe am Boden, schön mit einem Perserteppich bedeckt. Wer darauf zu stehen kam, den traf das Todesurteil. In der alten vergilbten Zeitung stand geschrieben: Eines Tages flanierte ein Liebespaar durch die Straßen von Paris. Die junge Frau sah die Metzgerei von weitem. Ihrem Mann sagte sie: „Schatz, ich hole eine Salami, du kannst ja hier auf mich warten und in der Zeit noch ein paar Fotos schießen." Gesagt getan.
Der Ehemann wartete eine Zeit lang, aber seine Frau kam nicht zurück. Er wurde ungeduldig, ging in die Metzgerei, aber seine Frau war nicht dort. Der Metzger behauptete, dass er keine blonde Frau bedient hätte.
Der Tourist wandte sich an einen Gendarm, der an der nahen Kreuzung stand. Natürlich fand er diesen Vorfall auch seltsam. Er alarmierte ein paar Kollegen, welche die Gegend absuchten. Als man die Frau nicht fand, rückten sie dem Metzger auf die Bude. Die Gendarmen durchsuchten das Gebäude. Per Zufall stolperte einer von ihnen über den Perserteppich – und siehe da, die Falltür kam zum Vorschein. Die blonde Dame lebte noch, sie hatte sich bei dem Sturz nur leicht verletzt. Sie fiel ihrem Mann zitternd in die Arme. Der Metzger wurde verhaftet. Nach dem Prozess wurde er auf dem Marktplatz durch die Guillotine enthauptet. Der Mob jubelte, als das Blut spritzte ...

Nun gab dieser Bericht, den er als Kind gelesen hatte, dem Stan doch zu denken. Was wird mit mir geschehen, falls man mich hier findet, durch irgendeine Spur, welche die Leute finden würden? Die vielen Toten können nicht mehr reden, aber man wird sie bestimmt vermissen.
Er stieg aufs Fahrrad und fuhr in ein abgelegenes Lebensmittelgeschäft. Eine Fleischgewürzmischung und eine Tageszeitung erstand er. Unterwegs machte er eine Pause und las die Zeitung. Eine fettgedruckte Überschrift ließ ihn erstarren: **Leiche im Fluss gefunden! Gesucht wird ein ungepflegter Mann mit Hut.**

Stan Miller bekam Angst. Ja, das Gefühl kannte er als Kind nur zu gut. Wäre sein Vater kein Trinker gewesen, wäre sein Leben vielleicht anders verlaufen.
Sie waren ihm also auf der Spur. Ins Gefängnis wollte er nicht. „Nein", schrie er, als er eine Hundemeute hörte, welche immer näher kam. Stan ging zum Fluss, holte sein Messer aus der Tasche und schnitt sich die Pulsadern auf. Sein warmes Blut tropfte zu Boden.
Er rutschte den Hang hinunter, wollte sein eigenes Blut abschlecken, aber dazu kam er nicht mehr.
Er wurde bewusstlos, sein Körper trieb nun mit den Wellen fort.
Die Leiche wurde nie gefunden.
Der Fluss rauschte leise – er summte das Lied vom Tod.

***Raymonde Graber*** *wurde in Luxemburg geboren. Sie hat schon neun Bücher auf den Markt gebracht. Auch zahlreiche Anthologien aus ihrer Feder sind beim Edition Paashaas Verlag erschienen.*

# Ulla Tesch

## Ich bin dein Schatten

*Ich beobachte dich. Ich sehe, was du tust. Ich weiß, was du denkst. Ich bin in deinem Kopf. Ich bin immer bei dir. Ich bin dein Schatten. Du entkommst mir nicht.*

Eva wirft sich den Mantel über, ein schneller Blick in den Spiegel, die Autoschlüssel geschnappt und die Treppen runter – wie immer auf den letzten Drücker. Ihre Freundin Jule wartet sicher schon in ihrem Stammcafé. Vintage, zusammengewürfeltes Mobiliar, Studentenkneipen-Charme. Beim Verlassen der Haustür ein schneller Blick nach links und rechts bevor sie in ihren knallroten Mini steigt.
In letzter Zeit hat sie öfter das Gefühl, dass jemand sie verfolgt. Aber wahrscheinlich ist das Einbildung. Sie ist ziemlich überarbeitet. In der Kanzlei ist die Hölle los. Sie als die Neue im Team bekommt die unangenehmsten Fälle und schmierigsten Mandanten zugeteilt: Männer, die ihre Partnerinnen geschlagen, ihre Kolleginnen sexuell belästigt oder Frauen mit K.-o.-Tropfen betäubt und dann vergewaltigt haben sollen. Und die natürlich alle unschuldig sind. Klar. Und die jetzt von ihr erwarten, dass sie sie raushaut, die Anklägerinnen als Lügnerinnen und Schlampen darstellt. Ihr Chef erwartet das auch von ihr. Widerlich! Wieso hat er ausgerechnet eine Frau für diese Fälle eingeteilt?
Sie dreht das Autoradio auf und singt die Hits der 90er und 2000er lauthals mit. Das hilft meist, um sich in gute Laune zu versetzen und den Frust hinter sich zu lassen.

*Sing, Vöglein, sing, bevor ich dir den Hals umdreh'!*

Beim Blick in den Rückspiegel sieht sie, dass ein dunkler SUV schon die ganze Zeit hinter ihr fährt. Verfolgt er sie? Oder will er nur zum Wochenend-Shopping in die Stadt?

Sie findet einen Parkplatz direkt gegenüber dem Café, und der Typ in dem protzigen SUV fährt vorbei. Eva seufzt erleichtert. Ich werde allmählich paranoid! Mit einem Klick auf die Fernbedienung verriegelt sie ihr Auto, läuft über die Straße und betritt eilig das Café. Gleich steigt ihr der belebende Duft von Kaffee und frisch gebackenem Kuchen in die Nase.
„Sorry, Jule, ich weiß, ich hab es wieder nicht rechtzeitig geschafft. Kaffee und Kuchen gehen auf mich. Versöhnt?" Lachend umarmt Eva ihre Freundin und wirft dabei einen prüfenden Blick über ihre Schulter Richtung Eingang.
„Okay, es sei dir noch einmal verziehen. Was ist los, wirst du verfolgt?", witzelt Jule und folgt Evas Blick zur Tür.
Bevor sie antworten kann, kommt die Bedienung und Eva ordert zwei Cappuccino und zwei Stück Blaubeerkuchen mit Sahne.
Eva senkt den Blick, spielt mit ihrem Ring. „Jetzt mal im Ernst, ich habe seit ein paar Tagen das Gefühl, dass jemand mir auf Schritt und Tritt folgt."

*Du hast mich also bemerkt. Das solltest du auch. Das ist das Spiel. Die Maus soll merken, dass der Kater sie jagt. Sonst ist es nur der halbe Spaß. Ich will deine Angst riechen. Todesangst hat einen ganz besonderen Duft.*

„Bei dem Klientel, das du vertrittst, ist das doch kein Wunder."

Jule nimmt einen Schluck von dem heißen Cappuccino. „Jetzt entspann dich mal! Mitten in einem Café wird dich schon keiner killen! Willst du wissen, wie mein Date gestern Abend gelaufen ist?", versucht Jule ihre Freundin auf andere Gedanken zu bringen.
„Erzähl!", fordert Eva Jule auf, dankbar für den Themenwechsel.

Beim zweiten Stück Blaubeerkuchen hat Eva sich von Jules guter Stimmung anstecken lassen – bis ihr Handy vor ihr auf dem Tisch vibriert. Sie wirft einen Blick auf die Nummer. „Entschuldige, da muss ich rangehen, ist geschäftlich!" Nach einem kurzen Gespräch legt Eva einen Schein auf den Tisch, nimmt ihren Mantel und drückt ihrer Freundin einen Kuss auf die Wange.
„Sorry, ich muss los. Die Arbeit ruft. Auch am Wochenende." Sie zwinkert Jule zu. „Dauert nicht lange. Ich beeile mich. Und Finger weg von meinem Kuchen!", droht Eva scherzhaft
„Pass auf dich auf!", ruft Jule ihr hinterher.

*Komm, mein Vögelchen, komm. Das Spiel ist eröffnet. Ich warte auf dich.*

Schwungvoll fährt Eva aus der Parklücke und nimmt die Ausfallstraße Richtung Küste. Das muss ja etwas ganz Wichtiges sein, wenn sie so abrupt einbestellt wird. Und wieso nicht im Büro, das nur einen Katzensprung entfernt ist? Gespannt auf eine hoffentlich gute Erklärung biegt sie in einen kleineren Weg ab, der direkt ans Wasser führt. Ringsumher nur Wiesen und Felder. Eva kennt die Adresse, ist aber noch nie hier gewesen.

*Komm her zu mir. So ist es brav. Du hast es fast geschafft.*

Vor dem letzten Haus direkt am Küstenpfad parkt Eva ihr Auto und steigt aus. Mit raschen Schritten durchquert sie den verwilderten Garten. Das Haus sieht verlassen aus, die Fensterläden sind geschlossen, die Astern und Chrysanthemen vor der Haustür vertrocknet. Auf ihr Klingeln öffnet niemand. Sie umrundet das Haus. Vielleicht ist jemand im Garten?

*Ja, komm näher. Gleich siehst du mich.*

Eva schaut sich suchend um. Nichts. Nur die Tür zu einem halb verfallenen Schuppen steht einen Spaltbreit offen. Vorsichtig späht sie hinein. Drinnen ist es stockfinster und riecht seltsam, nach ... Eva saugt die Luft ein ... Parfüm. Nach einem Duft, den sie kennt. Also ist doch jemand zuhause.

*Du bist da. Endlich! Das Spiel beginnt.*

Sie öffnet die Tür ganz ... und prallt mit einem entsetzten Schrei zurück. Aus dem Dunkel starrt sie eine fürchterliche, diabolisch grinsende Maske an. Die Augen dahinter blitzen wie irre auf. Das Wesen hinter der Maske bricht in höhnisches Gelächter aus. Eva erstarrt. Will fliehen. Kann sich nicht bewegen. Die Beine bleischwer.

*Lauf! Lauf endlich! Verdirb mir nicht den Spaß. Komm schon. Lauf um dein Leben!*

Nach dem ersten Schock setzt der Fluchtreflex ein. Keuchend stolpert sie über Unkraut, den holprigen Küstenpfad entlang. Rennt um ihr Leben. Ihr Verfolger mit infernalischem Gebrüll hinter ihr her. Sie schaut über ihre Schulter, er kommt immer näher, eine Axt über die Schulter schwingend. Sie versteht nicht, was hier passiert. Sie kann nur noch rennen, rennen, rennen.

*Gib dir Mühe! Streng dich an! Mach es mir nicht zu leicht! Gleich hab ich dich schon!*

Ihr Verfolger wird langsamer und Eva schöpft Hoffnung, Hoffnung, ihm zu entkommen. Ihr schlägt das Herz bis zum Hals, ihre Lungen brennen, ihr ganzer Körper steht in Flammen. Sie schaut zurück. Er ist stehengeblieben. Wartet, bis Eva wieder Luft bekommt. Und plötzlich ist ihr klar: Es ist die Jagd, die ihn antreibt.

*Nun hast du verstanden! Ich sehe es dir an! Also lauf! Lauf, so schnell du kannst! Ich folge dir. Ich bin dein Schatten.*

Eva bleibt stehen. Jetzt tritt er nah an sie heran, jetzt wird er zu ihr, sie und ihr Schatten sind eins. Trotzig starrt sie ihn an.

*Du kleines Miststück! Glaubst wohl, du bist stärker als ich.*

Rasend vor Wut schwingt er die Axt und holt aus.
„Du kannst mich mal, ich schmeiß den Job!"

„Jule, willst du wissen, wer mein Wahnsinns-Verfolger gewesen ist?" Noch außer Atem setzt Eva sich wieder zu ihrer

Freundin und beißt ein Stück Blaubeerkuchen ab. „Hm, lecker!“
„Sag schon“, drängt Jule sie. Im Café spielt leise Saxophonmusik, hinter der Fensterscheibe bricht die Dämmerung herein.
„Burnout“, sagt Eva leise.

***Ulla Tesch** wurde 1955 in Bremen geboren und hat Deutsch, Darstellendes Spiel und Geschichte an der Oberstufe in Bremerhaven unterrichtet. Davor war sie mehrere Jahre als Texterin tätig und hat Denkmalführer zu Bremer Sehenswürdigkeiten sowie ein Buch über Knoops Park in Bremen-Nord verfasst. Heute lebt und schreibt sie in Wien. Neben frühen Gedichtveröffentlichungen sind einige ihrer Prosatexte in verschiedenen Anthologien erschienen.*

## Utz Anhalt

### Der verlorene Sohn

Hailey Maclean saß im Wohnzimmer ihres Cottage in den Coastal Highlands von Easter Ross. Dieses lag am Weg, der von Tain, der ältesten Stadt Schottlands, nach Morangie über den Tain Hill führte. Im Fernsehen lief eine BBC-Doku über die Moormörder Ian Brady und Myra Hindley, die 1965 verurteilt worden waren, nachdem sie fünf Kinder in einem Moor bei Manchester gefoltert und ermordet hatten. Hailey schluchzte, strich ihre rotblonden Haarsträhnen von der Stirn, nahm sich ein Taschentuch und wischte sich Tränen aus ihren graublauen Augen. Sie blickte auf ein gerahmtes Foto an der Wand. Es zeigte einen Jungen mit spitzem Gesicht, großen Augen, die blickten wie ein treuer Hund, dunkelroten Locken und heller Haut. Die Nase sprenkelten Sommersprossen, die vollen Lippen lächelten. Hailey drückte die Fernbedienung auf Stopp. Sie ließ BBC laufen, um sich abzulenken, um nicht ständig an ihren verlorenen Sohn zu denken. Stattdessen erinnerten die Moormörder sie daran, dass das Kind vermutlich einem Verbrechen zum Opfer gefallen war. Die Tonbandaufnahmen , in denen Bradys Opfer um ihr Leben flehten, durchzuckten Haileys Nerven, und unwillkürlich sah sie ihren Jungen – die nackte Haut mit Messern zerschnitten, wie er um Hilfe schrie, während das Monsterpaar ihn quälte. Sie japste nach Luft, sie stützte ihre Stirn in ihre Handflächen, als wäre ihr Kopf zu schwer, um ihn aufrecht zu halten.
Ihr Elliott war ihr Ein und Alles gewesen, besonders, seit ihr Ehemann Gregor an Lungenkrebs gestorben war. Ihre Eltern lebten in Edinburgh, von den Highlands aus in einer

anderen Welt. Sie sagten es nicht offen, aber Hailey war sicher, dass die beiden ihr Elliotts Verschwinden anlasteten. Hailey hatte nie eine Helikopter-Mutter sein wollen, und die Kinder aus Tain spielten auf der Heide, tranken Sumpfwasser aus der Glenn Morangie Quelle, sammelten Muscheln am Strand. Ihre Mutter Emily hatte geschimpft, der Junge würde verwildern.
Zu allem Schrecken kam noch Haileys Schuldgefühl hinzu, dass ihre Mutter wohl recht gehabt hatte. Sie fühlte, dass es verantwortungslos gewesen war, einen 12-Jährigen allein durch das Buschland aus Ginster und Wacholder mit dem Fahrrad zu Schule fahren zu lassen, ihn allein auf Tain Hill zwischen den schottischen Kiefern William Wallace spielen zu lassen, und das auch noch bei all den Gerüchten. War sie das? Eine Rabenmutter, die ihr Kind Bestien ausgeliefert hatte, die in den Hügeln lauerten?
Sie hatte die Geschichten von „Bloody Brody", der Wanderer entführte, ausraubte und ermordete für Folklore gehalten. Sicher, im Dreieck zwischen Tain, Rosehall und Lairg waren in den letzten Jahren mehrere Menschen verschwunden: Bagpacker, eine Lehrerin aus Brora, ein Jugendlicher aus Glasgow beim Birdwatching. Aber war das außergewöhnlich? Reisende verschwinden, und die Lehrerin hatte angeblich ein zerrüttetes Verhältnis zu ihrem Lebenspartner gehabt.
Die Geschichte vom „blutigen Brody", der Kinder foltern, töten und sogar aufessen sollte, klang Hailey zu sehr nach den düsteren Märchen der Highlands über die Black Annis, die Kinder entführt, ihnen die Haut abzieht und ihre Höhle damit tapeziert oder über die Redcaps, garstige Kobolde, die in Ruinen lauern und ihre Mützen in das Blut ihrer Opfer tauchen. Vielleicht hatte auch jemand die Geschichte von

Sawney Beane in die heutige Zeit übertragen, die Familie der Kannibalen von Galloway, die Reisende töteten, aßen, einsalzten und räucherten.
Doch so sehr Hailey es sich auch zurecht legte, immer wieder drangen Fantasien von „Bloody Brody" in ihr Gehirn. Nachts träumte sie, wie ein Oger mit kantigem Gesicht, aufgesprungenen Lippen und einer nach einem Bruch schief zusammengewachsenen Nase auf die nackte Haut ihres armen Jungen sabberte, ihn mit trüben Augen über durch Alkoholmissbrauch angeschwollenen Tränensäcken anglotzte und dann seine stinkenden Zähne in die weiche Kehle ihres Lieblings schlug. Sie schlug mit der rechten Hand in die Luft, als vertreibe sie ein Insekt. Sie hasste diese Gedanken. Nur weil gossips „Bloody Brody" so beschrieben hatten, hieß das noch lange nicht, dass es ihn überhaupt gab.

Ihr Schatz war vor acht Monaten und elf Tagen verschwunden. Heute, ja, heute war sein 13. Geburtstag. Hailey heulte los. Sie blickte auf den runden Eichentisch, auf den sie Geschenke drapiert hatte wie auf einem Altar: einen Air Power Ball mit LED, mit dem Elliott im Haus Fußball spielen konnte, ohne etwas kaputt zu machen, einen kabelloser WonderBoom Lautsprecher, den ihr Junge überall würde mitnehmen können, und ein Smartphone mit GPS und Notfalltaste – das Wichtigste überhaupt. Hailey legte das Gesicht in die Hände und sagte laut: „Nein, mein süßer Engel. Du bist erst verloren, wenn ich die Hoffnung aufgebe. Irgendwo auf der Welt bist du jetzt und hoffst, dass deine Mummy dich findet, und deine Mummy wird dich finden. Das verspreche ich dir."

Sie blickte durch eine Glasfront in ihren Garten. Doch die purpurblühende schottische Heide und eine kunstvoll gestaltete Kräuterspirale erschienen ihr in der aufkommenden Abendluft wie eine Trauerfinsternis. Es war egal: Sie hätte auch direkt in das Paradies gucken können, in Flüsse, in denen Milch und Honig flossen, und es wäre ihr vorgekommen wie ein Tränenmeer, in dem ihr lieber Junge ertrunken war.
Fast wünschte sie sich, der Geburtstag wäre vorbei, und sie hätte es mit reichlich Schlaftabletten geschafft, die Nacht dahinzudämmern und würde in ihrem Büro bei der Stadtverwaltung Tains sitzen, sich darauf konzentrieren, Anfragen über die Müllabfuhr und die Sanierung der Straße vor dem Tain Tolbooth zu beantworten.
Am Horizont kroch nur noch ein heller Streifen unter eine blauschwarze Decke, die die Nacht über die Küstenhighlands legte. Da klingelte es an der Haustür. Hailey zuckte zusammen. Sie erwartete keine Gäste. Jedes Mal, wenn jemand unangekündigt vorbeikam, rechnete sie mit der Polizei, die ihr mitteilte, dass die Leiche von Elliott gefunden worden sei.
Als Kiki, ihre British Longhair, Katze vor Jahren verschwunden war, hatte sie es als Erlösung angesehen, dass ein Mitarbeiter der Straßenreinigung das tote Tier in einem Graben gefunden und ihr gebracht hatte. Besser eine traurige Gewissheit als andauernde Unsicherheit.
Aber ihr Sohn war keine Katze, so gern sie Kiki auch gehabt hatte. Hailey wusste schlicht nicht, was schlimmer war: Vom Tod ihres Sohnes zu erfahren oder ein Leben lang im Nebel zu irren, ohne zu wissen, was überhaupt passiert war.

Sie ging zur Haustür, blickte durch den Türspion und fragte sich, ob sie halluzinierte. Dort stand in der blauen Softshelljacke und der blauen Jeans, die er am Tag seines Verschwindens angezogen hatte, niemand anders als Elliott. War ein Geist erschienen? Ihr Herz schlug hoch, Tränen liefen ihre Wangen hinab, diesmal vor Freude.
Doch zugleich klopfte ein Gefühl der Angst in ihrem Hirn an. Das konnte nicht wahr sein. Träumte sie? Sie dachte an William Wymarks Geschichte „Die Affenpfote", in dem einer Mutter der Wunsch erfüllt wird, dass ihr verstorbener Sohn zurückkehrt und erscheint – als lebende Leiche.
Dann schüttelte sie den Kopf und öffnete. Ja, es war Elliott. Mit seinen treuen Augen blickte er seine Mummy an. Sie drückte ihren Liebling fest an sich, zog ihn in den warmen Flur, küsste ihn auf die Stirn und die Wangen. Sie wisperte: „Du bist da, du bist wieder da. Tief im Inneren wusste ich, dass du zurückkommst."
Elliott flüsterte: „Ja, Mummy." Dann sagte er: „Mir ist kalt, kann ich einen Tee kochen?"
„Das mache ich, mein Schatz," erwiderte die Mutter.
„Bitte, Mummy, ich habe so lange keinen Tee mehr gekocht."
Sie lächelte: „Dann tu das, mein Schatz!"

Sie gingen zusammen in die Küche. Elliott füllte einen Wasserkocher und stellte ihn an. Dann öffnete er eine Schublade neben dem Herd und holte zwei Teebeutel mit Früchtetee heraus, sowie einen großen Becher, auf dem Hailey und einen, auf dem Elliott eingraviert war. Sie setzten sich an den Küchentisch, Hailey drückte die zarten Hände ihres Kleinen. Dann säuselte sie: „Mein Schatz, im Wohnzimmer

habe ich deinen Geburtstag vorbereitet. Ich gehe schnell rüber und zünde Kerzen an, an diesem wundervollen Tag."
Sie streichelte ihm die Wange und ging aus der Küche. Das Wasser brodelte. Elliott nahm den Kocher und blickte über die Schulter. Dann öffnete er die Reißverschlusstasche seiner Jacke und holte ein Fläschchen heraus, das mit einer Flüssigkeit gefüllt war, die wie Kirsch- oder Brombeersaft wirkte. Er goss das heiße Wasser in beide Becher. Den von Hailey füllte er halb mit Wasser, halb mit dem rotbläulichen Saft.
Aus dem Wohnzimmer hörte er seine Mutter singen: „Happy birthday to you, happy birthday to you. Happy birthday beloved Elliott, happy birthday to you."
Er schluckte, dann setzte er ein Lächeln auf, nahm die Becher und ging in das Wohnzimmer.
Auf dem Eichentisch standen drei vergoldete Leuchter mit insgesamt 13 Kerzen, und Elliott sah die Geschenke. Er stellte Mummy den Tee auf den Tisch, trank aus seinem Becher und betrachtete das neue Smartphone. Dann sagte er: „Mum, lass uns erst einmal den Tee trinken. Mir ist immer noch kalt."
Hailey zog die Augenbrauen hoch und antwortete: „Sorry, my sweetheart. Ich habe vergessen, wie ausgezehrt du sein musst. Tag und Nacht, jeden Tag, seit du verschwunden bist, hatte ich Alptraumvorstellungen, was dir passiert sein könnte. Ich dachte, du wärst entführt worden. Du weißt ja, was die Leute erzählen. Sie munkeln von einem „Bloody Brody", der Kinder raubt."
Elliott blickte zu Boden und sagte verhalten: „Mummy, das sind keine Geschichten. Ich war nachmittags mit dem Fahrrad auf dem Weg nach Morangie über den Tain Hill. Ich hielt an, weil ein Fuchs über eine Lichtung lief, um ihn zu

beobachten. Da presste mir eine Hand den Mund zu, und ein kräftiger Männerarm nahm meinen Hals in die Klemme. Es stank nach altem Männerschweiß, Zigaretten und Mundgeruch. Dann verband mir jemand mit einem Tuch die Augen und fesselte mich. Als mir das Tuch abgenommen wurde, war ich in einer Holzhütte. Es tropfte durch das Dach, vor die Fenster waren Bretter genagelt, auf dem Boden lag eine schimmlige Matratze. Einmal am Tag ging die Holztür der Hütte auf und jemand stellte mir einen Eimer Wasser hin, dazu Sandwiches aus dem Supermarkt, manchmal auch kalten Haggis oder Scotish Broth. Wenn er nett war, gab es sogar mal kalte Pommes frites."

Sie drückte Elliotts Kopf an ihre Brust: „Mein armer Junge."

Dann trank sie einen Schluck von ihrem Tee und sagte: „Der schmeckt ja lecker, so süß."

Elliott schüttelte den Kopf und lächelte.

Mummy fragte: „Hast du ihn nie gesehen?"

Elliott entgegnete: „Wenn er mir Essen brachte, hatte er immer eine Maske vor dem Gesicht. So eine Latexmaske für Halloween, eine zahnlose Hexe wie die, die Hänsel mästet bei Hänsel und Gretel."

Hailey weinte. „Dieses Scheusal. Es hat dir auch noch Angst gemacht."

War das zu viel für sie, fragte sich Hailey. Es war wohl zu schlimm, sich vorzustellen, was ihr Junge erlitten hatte.

Sie fühlte den Schmerz körperlich: ihr Mund fühlte sich trocken an, darum trank sie ihren Tee aus. Sie regte sich auf, und das merkte sie, weil ihr Herz immer schneller schlug. Dann war ihr, als würden Elliotts Umrisse verschwimmen, ihr wurde schwindlig. Ihre Lippen fühlten sich heiß an und trocken, als würden sie brennen.

Sie wollte Elliott etwas fragen, doch brachte keine Worte heraus. Ihre Lippen klebten aneinander, sie wollte schlucken, aber konnte nicht. Urplötzlich heulte sie los, schrie, weinte hemmungslos und zugleich verkrampft. Sie, sie konnte nicht mehr auf dem Stuhl sitzen, lief im Wohnzimmer hin und her, wedelte mit ihren Armen, mit ihren Händen, die sich anfühlten, als kröchen giftige Ameisen auf ihrer Haut. Sie tanzte von einem Bein auf das andere, sie kratzte sich zwischen den Schultern, hatte das Bedürfnis, ihre Kleidung vom Körper zu reißen. Dann taumelte sie gegen die Wand und schlug mehrmals mit dem Kopf dagegen. Elliott war aufgestanden, drückte sich in einigen Metern Entfernung gegen die Wand des Wohnzimmers, hatte die Augen weit aufgerissen, blickte erschrocken und zugleich grimmig.
Hailey fiel auf den Boden, ihr Gesicht leuchtete rot, sie schlug ihre Ellenbogen immer wieder auf dem Boden auf, verrenkte ihren Hals, als erleide sie einen epileptischen Anfall, japste nach Luft wie ein Fisch auf dem Trockenen. Dann gluckste sie, gab ein Röcheln von sich – und dann lag sie starr und steif auf dem Perserteppich neben dem Eichentisch.
Elliott zog ein Handy aus der Jackentasche, tippte, es tutete und jemand nahm an. Der Junge sagte: „Ich bin ready. Du kannst kommen.“ Er ging zur Wohnungstür und öffnete.
Aus der Dunkelheit trat eine massige Gestalt, mit kantigem Gesicht, aufgesprungenen Lippen und schief zusammengewachsener Nase. Er glotzte Elliott mit trüben Augen über durch Alkoholmissbrauch angeschwollenen Tränensäcken an und grinste. Dann knurrte er: „Ist die Luft rein, Junge?“
Elliott grinste ebenfalls: „Guck es dir doch selbst an, Brody.“

Elliott führte den Koloss in das Wohnzimmer und zeigte ihr seine Mutter, die mit riesigen Pupillen und aufgerissenem Mund auf dem Boden lag. Die Finger hatten sich versteift und wirkten wie Krallen.
Brody nickte und klopfte dem Jungen auf die Schulter. Dann brummte er: „Gut gemacht, die steht nicht mehr auf. Die Hälfte des Tollkirschensaftes hätte ausgereicht, um sie in die ewigen Jauchegründe zu schubsen. Also, Elli. Ich halte mein Versprechen. Du hast die Prüfung bestanden, ab heute sind wir Partner. Jetzt feiern wir deinen Geburtstag. Aber erst mal zeigst du mir, wo deine Alte das Silber versteckt hat."

*__Utz Anhalt__, geb. 19.03.1971 in Hannover. Ab 1991 Geschichte und Politik Schwerpunkt historische Anthropologie von Mensch und Wildtier, 1999 Magister über den Werwolfmythos, 2007 Doktor der Philosophie über die Geschichte der Zoos. Dozent, Publizist und Autor unter anderem für Museum aktuell, Expotime, Nautilus-Magazin für Abenteuer und Phantastik, Miroque, Karfunkel, Zillo Medieval, Der Fall, Sitz-Platz-Fuß.*

*Redakteur bei Heilpraxisnet.de*
*Er hat zahlreiche Veröffentlichungen vorzuweisen.*

## Veronika M. Dutz

## Die Glut der verbrannten Seele

Nick kam nach Hause, ein anstrengender Arbeitstag lag hinter ihm. Er stellte die mitgebrachte Flasche auf dem Tisch und ließ sich erschöpft in seine Couch sinken. Die 20-Stunden-Schicht in der Chirurgie forderte nun ihren Tribut. Er fühlte sich erleichtert, dass die Arbeitszeit vorüber war und er sich endlich den angenehmen Dingen widmen konnte.
Der Mann hatte alle Annehmlichkeiten, die sich ein jeder wünschen würde. Er besaß ein Loft in bester Lage mit einem atemberaubenden Blick über die Stadt, welcher durch die ausladende Glasfront stilvoll zur Geltung kam. Das Interieur der Wohnung bestand aus vielen Designermöbeln. Als Chirurg leistet er sich diese Extravaganz. Zudem war seine Adoptivfamilie gut situiert gewesen. Er erbte von ihnen ein immenses Vermögen. Dies ermöglichte ihm das Studium sowie seinen exklusiven Lebensstil. Ihn zeichnete eine große Statur aus, breite Schultern und ein makelloses Gesicht, was ihn verdammt anziehend erscheinen ließ. Sein leicht kantiges Kinn liebten die meisten Frauen, vor allem zusammen mit seinem Dreitagebart. Sein blondes Haar und die stahlblauen Augen rundeten dieses Erscheinungsbild vollends ab. Dieser Mann besaß jegliche Attribute, die sich ein anderer zu gern wünschte. Zu seinem Glück fehlte ihm nur sein weibliches Gegenstück. Dieses deprimierende Thema begleitete ihn bereits sein gesamtes Leben.
Nicks Blick fiel auf die Flasche, die vor ihm auf dem Tisch stand. Es handelte sich um einen Kentucky Bourbon. Das Zeug verabscheute er aufs Tiefste, jedoch stellte es die einzige bewusste Verbindung zu seinem Erzeuger dar. Er

hasste seinen Erschaffer und machte den abgewrackten Typen für alles verantwortlich. Bis Nick adoptiert wurde, durchlebte er eine schlimme Kindheit. Sein leiblicher Vater hatte ständig gesoffen und Drogen genommen. War er mal nüchtern, drehte er krumme Dinger. Der Dreckskerl schlug seine Mutter und benutzte die Frau, wie es ihm beliebte. Er musste mit ansehen, wie der Kerl seine Mum brutal von hinten nahm und ihren Kopf an den Haaren nach oben zerrte, wobei er ihr viele davon ausriss, die als Zeugnis auf dem Boden zurückblieben. Eines Tages erschossen ihn andere Gangster auf offener Straße. Nach seinem Tod verschlimmerte sich die Situation zunehmend, denn seine Mutter hing mittlerweile an der Nadel. Für ihren nächsten Schuss machte sie alles.
Wie an diesem einen besagten Abend, nachdem sich sein Leben im Alter von acht Jahren grundlegend veränderte. Seine Mum war stoned, zusätzlich setzte sich das Luder eine Spritze. Auf ihrem Trip steckte das verkommene Weib die gesamte Bude an und starb in dem Flammeninferno. Nick wurde in letzter Sekunde gerettet, er überlebte mit schweren Verbrennungen dritten Grades. Es dauerte lange, bis sein Körper sich davon erholte, seine Seele tat das nie! Sämtliche Erinnerungen aus dieser Zeit quälten ihn fortwährend und unaufhörlich. Alleinig die Digitalkamera seines Vaters, das gute Stück, hielt er in Ehren. Warum ... das vermochte er selbst nicht nachzuvollziehen.

Nick nahm die Flasche vom Tisch und trank einen kräftigen Schluck. Das Zeug schien wahrhaft das einzige Mittel zu sein, mit dem er seine Dämonen in Schach halten konnte. Solange er Kleidung trug, liefen ihm die Frauen in Scharen hinterher. Wegen seines Äußeren machten sie ihn ständig

an und er bekam eindeutige Angebote. Sobald es intimer wurde, flüchteten die Weiber vor Entsetzen. Dieser starre Blick und der Ekel in ihren Gesichtern hinterließen im Laufe seines Lebens unendlich viele schlimme Narben auf seiner geschundenen Seele. Seinen Oberkörper entstellten grässliche Wundmale.
In erster Linie zählte damals für die Ärzte sein Überleben, der ästhetische Aspekt fand keine Relevanz. Als Jugendlicher hatte er sich einigen Operationen unterzogen, mit kläglichem Erfolg. Das Gewebe war zu stark geschädigt worden. Leider konnten aus diesem Grund seine seelischen Wunden nie heilen und schwelten über all die Jahre vor sich hin. Die Damen des einschlägigen Gewerbes ließen sich zwar gegen ordentliches Geld von ihm bearbeiten, anfassen wollten sie ihn aber nicht. Für ihn gab es keine Zärtlichkeiten.
Er nahm mehrere Schlucke hintereinander aus der Flasche. Der Alkohol zeigte allmählich seine Wirkung, sein Gemütszustand hob sich. Nick packte sich in den Schritt, er fühlte, wie sich seine Erregung steigerte. Heute Abend schien es wieder soweit zu sein, seinem inneren Bedürfnis nachzugehen. Er würde sich das holen, was ihm zustand!

Tiana arbeitet als Privatermittlerin, für gewöhnlich beauftragte man ihre Person, um zwielichtigen Ehemännern das Handwerk zu legen. Diesmal lag der Fall anders, die Ermittlerin erreichte ein Hilferuf, der sich letztendlich in einen Auftrag verwandelte. Maria, eine alte Bekannte und Nachtclub-Besitzerin, erzählte ihr von einer merkwürdigen Angelegenheit. Tiana beschäftigte sich mittlerweile seit einiger Zeit mit diesem Problemfall. Am Anfang lief alles ins Leere. Es dauerte lange, bis sie die betroffenen Frauen

ausfindig machen konnte. Leider wurden nur ein paar einzelne Vorfälle bei der Polizei aktenkundig. Diese tiefsitzende Scham verwanden die meisten von ihnen nicht. Sie zogen sich zurück oder wollten nicht über das Geschehene reden. Manche von ihnen nahmen sich das Leben. Die Privatermittlerin grenzte allmählich das Gebiet ein, in dem sich der Übeltäter bewegen musste. Des Weiteren brauchte sie eine gewisse Zeitspanne, da sich die Geschädigten nicht unbedingt gesprächig zeigten bei ihren Nachforschungen. Was sie definitiv verstand bei dem, was die Mädchen allesamt durchlebt hatten. Die Qualen schien man teilweise anhand der schweren Verletzungen zu erahnen. Sie haderte mit sich, ob sie die Ermittlungen weiterführen sollte. Prinzipiell war das die Aufgabe der Ordnungshüter! Die Beamten begannen erst tätig zu werden, wenn die Opfer jedes einzelne Detail zu Protokoll gaben. Viele von den Frauen sprachen kaum, sie fristeten verängstigt ihr Dasein in einer anderen Welt. Zudem wurden unzählige von ihnen in Psychiatrien eingewiesen, da sie mit dem normalen Leben, aber vor allem mit Männern, nicht mehr zurechtkamen.
Jemand musste diesem Typen das Handwerk legen. Die Privatermittlerin empfand bei dieser Angelegenheit ein extrem ungutes Gefühl. Nach und nach traten die grausigen Fakten ans Tageslicht, sie setzten das Puzzle zusammen, und es entstand eine große Angst bei ihr. Ihr Instinkt warnte sie, weil eine derartige Regung kam ihr während ihrer gesamten Laufbahn noch nie unter. Sie entwickelte Hass auf diesen gestörten Kerl.
Heute Abend wollte Tiana einige Bars abklappern, in denen ein paar der Mädchen ebenfalls gewesen waren. Die Ermittlerin traf die nötigen Vorkehrungen und deponierte

sämtliche Unterlagen, die sie zusammengetragen hatte, bei Maria, für den Fall, dass ihr etwas zustoßen sollte.

Tiana zeichnete sich durch eine schlanke Gestalt aus, jedoch mit kräftig Muskeln durch ihr Training beim Kampfsport. Ihr Äußeres wirkte unscheinbar. Sie besaß schulterlange, haselnussbraune Haare und rehbraune Augen. Man musste zweimal hinschauen, um sie als Frau wahrzunehmen, worüber sie im Allgemeinen dankbar war. Sie würde sich gut verteidigen können, sollte er ihr auf den Pelz rücken. Außerdem passte sie nicht in sein Beuteschema. Dieser Typ bevorzugte Ladys, die sich eher devot gaben. Schüchterne Mäuschen, die offenkundig in der Menge keinen abbekamen. Sie kombinierte daraus, dass dieser Kerl schlecht Mädels bekommen konnte. Deswegen machte er sich an solche ran, die sich nicht verbal zu wehren wussten. Er verfügte allenfalls über ein mittelmäßiges Aussehen, denn auf einen Sonnyboy hätten sich die Mädchen nicht eingelassen. Diese übereilte Schlussfolgerung würde sie bereuen.

Mit einem gewissen Maß an Vorfreude ging Nick in eine seiner Stammbars, die er in unregelmäßigen Abständen besuchte. Dort fand er das, was er suchte. Bis zum heutigen Tage brachte man ihn nie mit den Vorkommnissen in Verbindung, was gut war. Schließlich stand es ihm als Mann zu, seine Befriedigung zu bekommen, egal, auf welche Weise. Mit dieser Einstellung vertrat er seinen Standpunkt. Sollten ruhig andere leiden, er tat es bereits sein gesamtes Leben lang.
Kaum, dass er die Bar betreten hatte, sah er eine Braunhaarige, die schüchtern an einem Tisch in der Ecke saß. Am

Tresen hielten sich zwei rassige blonde Schönheiten auf, die ihn sofort ins Visier nahmen. Er besaß dieses gewisse Etwas, wenn er einen Raum betrat. Die Aufmerksamkeit der Blondinen galt ausschließlich ihm, was eher eine Strafe darstellte als eine Freude.
An der Theke angekommen, bestellte er sich einen Whisky. Beim Trinken checkte er den Innenraum ab. Seine Entscheidung war längst gefallen, die kleine brünette Maus dort in der Nische sollte es sein. Sie würde perfekt passen. Das Lokal platzte heute Abend nicht unbedingt aus allen Nähten, jedoch befand sich das Mädel ganz alleine an ihrem Tisch. Sein Plan ging auf, die beiden gutaussehenden Ladys kamen auf ihn zu und machen ihm eindeutige Angebote. Die eine berührte ihn bereits am Bein, die andere am Hintern.
Nick orderte zwei Drinks und sagte beiläufig: „Sorry, die Damen, meine Begleitung wartet auf mich."
Die Blondinen wollten es nicht glauben, als er mit den Gläsern in den Händen auf das entgegengesetzte Ende der Bar zusteuerte. Die Frauen gifteten die Braunhaarige mit ihren Blicken an.

Tiana suchte sich einen Platz in der Ecke aus, um die Räumlichkeit besser im Blickfeld zu haben. Einer gegebenenfalls zwei könnten infrage kommen, sicher war sich die Ermittlerin nicht. Im nächsten Augenblick lenkte sie etwas ab, ein extrem gutaussehender Mann kam unmissverständlich auf sie zu. Der Typ hätte geradewegs dem Men´s Health Magazin entstiegen sein können. Er stand mit Drinks in den Händen direkt vor ihrem Tisch und fragte mit einer melodischen Stimme: „Würden Sie mir aus der Patsche helfen?"

Dabei zog er verführerisch eine Augenbraue noch oben. „Darf ich mich kurz zu Ihnen setzen?“
Tiana verstand die Welt nicht mehr. Wieso wollte dieser Kerl gerade zu ihr?
Sie gab zurückhaltend ihr Einverständnis. Genau das war die Reaktion, die sich Nick erhofft hatte. Sichtlich zufrieden nahm er Platz.
„Sie retten mir den Abend! Sehen Sie die Damen am Tresen dort? Ich habe ein wenig geflunkert und gesagt, Sie seien meine Begleitung. Bitte sind Sie mir nicht böse, ich wollte nur in Ruhe etwas Hochprozentiges nach der Arbeit zu mir nehmen, und Sie vermittelten mir denselben Eindruck.“ Bei diesen Worten schob er ihr das eine Glas mit Whisky entgegen.
Tiana nickte zögerlich und antwortete: „Okay ... das verstehe ich. Vielen Dank für den Drink.“ Als sie das sagte, schaute der Kerl sie mit einem breiten Grinsen an. Hilfe ... sah dieser Typ gut aus, da machte sich unmissverständlich ihre Libido bemerkbar. Was sie in diesem Augenblick überhaupt nicht gebrauchen konnte, denn sie befand sich mitten in der Ermittlung. Außerdem hatte er sie nicht ausgewählt, weil er sie attraktiv fand! Na ja ... warum sollte sie nicht das Nützliche mit dem Praktischen verbinden, hier schien sich im Moment eh kein Mann aufzuhalten, auf den das Täterprofil passte.

Nick und Tiana nahmen drei Whisky zusammen. Die Konversation gestaltete sich eher einseitig, da sich die Ermittlerin zurückhaltend gab. Ihr wollte es nicht in den Kopf, dass dieser Typ hier bei ihr am Tisch saß. Die Plauderei zeigte sich oberflächlich und nichtssagend, trotzdem auf irgendeine Weise amüsant. Das einzige persönliche Detail,

das sie bei der Unterhaltung von ihm erfuhr, war, dass er leidenschaftlich gern fotografierte und filmte mit der alten Kamera seines verstorbenen Vaters. Nach dem letzten Drink verabschiedete er sich und dankte ihr für seine Rettung.
Tiana trank aus und wollte sich auf den Weg nach Hause machen. In diesem Moment merkte sie, wie heftig der Whisky zu sein schien, den sie üblicherweise nicht konsumierte. Sie hatte sich durch das Aussehen dieses Typen wahrhaft einwickeln lassen. Sie verließ die Kneipe und ging um die nächste Ecke, dort stand ihr Wagen. Die Ermittlerin überlegte kurz, ob sie fahren oder nicht doch lieber ein Taxi rufen sollte, als sie rücklings jemand erfasste. Den Bruchteil einer Sekunde später legte man ihr ein Tuch auf den Mund, und sie verlor das Bewusstsein.

Nick verfügte über genug Zeit, um an sein Auto zu gehen, vor Ort seine Handschuhe anzuziehen und den Lappen mit dem Chloroform vorzubereiten. Das Täubchen leerte mit Gewissheit in Ruhe ihren Drink, auf dass sie nicht direkt nach ihm die Bar verließ. Der letzte Whisky schien definitiv zu viel des Guten gewesen zu sein. Die zierliche Gestalt schwankte ordentlich, umso besser für ihn. Er folgte ihr und packte sie von hinten, damit sie ihn nicht sah. Das Betäubungsmittel zeigte sofort seine Wirkung. Infolgedessen konnte er ohne Probleme den leblosen Körper in den Wagen laden, dabei nahm er die erste Kostprobe ihrer Proportionen. Ihm gefielen die Konturen unter ihrem Pulli. In Vorfreude auf das, was kommen würde, breitete sich ein Grinsen auf seinem Gesicht aus.
Er fuhr mit seiner Beute aus der Stadt heraus. Sein Weg führte ihn zu einem weit entfernten Waldstück, in dem sich

eine abgelegene Holzhütte befand. Dort angekommen, warf Nick sich die wehrlose Gestalt wie einen Sack Mehl über die Schulter und positionierte seine Handfläche auf ihrem wohlgeformten Hintern. Mit der zweiten Hand griff er seine Tasche und trug alles zusammen ins Haus.
In der Mitte des Raums ragte ein dicker Holzbalken vom Boden bis zur Decke. Nachdem er sie entkleidet hatte, band er sie akribisch an diesem Balken fest. Ein Körperteil nach dem anderen. Nick legte auf viele Kleinigkeiten wert, was ihn bis heute vor Konsequenzen bewahrt hatte. Er fixierte ihren Kopf, öffnete ihren Mund und spritzte ihr ein Lokalanästhetikum direkt in die Stimmlippen und Stimmbänder. Er ging hoch konzentriert vor. Er durfte sich keinen Fehler erlauben. Ihren leblosen Leib positionierte er, wie er es wollte. Ihre Beine standen weit geöffnet auseinander, für den bestmöglichen Zugang. Die Frau besaß einen wohlgeformten Körper, was ihn sichtlich erregte. Ein Blick auf die Uhr mahnte ihn.
Nick schob den Reißverschluss der Tasche auf und holte seine Utensilien sowie die Kamera heraus. Er zog eine Skimaske über, durch die nur seine Augen und seine Lippen zum Vorschein traten. Auf seine Iris legte er Kontaktlinsen, wodurch seine blauen Augen dunkelbraun wurden. Er benutzte ein Spray für seinen Rachenraum, das die Stimmfarbe veränderte. In der Zeit, in der er wartete, entfachte er das Feuer im Kamin und machte seine Digitalkamera bereit.

Tiana kam langsam zu sich, es dauerte einen Moment, bis sie realisierte, was in der Zwischenzeit geschehen war.
Sie spürte, dass ihr Körper angebunden zu sein schien. Ihr Kopf fixiert an einem Balken, ihre Arme dermaßen

zurückgebunden, dass sie glaubte, sich die Schultern ausgekugelt zu haben. Ihre Beine weit geöffnet, auseinandergespreizt und festgebunden. Panik packte sie. Tiana schrie, jedoch vernahm sie keinen hörbaren Ton. Sie bewegte ihren Mund, ihre Lippen, es drang kein Geräusch heraus. Hilfe, wie konnte sie nur in diese Situation geraten? Die Privatermittlerin beherrschte Kampfsport, sie streckte jeden Angreifer nieder und machte ihm das Leben im Zweikampf schwer. Es überkam sie Wut, und zwar auf sich selbst! Wieso bloß hatte sie sich derart unachtsam verhalten? Der Schönling warf sie aus der Bahn und lenkte sie gekonnt ab. Sie blickte sich um, sie befand sich in einer rustikalen Holzhütte.
»Ah ... mein Täubchen ist wach, wir können endlich anfangen«, sagte eine tiefe Männerstimme direkt neben ihrem Ohr. Sie erschauderte. Im nächsten Moment tauchte ihr Peiniger in ihrem Blickwinkel auf. In seinen Augen war ihm die Vorfreude anzusehen. Tiana dachte sich, okay, du wirst das überleben, viele Frauen sind geschändet worden. Sieh es als Sex, mit dieser Eingebung versuchte sie, sich zu beruhigen.

Nick positionierte die Kamera auf dem Kaminsims, er stellte den perfekten Winkel ein, damit die Digitalkamera alles makellos aufzeichnen konnte. Allein der Gedanke daran verschaffte ihm einen Steifen. Darauffolgend widmete er sich dem mitgebrachten Spielzeug. Er begann mit einer Hand unsanft ihre Brüste zu kneten, mit der anderen befummelte er ihren Schritt. Dieser Dreckskerl sah sie währenddessen an, ihm gefiel ihre Reaktion nicht.
Kurz darauf spürte sie einige Einstiche einer Nadel über ihren gesamten Oberkörper verteilt. Hatte er ihr etwas in die

Haut gespritzt? Der Druck unter der Oberfläche fühlte sich wie eine bzw. mehrere Injektionen an. Anschließend vernahm sie ein hämisches Lachen und den Rauch einer Zigarre. Dieser Kerl blickte sie wieder an und zog dabei genüsslich an seiner Cohiba, er schien auf eine Resonanz zu warten, die er definitiv bekäme! Wenige Minuten später. Tiana hörte einen zischenden Laut und roch verbranntes Fleisch, der Geruch wurde intensiver. Hilfe, was machte dieser Perverse mit ihr? Angst und Panik gewannen die Oberhand. Genau, das wollte er sehen, er ergötzte sich an ihrer Qual! Das Aroma in der Luft intensivierte sich. Übelkeit überkam sie. Sie widerte das enorm an und spürte nichts, keinen Schmerz. Dieser unerträgliche Duft schwängerte derart penetrant die Raumluft und dazu dieses brutzelnde Geräusch. Sie konnte erahnen, was er Schreckliches tat. Schließlich kannte sie seine Opfer!

Nick gefiel, was er sah. Angst, Panik, Ekel. Er genoss jeden Augenblick und sämtliche Brandnarben auf ihrer Hautoberfläche. Ihre Brust hatte er ausgespart, jedoch der Rest ihres Torsos war mittlerweile grässlich entstellt. Er packte sich dabei immer wieder in den Schritt und rieb sich diesen, wenn er die Zigarre auf die Haut drückte. Das Zischen ließ ihn dermaßen hart werden, dass er unverzüglich dieses Weib nehmen musste. Er öffnete seine Hose, zog einen Gummi an, er wollte keine Spuren hinterlassen. Er griff grob nach einer ihrer Brüste und quetschte sie. Mit der anderen Hand fasste er in ihren Schambereich, danach drang er brachial und mit Gewalt in sie ein. Mit wilden und erbarmungslosen Stößen nahm er sie, begleitet von lustvollem Stöhnen. Währenddessen sah er kontrollierend in seine Kamera, was ihm zusätzliche Befriedigung verschaffte.

Tiana schien der Ohnmacht nahe zu sein, und dieses Schwein fiel skrupellos über sie her. Sie war hilflos, wehrlos, nicht einmal die Stimme hatte dieser Sadist ihr gelassen. Die junge Frau schloss die Augen, um dieses Tier nicht sehen zu müssen. Allein seine Laute verursachten das bloße Grausen bei ihr. Sie ließ ihren Tränen freien Lauf. Er verging sich mehrere Male an ihr. Zwischendurch machte er wer weiß was mit ihr, dies konnte man einzig von dem Gestank des verbrannten Fleisches erahnen. Tiana verließ auf mentale Weise – als Schutzfunktion – ihren Körper.

Nick befriedigte es vollends, sein Kunstwerk gefiel ihm gut. Es fehlte nur noch eine Kleinigkeit. Er ging zum Kamin, zog das Eisen aus der Glut. Er hielt es ihr sichtbar hin, Tianas Augen weiteten sich vor Schrecken. Er lachte voller Sarkasmus und drückte ihr das glühende Teil auf ihren Oberkörper, der verschmorte Geruch schwängerte abscheulich die Raumluft. Das Grauen nahm kein Ende, bis sie es nicht mehr aushielt und das Bewusstsein verlor. Er ergötzte sich förmlich an seinem Tun und richtete das benutzte Eisen triumphierend in den Aufnahmewinkel der Kamera. Sie würde von jedem Mann, der Zweisamkeit von ihr wollte, denselben angewiderten Gesichtsausdruck ernten wie er. Wie oft hatte Nick den Ekel und das Entsetzen in den Blicken der Frauen gesehen. Wie sie ihn verabscheuten und nicht berühren konnten, als habe er die Pest! Dieser Anblick und Triumph schien eine regelrechte Genugtuung für ihn zu sein. Dieser Moment gab ihm alles! Es befriedigte ihn seelisch und körperlich. Außerdem bescherte ihm die Aufnahme fortwährend diesen Genuss erneut, wenn ihm danach beliebte.

Der Morgen graute allmählich. Er verabreichte ihr eine Spritze, um sicherzugehen, dass sie nicht aufwachte. Nick band den wehrlosen und geschändeten Leib los. Er wickelte sie in ein neutrales weißes Laken ein und verstaute dieses Paket im Wagen. Er verließ die Hütte, wie er gekommen war. Nichts machte den Anschein, dass er oder sie an diesem Ort gewesen zu sein schienen. Er lenkte sein Auto einmal um die gesamte Stadt herum. Auf der anderen Seite in Richtung Süden warf er den leblosen Körper achtlos in den Straßengraben. Er fuhr nach Hause, deponierte seine Tasche mit der Kamera im Safe und ging ausgiebig duschen.

Tiana wurde viele Stunden später gefunden, als sie sich endlich wieder bemerkbar machen konnte. Sie musste sofort in ein Krankenhaus eingeliefert werden. Die Verbrennungen an ihrem Oberkörper waren dermaßen schlimm, um nicht zu sagen lebensbedrohlich. Außerdem hatte die junge Frau unsagbare Schmerzen.

***Veronika M. Dutz*** *erblickte in der Geburtsstadt der Gebrüder Grimm das Licht der Welt. Nach ihrer Ausbildung zur Industriekauffrau arbeitete sie in verschiedenen Bereichen. Literatur begeistert und begleitet sie schon ihr ganzes Leben. Die Autorin reist leidenschaftlich gern, jedoch nie ohne ein gutes Buch im Gepäck. Sie hat bereits mehrere Preise gewonnen. Die Autorin nahm an der Aktion #wirschreibenzuhause von Sebastian Fitzek teil und ihre Geschichte wurde unter 1142 Texten für das E-Book des Projekts ausgewählt. Ihre Kurzgeschichten, Märchen und Gedichte sind in zahlreichen Anthologien erschienen.*
*https://www.autorenwelt.de/person/veronika-m-dutz*

**Brigitte Vollenberg**

## Tropfen für Tropfen

Gleißendes Licht fiel auf mich nieder. Ich nahm die Anwesenheit von Menschen wahr. Ihre murmelnden Stimmen kamen von meinem Kopfende. Wer stand da hinter mir? Ich war nicht in der Lage, die Augenlider zu heben. Die Gesprächsfetzen hüllten mich ein. Sie trugen nicht dazu bei, das Geheimnis meines Aufenthaltsortes zu lösen. Die teils unartikulierten Laute bereiteten mir Angst, und ein schrilles Lachen ließ mich innerlich zusammenzucken. Seicht ruckelnde Bewegungen brachten meinen Körper in Schwingungen, und meine Hände krallten sich in Stoff. Ein leichtes Blinzeln gelang mir. Aber der kleine Teil der Umgebung, den ich erspähte, war nur eine wattige weiße Masse.
Ein kaum wahrnehmbarer Klingelton drang von rechts an meine Ohren. Gleichzeitig krampfte sich mein Magen zusammen. Meine Organe versuchten, sich der Schwerkraft zu widersetzen. Leises Poltern und Ruckeln signalisierten mir, dass das Gefährt auf dem ich unzweifelhaft lag, einige Hindernisse und Schwellen zu überwinden hatte. Das helle Licht war verschwunden.
Ich lag auf einem Bett mit Rädern. Wohin schieben sie mich? Die Reifen glitten lautlos über einen glatten Belag. Aber das leise Klackern der Radlager erkannte ich. Meine Wahrnehmungen lösten sich in dem Moment von meinem Körper, als eine laute Frauenstimme das Wort: „Vorsicht“, brüllte. Ein heftiger Stoß erschütterte mich. Gleichzeitig tauchte ich in eine tiefe Dunkelheit ein.
Wie Blitze schossen wirre Wahrnehmungen durch meine Gehirnwindungen.

„Bitte."
„Danke."
Es quietschte leise.
„Mehr Sauerstoff. Wie hoch ist der Blutdruck?"
Schritte waren zu hören.
„Okay."
„Schere."
„Absaugen. Das haben wir gleich."
Ein metallenes Geräusch unterbrach die kurzen Hinweise.
„Verdammt! Passen Sie auf!"
„Tupfer."
„Beeilen Sie sich."
Unterlegt war das Gespräch mit den surrenden Tönen von Maschinen.
„Ich glaube, der Patient wird wach."
Welcher Patient, überlegte ich. Der Drang, mich zu erheben, war groß, aber ich bewegte mich keinen Zentimeter. Meine Hände hatte ich krampfartig zu Fäusten geballt. Ich versuchte, die Starre zu lösen. Meine Finger. Wo waren meine Finger? Ich spürte sie nicht. Jemand beugte sich über mein Gesicht. Verschwommen erkannte ich die Umrisse eines vermummten Menschen. Ich erschrak, und alles um mich herum wurde still.
Der Lichtschein über mir wurde kleiner und kleiner, bis nur ein winzig weißer Punkt übrigblieb. Dieser zitterte und tanzte, bis die Dunkelheit sich auf mich legte wie ein seichtes Tuch.

Eine Tür wurde geöffnet und leise wieder geschlossen.
„Und, sind Sie zufrieden mit mir?", fragte die Stimme eines jungen Mädchens. „Sie wird langsam wach. Nehmen Sie diese Frau jetzt wieder mit? Haben Sie endlich ein freies

Zimmer gefunden? Ich will sofort ein Einzelzimmer haben. Außerdem bin ich nicht der Aufpasser von Frischoperierten. Es ist nicht meine Aufgabe, auf Klingelknöpfe zu drücken."
Die Person, die den Raum betreten hatte, atmete tief ein und aus.
„Es reicht! Bitte mäßigen Sie sich. Diese Frau wird so lange Ihre Zimmernachbarin sein, wie es uns nötig erscheint."
Obwohl es maßregelnde Worte waren, hatte die andere Frau sie fast flüsternd ausgesprochen.
„Ich habe aber keinen Bock auf das menschliche Wrack neben mir. Dieses ständige Schnaufen, diese widerlichen röchelnden Geräusche stören mich. Davon bekomme ich Albträume. Mir steht ein Einzelzimmer zu. Kapieren Sie das doch endlich. Ich will sofort den Chefarzt sprechen."
„Beherrschen Sie sich. Es wird Zeit, dass Sie mal lernen, dass sich nicht das ganze Universum nur um Sie dreht."
„Ich will aufstehen. Helfen Sie mir! Sofort!"
„Nein, erst ist Ihre Nachbarin an der Reihe. Sie müssen warten, bis ich später Zeit für Sie habe."
„Das ist eine Drohung. Das wird ein Nachspiel für Sie haben. Das garantiere ich Ihnen. Und kommen Sie mir jetzt nicht mit diesem Gefasel von Überbelegung und Personalmangel."

Ich spürte die Nähe einer Person. Eine warme Hand berührte meine Stirn.
„Sie haben die Operation überstanden. Es gab keine Komplikationen", hörte ich. „Sie werden langsam wieder wach werden und nach und nach Ihre Umgebung wahrnehmen. Und hören Sie am besten nicht hin, wenn Ihre Bettnachbarin auf Sie einredet."

Ja, ich war wach, glaubte ich wenigstens. Nur die Kontrolle über meine Augenlider hatte ich nicht. Meine Augen würden vorerst geschlossen bleiben. Ich wollte gar nicht sehen, wie diese unangenehme, ablehnende Person neben mir aussah. Was sie bisher von sich gegeben hatte, hegte in mir nicht den Wunsch, sie kennenzulernen. Ein Würgereiz überfiel mich. Da war etwas in meinem Hals, das da nicht hingehörte.

„Einatmen, ausatmen. Gleich wird es besser werden. Der Sauerstoff wirkt Wunder. Sie brauchen keine Angst zu haben. Alles wird gut. Morgen sieht für Sie die Welt wieder anders aus."

Welche Welt? Diese Krankenhauswelt? Ich lag in einem Bett. In welchem Krankenhaus dieses Bett stand, war mir nicht bekannt. Warum war ich hier? Was war mit mir passiert? Warum schaffte ich es nicht, meine Augen zu öffnen?

Es gelang mir, meine Gedanken zu verdrängen. Vom Fußende aus betrachtete ich das Krankenbett. War ich die Person, die da vor mir lag? Der Verband erschwerte, das festzustellen: einen Beatmungsschlauch im Mund, Monitore mit Zeichen und Zahlen und sich bewegende Kurven. Regelmäßige Pieptöne. Schläuche, die in meinem Körper verschwanden. Infusionsstangen mit Medikamentenbeuteln. Langsam lief eine klare Flüssigkeit in mich hinein. Und dann war da dieser Beutel mit einer roten Substanz. Ein roter Schlauch, der mit der Vene meines Arms gekoppelt war. Mein Herz raste. Die Kurven auf den Monitoren veränderten sich, schlugen heftiger aus. Ich nahm ein Klopfen und Pochen in den Schläfen wahr, das stetig lauter wurde. Das Blut schoss durch meine Adern. Das Rauschen schwoll an. Mein Kopf schien kurz vor dem Platzen zu stehen. Ich sah, wie sich mein Brustkorb heftig hob und senkte. Ich konnte es kaum glauben, dass ich diese Person war. Mein Körper verkrampfte sich. Die Hoffnung, dass morgen die Welt, die auf mich wartet, anders aussehen würde, schwand schlagartig. Die Farben vor meinen inneren Augen verschwammen, und alle Konturen lösten sich im Nichts auf, bis eine angenehme Dunkelheit die Erlösung brachte.

„So, meine Liebe. Jetzt sind Sie an der Reihe."
„Nennen Sie mich nicht "meine Liebe". Ich bin nicht Ihre Liebe. Versorgen Sie mich und dann entfernen Sie dieses röchelnde Monster aus meinem Dunstkreis."
„Ach, seien Sie still."
„Passen Sie auf, das tut weh."
„Schon gut. Wie wäre es, wenn Sie sich mal auf sich konzentrieren und Ihre Energien bündeln? Morgen kommt die Physiotherapeutin und Sie werden zum ersten Mal aufstehen. Ihre Gehhilfen stehen hier bereit. Wünschen Sie ein Schlafmittel? Dann nehmen Sie Ihre Nachbarin nicht so deutlich wahr."
„Wie praktisch für Sie. Sie stopfen mich mit Medikamenten voll und haben Ihre Ruhe. Ich will ein anderes Zimmer haben!"
„Ich interpretiere in Ihre unverschämte Bemerkung mal hinein, dass Sie kein Schlafmittel wünschen. Richtig?"
„Richtig. Und jetzt verschwinden Sie."

Eine wohltuende Ruhe lag über der Krankenstation. Am Ende des langen Flures flackerte ein Kerzenlicht vor einem kirchlichen Bildnis, das zwei betende fromme Frauen abbildete. Diese konnte der christliche Kranke um Beistand bitten. Aber auch Ärzte und Pflegepersonal schickten manchmal an dieser Stelle ein Stoßgebet in den Himmel und baten um gutes Gelingen ihrer Arbeit.

Aus dem Schwesternzimmer fiel ein rötlicher Lichtstrahl auf den blank polierten Krankenhausflur. Die diensthabende Schwester saß auf dem Sofa im Aufenthaltsraum. Ihren Kopf hatte sie auf der Rückenlehne abgelegt. Sie schlief tief und fest. Bis weit nach Mitternacht hatten sie die Kranken auf Trab gehalten. Ihr Erschöpfungszustand und das Abgleiten in einen komatösen Schlaf verhinderte, dass sie das blinkende Licht auf der Alarmtafel sah, das penetrant den abgedunkelten Raum in eine gespenstische Röte hüllte. Die rote Lampe im Flur über der Zimmertür 312 blieb ihr ebenso verborgen.
In besagtem Zimmer, im ersten Bett, nahe der Tür, lag die Patientin und schlief tief und fest. Ihren komplizierten Beinbruch hatte der Chefarzt der Chirurgie erfolgreich zusammengeflickt. Ihre Gesichtszüge waren entspannt und ein leichtes Lächeln, das ihren Mund umspielte, ließ auf angenehme Träume schließen. Sie hatte es in der Nacht aus eigener Kraft geschafft, das Bett zu verlassen. Nach dem anstrengenden Weg zur Toilette hatte sie nur kurz gezögert und ihr Schlafproblem selbst gelöst. Wie in Zeitlupe war sie an das Bett ihrer Nachbarin getreten. Zuerst hatte sie die beiden Schläuche entfernt, die sie hinderten, das Beatmungsgerät zu erreichen. Und dann hatte sie, ohne zu zögern, auf den großen schwarzen Knopf gedrückt. Wieder im Bett hatte sie den Kopf auf dem Kissen abgelegt und war vor Erschöpfung nach ihrem nächtlichen Ausflug sofort eingeschlafen.

Die zweite Patientin lag ebenso still in ihrem Bett. Das Rauschen in ihrem Kopf hatte seinen Höhepunkt erreicht, bevor es langsam abgeebbt war. Tropfen für Tropfen floss das Blut aus dem losen Schlauch heraus und sammelte sich auf dem Boden. Die dunkelrote Pfütze neben dem Bett ging eine Symbiose mit dem flüssigen Medikament ein. Aber dieses zarte regelmäßig tropfende Geräusch nahm die Patientin nicht mehr wahr.

In dieser Nacht hatten die beiden betenden Schutzpatroninnen der Kranken geschlafen und den Teufel sein Werk verrichten lassen.

***Brigitte Vollenberg****, geb.1953 in Dorsten, Dipl. Betriebswirtin, Mitglied der Mörderischen Schwestern und im Bundesverband junger Autoren BvjA;*
*Veröffentlichungen: mehr als 140 Kurzgeschichten in Anthologien und Literaturzeitschriften und zahlreiche Bücher zu unterschiedlichen Themen.*
*2023 wird ein weiteres Buch mit "Inselgeplauder" im Edition Paashaas Verlag erscheinen.*
*www.brigittevollenberg.de*

# Danke

Danke – an alle Leser, die sich dieses Gemetzel angetan haben.

Danke – an alle Autoren, die in diesen Geschichten bewiesen haben, dass sie zumindest literarisch gar nicht so nett sind, wie sie im normalen Leben erscheinen …

Ihr seid großartig!

Eure Manuela Klumpjan